下册

佛密码

出乾一丁 著

THE BUDDHA CODE

重庆出版集团
重庆出版社

第二十七章

夜访嘉定

车子一路飞驰，进了乐山市人民医院，直到门诊大楼前才停了下来。

四人下车后，飞快跑上电梯，来到重症监护病房。

唐汭心急如焚，她猛地推门进去，只见父亲躺在病床上，床头各种监测仪器在嘀嘀作响，每一声都在传递着揪心揪肝的消息。

唐钺正在房间里走来走去，表情复杂，焦虑、担心、紧张，更增添了几分不安的气氛。

武馆的管家吴姨坐在床边，眼睛红肿，似乎刚刚哭过，见到唐汭，她赶忙站了起来："小汭，你、你怎么来了。"眼泪又要下来，唐汭忙过去拉她的手，回头看躺在床上的父亲。

唐之焕面容安详，眼睛微闭，面色有些蜡黄，手上、身上插着各种管子，身上盖着薄被，像睡着了一样。

纵使是唐汭这么坚强的女子，见到父亲突如其来的伤病，眼泪止不住地掉下来了。

唐钺站在她身边，想安慰她又不知从何说起。

"怎么，怎么会这样，前几天父亲还好好的，怎么忽然就这样了。"唐汭的声音有些沙哑了，她无法接受这突如其来的变故。

吴姨断断续续地说起来："昨天晚上，老爷子说要出去吃饭，哪知道就遇上了这种事。送回家的时候，身上都是血，吓得我连电话都拿不住了。赶紧就送他到医院来了。幸好菩萨保佑……"

唐钺嗓音很难受："小汭，我从峨眉下来时才知道爸被害了，而你正是紧要关头，我怕影响到你就没跟你说，不过爸已经过了危险期，一切会好起来的。"

唐汭不知道该不该接受他的解释，只是点点头，走到床前坐下，看着父亲慈爱的面容，想起父亲小时候教她练武的事，他刚强、正直，一直是她的依靠，她从来没有想过他会被人击倒，可现在怎么说倒下就倒下了？抓着父亲的手，眼泪扑簌簌地掉下来。但她强忍着自己，没有哭出声来。

李欧和贝尔勒看着这个平时强势的花木兰小姐，似乎忽然变成了一个柔弱的小女生，不觉也感伤起来。

唐汭轻声呼唤着："爸，你醒醒啊，我是小汭，我回来了，我不再跟你吵架了。老爸，到底发生了什么，你告诉我……"

吴姨也在边上抽泣起来。唐钺背过脸去，不希望人们看见他悲伤的面容。

冯潜听不下去了，向李欧使了个眼色，两人走了出去，贝尔勒也跟出来。

三人离开病房走了几步，冯潜点起了烟，扫了扫贝尔勒，又看看李欧。李欧道："我都跟他说了，没办法。"

冯潜点了点头，压低声音问李欧："你跟着他们有什么发现？"

李欧此时对云空和唐汭的看法有了很大的改变，就据实说道："盗宝我觉得不像，反而觉得他们是好人，还有一腔热血。我也糊涂了，怎么感觉谁都没毛病，但谁也不敢相信。"

言外之意是冯潜也是不能相信的。

冯潜显然听出了这层意思，他略一沉思，说道："那他们到底想要做什么？"李欧叹了口气，道："这个说来就话长了，现在好像也不适合说这些。你是怎么和他们在一起的？"

冯潜道："我一直和武馆走得比较近，这次唐之焕被害后，我就正好接了案子，过来调查。"

李欧不屑地看了他一眼："调查，的确是个好机会。我感觉你这个警察就是把'神经刀'，你和武馆关系好，又暗中老想着掀翻别人，人家明明任务紧急，你还从中作梗。"

冯潜闷哼了一声："有些情况你还是不太了解。"

李欧批评道："我看你成天异想天开的，光想着办大案要案，能不能别这么浮躁。"

被李欧这么一说，冯潜脸色不太好，但又不好发作。贝尔勒才不管这些乱七八糟的，忙问："行了行了，唐馆长到底怎么回事？"

冯潜说："这案子比想象的要复杂。"

据说，昨晚唐之焕要与伽蓝使小聚，就在山脚下的饭馆订了一桌。大概因为难得一聚，席间就喝了一些酒，平时因为心脏不好，血压也高，他是滴酒不沾的。

酒席上，几人一开始还客客气气，到后来不知怎么的就吵了起来。唐之焕不高兴，扬长而去，他一个人就抄近路回武馆。酒席就这么散了。

这条小路要从山间树林穿过，极为偏僻，唐之焕走到深处，忽然遇到了歹徒袭击，胸口被利器刺进，幸好贴着心脏过去了，老爷子才幸免于难。

现场一片狼藉，路边的草丛被踩得稀烂，唐之焕挨了这一刀，就倒下去了，凶手认为他是活不过来了，匆忙逃走了。

唐之焕还算命大，强撑着站起来，仗着几十年的深厚功力，坚持走到武馆外面路边才倒下，一路的草叶上都是血。

这时正好有两名上晚课的学员从这里路过，看见老爷子倒在那里，身上都是血，当时就吓坏了，赶紧通知了武馆，一边报了警，一边叫救护车。由于救助及时，命捡了回来。

目前警方已经严密布控，四处搜查可疑人物，对周边酒店、车站、码头进行调查。

二人听得心惊肉跳，李欧问道："老爷子有什么仇人吗？"

冯潜说："这事目前还不好说，都在调查取证中，一切都要用证据说话，不能随便猜测。"

说着三人一起回了病房。

唐沏还在那里唠唠叨叨："爸，你这些年也太累了，有什么事，你跟我说。我不任性了，听你的话，爸啊，你能听见吗？"

唐铖见他们进来，便说："都这么晚了，你们先去武馆住下，比较安全，明天我带唐沏回来，协助调查案子。"

冯潜说："我觉得唐铖说得有道理，送你们去武馆吧，地方大，有的是住的。"

二人没有异议，下楼，上了警车，往岷江对岸的嘉定武馆驶去。

没有一点星光的夜幕，沉闷而压抑，隐约的雷声从遥远的地方传来，似乎预示着下一场暴雨的来临。

嘉定武馆和乐山大佛一样，都在凌云山上，不过一个在东，一个在西，武馆坐落在东麓的半山腰上，山脚下是古泄洪道——麻浩水道，而西山脚下正是波涛汹涌的岷江主流。

黑夜走山道，对驾驶员是个挑战，远方黑漆漆一片，没有参照物，难以准确预判。但冯潜却轻车熟路，甚至绕弯子的时候都能保持40码不减速。李欧贝尔勒两人只是感觉七拐八绕的，也不知道具体到了哪里。

"大哥，你肯定不是乐山人。"贝尔勒联想起之前那个的哥。

"嗯，对，我东北人。我们那旮旯开车的风格比较粗犷。"冯潜换上了口音。

"怪不得，乐山人的悠闲你是一点没学到。"李欧扯住把手，有点头晕。

"悠闲？哼，得了吧。"冯潜一脸不屑，"懒，不负责任还差不多。"

"看来你对乐山很有成见啊。"李欧无语了。

目的地并不算太远，终于这一阵折腾停了下来。

"到了。"冯潜把车停在一段陡峭的台阶下面，示意两人走上去。

李欧抬头一看，数百步上有一重檐斗拱的楼阁，被两旁的参天大树拱卫着，要不是现代的灯光映出那楼阁的细节，李欧还差点以为冯潜带错了路。

武馆门楼颇有些剑门关的味道，古香古色，悬有一黑漆门匾，上有道劲金字：嘉定武馆。

"这武馆还挺有古韵的。"贝尔勒眨巴着眼睛。

冯潜没有下车，甩给二人一句话："武馆里有工作人员接待你们，我得回医院了。"

两人告辞，进了武馆，已经凌晨四点了，值夜班的伙计还没睡，说接到唐钺的电话，已经在招待所安排好了房间。服务员把他们带进一个标间，被褥整洁，地面拖得一尘不染。

贝尔勒说："旧是旧了点，还比较干净。"

李欧往床上一躺，四肢伸直："比那个地下洞穴好太多了，知足了。"

贝尔勒有气无力地说："现在最要命的是，我快饿成饼干了。"

李欧的肚子也早就抗议了，这么晚去哪吃呢，这偏僻的地方估计网上下单都没人接。没办法，只好厚着脸皮去找值班的伙计，让他帮忙整个蛋炒饭。

"你们运气好，最近武馆都有人值夜班，他们刚才弄了几个小炒，我去给你们带一份哈。"伙计还比较好说话，就答应帮助解决他们这一大事。

回到房间，和贝尔勒闲聊了一会，就有人敲门了。

一打开门，招待所的伙计把打包的饭菜交给两人。

"随便吃点，不要嫌弃哈。"小伙子黑瘦瘦的，咧嘴一笑。

李欧忙说哪里哪里，简直雪中送炭了，忙让贝尔勒给了点儿小费，小伙子笑嘻嘻地谢过两人，离开了。

贝尔勒迫不及待地撕开塑料袋，打开餐盒，见里面是一盒麻辣菜，一盒炒饭，还有两盒冰粉。

那麻辣菜里躺着一大堆田螺。贝尔勒眼睛一亮，"哇哦"一声喊道："我滴哥哥，这武馆宵夜这么奢侈，把大蜗牛请过来了，还这么大个分量。"

李欧夺过餐盒来，一看，不以为然地说："啥子大蜗牛，这是香辣田螺鸡，地道川菜，和你们法国蜗牛不一样哈。"

贝尔勒咽了口口水，说道："长得差不多，不过这料理也太火爆了，我从没见这样做蜗牛的，能，能好吃吗？"

李欧白了他一眼，两指头夹起一个田螺，拿起牙签就把螺肉挑了出来，然后往嘴里一送，吧唧吧唧吃了起来。

贝尔勒像是犯了大忌一样大惊失色："你……你用牙签……就这么吃？太粗俗了吧。"

"那要咋个吃？"李欧拿起第二个田螺。

贝尔勒赶忙拉住他的手，嚷道："你这样吃太没灵魂了。在法国，蜗牛可是顶级食材，活蜗牛至少禁食一周，然后经过各种烹制工序才能上桌，吃蜗牛的配菜也得讲究，我最喜欢是咱老家产的勃艮第红酒，那口味刚刚好。"

"你别跟我说，吃这四川炒田螺还要动用宫廷礼仪。"李欧把一次性筷子掰开，夹起一片鸡肉往嘴里塞。

"至少也得用上专用的钳子和双齿叉，怎么能用牙签呢，这是对食物的不尊重。"贝尔勒看李欧这吃相不禁汗颜，虽然他并没有什么所谓的贵族后裔的做派，但也没见过有人这样对待蜗牛。

"你吃还是不吃。"李欧夹了个田螺凑近他的鼻子，舌簧开始弹动，"你这是还摆脱不了资产阶级的腐朽习性，要入乡随俗啊。在四川，这就是上天犒赏广大劳动人民的福利，稻田里面随处可见的田螺在川人巧夺天工的调制下，经过川式二十几味作料的激活，加入跑山鸡腿肉的参与熬制，这田螺肉的口感爽、弹、鲜、香，还带着独有的土腥味儿，巴适得板。不过，吃田螺要是配红酒，那就装逼装大了，配夜啤酒才最巴适。"

"我随了、随俗了还不行吗！"贝尔勒禁不住这香味，也听不得"被耽误的美食家"的煽动性话语，再也不管了，学着李欧用牙签挑肉吃，这才发现口感独特，欲罢不能，什么礼仪什么端庄都抛到九霄云外了。

贝尔勒领教了这四川宵夜的麻辣，嘴里面像放了场鞭炮，眼泪鼻涕齐下。李欧吃着吃着就叹气了，说真想不到唐老爷子遭遇残害，这武馆看来相当复杂啊。

"你怀疑这是内部人员干的？"贝尔勒说。

"之前唐钺云空他们说的，武馆分化严重，唐老爷子希望借这次红劫事件，重聚伽蓝使，重振雄风，结果弄巧成拙，伽蓝使的争吵让武馆矛盾更加激化，所以，搞不好就是哪个家伙冲动之下动了杀念。"李欧推测道。

"有可能，我反正觉得唐老爷是个正直的人，这样的人往往更容易得罪小人。"贝尔勒说道。

"行吧，这是人家的家事，我们不要参与，但你和我都要更加小心，人在江湖飘，哪能不挨刀，做事别那么天真。"李欧站了起来，准备洗澡。

贝尔勒吸了口冰粉，不屑地说："唐汭的事也不是事吗？你真冷漠。"

李欧摇了摇头，也没多说："洗澡了，不聊了。"

李欧简单洗了澡，这才感到浑身像散了架一样，疲劳不堪，上床倒头就睡。

贝尔勒洗完澡，因为辣椒吃太多了，肚子像是用火烤一样，上了床，翻来覆去睡不着。

这间招待所的窗户是老式的推拉铝合金窗，关不严实，外面的风一阵比一阵紧，从缝隙溜了进来，发出尖锐的呼啸声，并带着那有点土气的窗帘神经质地飘飞着，越看越有些诡异。

贝尔勒的床靠窗，那风不时地拍在脸上，搅扰着他，伴着几声雷鸣，让他辗转难眠，直到肚子里的火力减退了，才迷迷糊糊地眯了过去。

……

呼啸的风声就在耳边，寒气扑面而来。梦境中，贝尔勒正悬挂在一座白皑皑的山崖上面，上面不时掉落一些雪团子下来。

"不行了，上不去了！"贝尔勒朝旁边喊过去。不远处，还悬着一个全副登山装备的年轻人，是个华人。他一只手抓着嵌入冰层的冰镐，另一只手扯住绳子。

年轻人的罩帽外露出黑色的头发，有着浅浅的胡楂和东方特点明显的一张脸。他仰着脖子观察着上面的形势。

"别担心，我有办法。"他说道，腾出一只手指了指上面，"上方4米处有个平面，利用那个光滑表面我做钟摆运动，运气好就能到达右上方岩缝，打下支点，这样你就可以利用这个支点直接上来。"

"你是说运气好，何岩。"贝尔勒淡笑一声。

"一直运气好，不然到不了这儿。"中国小伙行动力很强，已经开始往上攀登。

他爬到了几米高处，固定一个岩钉，反复拉拽确定了稳定。然后按照设想，双脚蹬着岩壁，开始来回奔跑。

渐渐变成一个钟摆。

"我的拿手好戏，荡秋千！"

何岩真是一把好手，钟摆运动幅度持续增大，摆动距离越来越远，在摆动到最高点的时候，他一跃而起，像一只飞鼠，弹向远处的岩峰。

何岩用力地扣入岩缝，过人的指力让他壁虎一般固定了下来，接着回手取冰镐，抡起用力一敲，锋利的锤头深深卡入岩缝中。

"何岩！你是我见过的最会登山的记者！"贝尔勒喊了起来。

"我不是记者也不是登山者。"何岩敲打着岩钉。

"无所谓了，现在我只关心咱能不能翻过山逃出去。"贝尔勒的语气变得严肃了些。

何岩停止了动作，说道："你能来帮我已经足够了，不过这样你就对不起你的家族了……"

贝尔勒不悦道："他们不可以左右我的想法。但你为什么要把东西给我？"

"放你身上要安全得多。"何岩说道。

这时候头顶突然传来隆隆的响声，一片白茫茫的雪尘笼罩在山峰高处。

大地的震颤由远到近，由里向外。

"哦，不，雪崩！"何岩大惊失色。

雪崩即将到来，一刻也不能耽搁了。

"何岩，快撤下来！"贝尔勒慌了，他不知道怎么办才好。

何岩急中生智，他观察着这一片区域的情形。只有迅速到达贝尔勒横向右侧6米远的岩檐，躲在下面才能避难。但前提是要在当前位置打好岩钉，垂下绳索，让贝尔勒可以摆动过去。

没有时间再犹豫了，何岩叮叮当当敲击起来，把一个岩钉牢牢固定在岩缝里面。

"何，快啊！"贝尔勒不知如何是好，只能催促他。

"好了，接住！"绳子抛向了贝尔勒。贝尔勒伸手抓好了绳索。

"你先荡过去吧，一定要成功！"何岩大喊着。

贝尔勒已经无法去估量风险了，他把绳子绾了个双重八字结，扣在自己腰间的锁扣上面，用力地蹬踩着，往目标移动。

一下，两下，三下，攀岩技术不如何岩的他，加上慌乱，行动有些蹩脚。

贝尔勒头上惊出了一头冷汗，这该死的，平时训练挺好的，怎么关键时候掉链子。

"攀岩技术还是不长进，你小子以后好好练。"何岩的声音在耳边响起。

终于，贝尔勒的摆动幅度大了起来，他拼尽全力，朝着那个帽子一样的岩层冲锋而去，在速度的顶点，迅速解开绳扣，奋力一跃，足够的动量让他弹开了较长的距离，然后重重地摔倒在地上，身子有一半探出了悬崖。

好险，贝尔勒小心翼翼地翻转身子，顺着岩壁蹲了下来，心脏跳得飞快。

绳索摆动了几下，被何拖了过去，接下来，该他行动了。

他必须先垂降到贝尔勒的初始位置，然后再摆荡过去。

"何！快啊！"贝尔勒惊呼起来，山体在震颤，一大片的雪浪已经降临。

何抓牢绳子，来不及调整长度，就急忙往下面跳落，冲坠的力量让他撞向岩壁，眼冒金星。

"快过来！"贝尔勒声音已经沙哑了。可时间魔鬼已经降临，雪崩迅然而至，不给他留下一丝余地。

雪无情地覆盖了一切，吞噬了一切，四周只剩下惨白的一片。

雪崩轰隆而来又呼啸而去，贝尔勒看到何岩不见了，悬挂他的绳索空空如也。

此刻一个缥缈的声音从山崖下面传来："贝尔勒，我在地狱等你，在地狱等你……"

贝尔勒撕心裂肺地喊了出来……

贝尔勒"啊啊"叫着，睁开眼睛，原来是南柯一梦，额头上满是汗，眼角泪痕犹在。

轰隆隆，大雨伴随着雷声，啪啪地打在玻璃上，不知何时又开始下雨了。

贝尔勒坐在床上，发着呆，刚才的梦境让他无法自拔，外面的雷声一声比一声响，更让他心烦意乱。这时候门开了。

门外站着李欧，眼袋有些深，看来没睡好。

"一晚上没睡安稳，妈的。"李欧骂了一声，指头夹着根烧了一半的烟，"我估计你是万事无忧一觉到天亮吧。"

贝尔勒敲着头："放屁，这黑暗料理差点把我送回老家了！"

李欧摊摊手很无辜的样子："这只能说你适应性还不强。好了，反正也醒了，我们去武馆兜一圈吧，看看人家唐家的基业。"

贝尔勒同意，简单洗漱了一下，就一起走去了武馆中心的大楼。来到门厅，看到墙上挂着武馆的平面图，旁边写着武馆简介。武馆现有综合馆一个，主要用来发展体育、竞技和健身。另有柳叶馆、飞猿馆、龙啸馆各一个，分别教授玉女拳、通臂拳、火龙拳，此外为方便广大武术爱好者修习禅学以及进一步提高武学修为，还专门设有武修馆。

贝尔勒啧啧称赞："瞧瞧，人家这名字起的，柳叶、飞猿、龙啸，多霸气，一看就知道里面有高手。不用说了，这个柳叶馆馆主肯定是那小魔女了。"

按着地图的指示，他们来到了柳叶馆，迎面一幅唐沨的巨幅照片，以峨眉山为背景，她半空飞起，挺剑直刺，英姿飒爽。

贝尔勒眼睛一亮："找到了找到了！"

"啥子找到了？"李欧不解。

"我要的灵感！就是这样。"贝尔勒揪着自己的头发，慌忙摸自己口袋找手机拍照，这才发现前晚在茶楼的时候就已经被没收了。

"回头找花木兰给我一些资料。对啊,我真迟钝,这么好的素材就在身边!"贝尔勒慌乱地说。

"咋了,你这家伙,该不会请花木兰给你当品牌代言人吧。"

贝尔勒一脸的兴奋,"东方武术,峨眉女侠,佛国奇遇,呀哈,这一套关键词够那几个家伙摆弄的了。那双小白鞋,和这些元素一融合,我有十足信心,它会成为法国一大潮款。嗯,这是峨眉武馆联名限量款,嗯,得取个牛掰的名字……"

李欧叹了一声,拍拍他的肩头,继续往前走了。

前面是一间两百平米的练功房,墙上两面大镜子,一头放着兵器架,摆放着刀枪剑之类的东西。继续往上走,是飞猿馆、龙啸馆,布置大同小异。

二人随手推开陈列室走了进去,中间一张宽大的桌子,上面摆满了各种奖杯,墙上也挂满了大大小小的锦旗、奖牌,都是近年来各种比赛获得的奖项。

贝尔勒指着一张奖牌说:"快来看这个,这女侠不简单哪,获了不少重量级的奖项。看这张照片,她还去过欧洲巡回演出,不知去没去过法国,这张是意大利的。"

两个人凑在一起,研究起唐沏的习武经历来。

正在这时,却听见外面闹嚷嚷的,两人跑向阳台,往下看去,见操场上乱哄哄的来了许多人,挥拳攘臂,指手画脚,好像在争执着什么。

贝尔勒是个爱看热闹的人,一拉李欧,说下去看看,是不是有表演。

251

第二十八章
武馆之殇

天空阴云密布，灰色的乌云在无边的天空里翻滚着，不时响起几声沉闷的雷声，像是怪兽在呜咽，渴望一场酣畅淋漓的大雨。

外面操场上几人正在大声叫喊，相互推搡着，原来是伽蓝使几人闹起来了。几十名学员从宿舍楼里跑出来，都围拢过去看。

黄豆大小的雨点瞬间降临，打在人们的身上，却没有一个人打伞，人们的心里也像这天空一样灰暗。

馆长遇袭的事像一片厚重的雾霾，压在每个人的心头，无法排解。

四人被围在中间，年轻的范隆身材高大，体形健壮，他一向待人和气，今天却不知为何怒气冲天，和重庆来的刘稳吵成一团，两人争得面红耳赤，寸步不让。

范隆用手指着刘稳："唐馆长被刺很蹊跷，肯定和你们有关，自从你们来了过后，就不得安宁！"

刘稳身材瘦小，气势却不输他，大声说："你小屁孩懂什么，你有什么资格问这些事？别以为加入伽蓝使就是个人物了？绣花枕头！"声音如洪钟一般，传出很远。

这话是范隆最不爱听的，他是个健身教练，外形是他吃饭的资本，却常常被这帮练内家功夫的人拿来说笑。

他瞪眼咬牙就扑了过去，刘稳后退一步，身形如燕，轻灵快捷，击拳迎了上去，两人拳脚交加，斗了个旗鼓相当。

　　场边的学员们躲得远远的，一边看两人争斗，一边议论纷纷。最近武馆不太平，大家虽然不知道关键情况，但都看出了端倪。人一多就杂，加上两位伽蓝使的打斗，让众人情绪更加激烈。

　　两人边打边走，周围的人都跟着移动，场子越来越大，一直打到了兵器架边。范隆一抬手，抽出一根齐眉棍，抡起来就劈头砸了下来。

　　观众一阵惊呼。

　　刘稳一侧身，掠过去抢过一把剑，舞动起来，寒光闪闪，向范隆刺了过去。

　　刘稳变招奇快，黄莺穿柳，燕子入林，一招接着一招，长剑如灵蛇吐信一般，在范隆的身边飞来飞去。

　　雨一直下个不停，水花随着棍剑的飞舞向四面甩出，打在人们的脸上、身上，只感到一阵冰凉。

　　李欧看得眼花缭乱，如果没有看到前面的争吵，还真以为这两人是在进行套路对练。

　　这时，另外两个伽蓝使也开怼了，你一言我一语，互相冷嘲热讽。

　　罗目古镇分馆馆长唐克华因为一向与哥哥不和，唐之焕这次出事，把他推到了风口浪尖上，心情极为糟糕。

　　成都的医院院长罗雅琪一边擦拭眼镜上的雨水，一边撂出话来："老唐，你和馆长是兄弟，怎么让人感觉反差这么大。你这个弟弟成天待在罗目古镇上，听说生活安逸得很，被人家取了个雅号叫耍爷。"

　　唐克华正在烦呢，听她一撩，不爽地说："你在说啥鬼话，我听不懂！"

　　罗雅琪继续冷嘲热讽："我看你是有心想要把整个武馆变成养生会所吧，这个事业心也蛮大的。"

　　唐克华来火了，大庭广众下，他嘴上可不能服输，反唇相讥："我好歹还专心办武馆，你这个医院副业搞得可是风风火火。据我所知，中医看病用药讲究五行，南方人生病与北方人生病用药不能一样，男女老少的病治起来也各不同，而你们医院，不管谁来了，都是一样的药、一样的医生，怎么可能治好呢？可怜可恨，骗人钱财。"一边说，一边摇了摇头。

这一说罗院长可受不了，唐克华把她和她的事业说得一无是处，听起来自己就是个混饭吃的江湖骗子，正色道："照你这么说，我们医院就没治好过病，那干脆我把病人都推荐给你，让你来做做养生术不就好了？"

唐克华仰头哈哈一笑："罗院长，别生气嘛，说说怕什么？你不是心虚了吧，凭你们的医术，我担心会气死扁鹊哦！"

他这一笑，把罗院长气得不行，索性拉下脸来，冷笑道："要爷，我气死扁鹊倒无所谓，你把唐馆长气死了，这事可就大了。"

唐克华的笑声戛然而止，恶狠狠地瞪着罗院长："罗雅琪，把话说明白，我大哥到底是怎么回事？你们到底想干什么？"

"别贼喊捉贼了，他出事不正中你下怀吗？省得你整天跟他吵个没完。"罗院长不紧不慢地说。

"你，你……"唐克华气得说不出话来，握紧了拳头，往前迈了几步。

"怎么着，你还想打我一顿不成？"罗雅琪毫不惧怕，也上了一步。

学员逐渐分成两头，看到他们剑拔弩张地对峙着，也都围了过来，针锋相对，形势一触即发。

那边范隆和刘稳一棍一剑还在翻翻滚滚，斗个没完，雨越来越大，两个人的身上都是泥巴水水，头发都黏在了一起，还在一来一往地斗着，似乎要把满腔的怒火通过打斗发泄出来。

这时候响起一声断喝："都别闹了！"是唐钺的声音，范刘二人停了下来，范隆两眼圆睁，刘稳面色严峻，微眯着眼睛，手里的剑尖斜指着范隆，剑上的雨水一滴一滴地落下。

唐钺、唐汭走过来，夺下他们手中兵器："干什么？你们疯了！"

琳达、冯潜也过来了，分头劝说四人，四人本也是一时郁闷，发泄一下心里的邪火，也许是经过雨水的冲洗，头脑都清醒了许多，见众人都来劝解，当下也没有话说。

唐钺神情严肃，向众人说道："家父为了大事召集大家前来，是想团结一心共同解决大问题,大家这样闹下去有什么意义?"

四人默不作声,李欧小声跟贝尔勒说:"看不出来这家伙还有点威信啊。"

唐钺见众人都不说话,这才缓和了一下,对在场各位说道:"父亲遭遇不幸,大家都很痛心,想必都对凶手十分痛恨。这位是刑警队的冯队长,特来调查此事,还请各位配合。"

"凶手就在武馆,该死!"不知是谁忽然喊了一声。

这一声不打紧,又引爆了炸药桶。

又有人喊道:"是谁干的,自己滚出来!"

"连老馆长都害,还他妈是人吗!"

"凶手你怎么不去死!"

人群闹闹嚷嚷起来,互相指责,互揭伤疤,局面再度失控。

"都别吵了!"唐沩怒形于色,尖声喊道,她的声音敞亮又有穿透性,好歹让人群躁动稍停。

"你们越是这样,越是对凶手有利,大家都冷静些,配合警方调查,我相信,罪人一定会受到法律的严惩!"唐沩言辞恳切,大家都知道她是唐馆长的爱女,还有谁比她更希望报仇的呢。

嘈杂的人群渐渐平静下来,唐钺和冯潜商量了一下,准备把几个重点人员请到武馆大堂,一个一个分开问话。

李欧看了看武馆这现状,不禁暗自叹息。从局面可以看出,武馆的分歧由来已久,而这伽蓝使的到来,让武馆的局势更加难以收拾。伽蓝使的身份是从历史的长河中走来的,在武术界倒是颇有威望,但对这个武馆来说,县官不如现管,想要指手画脚不免阻力重重,还可能生出误会。

最要命的是,面临红劫大灾,唐馆长却在关键时候遇害,武馆能否承受历史和现实的双重压力,就真的不好说了。

冯潜扫视了一圈,问:"人都到齐了吗?"

武馆事务处主任周默回答说:"前天张副馆长去宜宾办事,现在还没回来。给他打了几次电话,不知什么原因都打不通。"

冯潜的眉头拧成了疙瘩，小声嘀咕着："去宜宾了？联系不上？这节骨眼上？"

他挥了挥手："那就先麻烦几位了，我们有规定，请大家配合。"

说完，唐钺遣散了人群，让伽蓝使几人同武馆的几个骨干一起，先去大厅等候问话。

李欧、贝尔勒和唐汭当晚都在峨眉医院，有充分的不在场证明。

唐钺嘱托唐汭道："小汭，武馆的事情交给我来处理吧，你别担心。寻找密道的事就拜托你们了，我已经说服父亲，行动以你们为主，爆破大佛的方案暂且被搁置了。不到万不得已，不会破坏大佛。"

"放心吧钺哥，等我们的好消息。"唐汭信心十足地说。

然后招呼两人："走，跟我来，有事商量。"

说完，领着李欧和贝尔勒就往武馆大楼走去了……

不久，调查在嘉定武馆办公室展开了，首先进来的是范隆。

范隆没等冯潜开口，就急忙说道："那天晚上，酒宴散了后，我说要送送馆长，他说不用，我感觉他也没有喝多，就没有坚持。正好有个学员跟我约了节晚课，我就过去了。"

说着，拿出手机，打开微信朋友圈，把一个女学员传的照片递给冯潜看。

冯潜没有看他的图片，而是一直盯着范隆的眼睛，半晌没个话出来。

助手小郭坐在旁边，也一言不发，低头查看着范隆的档案，一个家境殷实的高富帅，因为热爱武术而进入武馆，天资聪明的他很快取得不小的成就，被唐之焕赏识并提拔为联群部门的主管。自己还经营着一家健身馆，既当老板，也做健身教练，在年轻人之间，尤其是女性之间颇有知名度，网络大V，网名：卡路里呀。

"伽蓝使究竟是什么？"冯潜忽然问出这个问题。

小郭扫了一眼队长，他知道队长的办案风格，总是不按套路出牌，范隆这个人直觉上就没有行凶的嫌疑，估计在他心中已经排除掉了。

"哦，这个啊。我也说不准，总之，在川内武学界，是个地位较高的称号吧。和武术协会、佛教协会都有关系，这个关系还挺复杂的。"范隆不自觉抚摸着自己健壮的胳膊，似在回想曾经因为武学天赋高被破格提拔的事情，当然这里面也和推荐人很有关系。

"伽蓝使的使命是什么？"冯潜又问。

范隆似乎对这个问题有些犯难，想了想，才说："我晓得的，历史上是护卫乐山大佛，包括弘扬佛法之类的，现在嘛，你要说具体的使命，我倒也说不清楚，可能传承的是某种精神吧。"

"这么说，你们伽蓝使齐聚乐山，就是喝喝茶、吹吹牛了。"冯潜有些好奇，这个家伙对伽蓝使的概念这么模糊，又怎么加入了这一神秘组织。

范隆尴尬一笑："当然是有些事情需要商量嘛。"

"具体商量什么？"

范隆有些严肃起来："嗯，主要是一些佛学和武学的问题，你知道，唐馆长比较老套，他们的话题我是不太感兴趣的，因此，我也没怎么参与，你要我说也说不具体。"

冯潜微微一笑，不知道在想些什么。

"唐之焕被刺的原因你认为是什么？"冯潜接着问道。

范隆叹了口气，好像很难开口，他一向不喜欢做结论："矛盾吧。但吵归吵也没必要啊。"

"什么意思？"

"我是说，我们几个伽蓝使之间虽然是因为一些策略问题有分歧，但不至于到杀人泄愤的地步。"

"那你认为真正的矛盾是什么？"

范隆挠挠头，答道："这个我不太清楚。"

"好了，你先出去吧。"冯潜忽然结束了问话，小郭也惊讶了一下，只得传唤下一个人。

冯潜又把刘稳叫了进来，他目前是重庆一家货运公司的老总，曾在泸州修学峨眉武术，出类拔萃，终于夺得伽蓝使的头衔，泸州武馆曾请他出任馆长，却被他因身体原因而婉拒。后来，刘稳又创办公司，凭借着自己广泛的人脉，公司蒸蒸日上，并在公司内成立了峨眉武术分队，民间给了他一个"武老板"的俗称。

冯潜这次却直截了当地问他："那天晚上到底发生了什么事？我听说还吵起来了？"

刘稳想了一下，不慌不忙地说："唐之焕叫我们几个人吃个饭，一开始大家聊各自工作、事业，有说有笑的。然后又聊到武馆的一些内部事务，就争执起来了。"

冯潜问："他们具体争执什么事？"

刘稳低下头，闭口不言，冯潜单刀直入，问他："是寻找玉莲渊密道的事吗？"

刘惊讶地抬起头，瞪着眼睛看冯潜，不知该如何接话。

冯潜笑道："别紧张，昨晚老爷子醒来，把你们的秘密都跟我说了……"

昨夜凌晨 4 点，唐之焕忽然醒来了，手臂动了一下，唐沏趴在床边睡着了，感觉到父亲的动作，就睁开了眼睛。

唐之焕看着她，衰弱地说："你来了，沏儿。"

唐沏又惊又喜："爸，你可醒了，把我吓坏了。"说话间，眼泪又出来了。

唐之焕握着她的手："我没事的，不要哭嘛。"

冯潜一直在病房外面守着，听到说话声，走了进来，坐在旁边。

外面一阵"咚咚"的脚步声，琳达和唐钺来到门前，唐钺拦着琳达，"你还是不要去打扰他了。"

琳达推开唐钺，执意往里面走，说："叔叔被人害了我也很痛心啊，虽然平时叔叔对我有看法，但我不能不管不问。"

一进门，看到唐之焕睁开了眼睛，琳达惊喜地说："叔叔醒过来了。"

她跑过去，蹲在病床前，抹着眼泪说："叔叔，您好些了吧，您安心在这里好好养伤，我们一定为您查清真相。"

唐沭皱起眉，厌恶地看了她一眼，又回头瞅了瞅唐钺。唐钺无奈地对她摇了摇头，轻叹一声。

唐之焕对几人说："我想跟冯队长说几句话，你们先出去吧。"

几人只得听了老爷子的话，走出了病房。

唐之焕对冯潜招了招手说："冯队长，你过来。"冯潜坐到他床前，唐之焕虚弱地说："我知道你一直在关注我和云空，但这里面真的是有误会，也许云空曾经犯过错，但今天我们所要做的事，是非常重要的大事。"

冯潜没有说话，他在等待着唐之焕的下文，有没有他未曾掌握的信息。

唐之焕停了一下，像是下了很大的决心，把伽蓝使的训示，大佛身后的玉莲渊，"红劫"等情况一一陈述，他说："伽蓝使背负着千年的秘密，到今天，终于可以弄个水落石出了。我们一直努力在做的，就是解开这个千古谜团，请你理解我们。"

冯潜眉头紧锁，尽管他一时间还不能消化，但从道理上来讲，他能够理解唐之焕的话。

唐之焕感觉自己不用花多余的力气来说服冯潜相信预言的事，就又把话题转到云空身上："云空我不知道他以前犯过什么事，但几十年来皈依佛门，行善举，颂佛恩，于佛门来讲他是个杰出的人才，做出了不小的贡献。希望冯队长您能顾全大局，既往不咎。"

唐之焕言辞恳切，冯潜为之动容，他握着唐之焕的手说："老爷子你就别多想了，好好养伤，我会把事情办好的。"

唐之焕微微点头，感激地看着他，"我有点累，想再休息一会儿。麻烦你帮我叫唐沭进来，好吗？"

讲完昨天夜里的事，冯潜身体往后一靠，手臂放在扶手上，手指轻轻叩击着，平静地注视着刘稳，等着他向自己透露更多的信息。

刘稳皱着眉头，也不知道唐之焕跟他说了多少秘密，但有一点他敢肯定的是，老爷子并没有把爆破大佛的计划说出去，毕竟这个法子一旦被警方知道，就绝不可能再实施。"

刘稳，坦然说道："既然你都知道了，我也就把话说敞亮了。我们伽蓝使这次到武馆开会，主要就是讨论如何进入玉莲渊，唐馆长和张副馆长的意见不统一，两人各执己见，引得大家也闹了起来，最后不欢而散。张副馆长说身体不适，要回宜宾疗养，就一去不返了。"

两人矛盾激化？不可调和？冯潜分析自己掌握的各种情况，眼睛看着天花板，半天也不眨一下。

"你们因为方案的事情发生激烈争吵，但这足以达到杀人解恨的地步吗？"冯潜问道。

"是啊，这不可能啊。我看，这只是个导火索，激化的是长期埋下的矛盾。"

"什么矛盾？"

"不好说，我们平时都在各地忙自己的工作，要说矛盾也有，但并没有太大的利益上的关联。我觉得，可能还是在对武馆前途的考虑上有了分歧。"

"具体说说。"

"嗯。老馆长年龄大了，多次也说要物色接班人。从传统来看，是由馆长指定人选，然后大家评议。一般也就是子女或者嫡传徒弟接任。但这个时代不像以前了，武馆接班人的选择更加的民主和公正，这样也许就造成了一些矛盾。"

"你是说这触犯了某些人的利益，打乱了计划？"

"这只是我自己的看法。"

"谁是有可能的接任者，你说说看。"

刘稳眉头更紧了，考虑了下才说："唐之焕的两个儿子，一个女儿，张副馆长，弟弟唐克华，武馆的几个骨干，以及川内峨眉武馆的精英，都可能接任嘉定武馆馆长。"

冯潜想要深入了解下这几个人的情况，正要问，这时，一个年轻警察跑过来，凑近冯潜耳边，小声说："张郭仪不在宜宾，他失踪了，手机信号也跟踪不到。"

冯潜听到这个消息,猛地坐了起来,手一拍:"找不到了?会不会是畏罪潜逃?"

警察连连点头:"看起来是这样。另外,我们找到了刺杀唐馆长的凶器。"

冯潜离开沙发,站了起来,小警察把手里的公文包打开,戴着橡胶手套,把一个细长的物件取了出来。

那东西长约一尺,两头细而扁平,呈菱形尖刀锐刺,中间粗,正中有一圆孔,上铆一铁钉,钉子可在孔中灵活转动,钉串连一套指圆环。

"这是峨眉刺。"冯潜说道,和武馆长期打交道的他,自然对这里的兵器比较熟悉。

"是的,是峨眉派专用的一种兵器。"小警察似乎对自己的发现比较兴奋,"《射雕英雄传》里面黄蓉用的就是这个东西。"

"你在哪里发现的?"刘稳惊愕地说。

"我们调查了案发地点附近的草丛,找到了这个东西。看来是凶手匆忙之中丢弃的。"

"哎呀,这下没错了。是馆里的人干的。"刘稳更加惊讶地说。

冯潜仔细观察着金属凶器,尖头上面还残留着凝固的暗色血迹,靠近闻了闻,确认并不太久。

"馆上谁会用这个兵器,据我所知这是女性用的吧。"冯潜转头盯着刘稳,他不相信这个有些粗糙的男子会使用这种精巧秀气的东西。

刘稳微微点头,又迅速摇头:"峨眉刺属于峨眉派的专用兵器,虽然女性使用居多,但也有少数男子修习。"

"性别确定不了。"冯潜道,"这样吧,我们缩小一个范围,就刚才你说的那几个和接任武馆有关的人里面,有谁会使用这种兵器。"

刘稳双眼睁大了:"我所知道的善使这种兵器的人,有两个。一个是唐汭,另一个就是张副馆长。"

"唐汭当时在峨眉,这毫无疑问。"冯潜说道,"那么只剩一个选项。"

刘稳用拳头捶着自己的额头:"哎呀,张郭仪啊,张郭仪啊!不敢相信你居然干出这种事，造孽啊！"刘急弯下腰，把脸埋到掌心。

看到刘稳也是这种反应，冯潜更加相信自己的判断，他对警察说："把张郭仪的照片发到各个分局，车站码头，加强监控，来回防范，此人相当危险。同时，采集和分析凶器上面的指纹。"

"是。"警察答应了一声，跑了出去。

半晌，刘稳抬起头，痛心疾首地说："知人知面不知心哪，张郭仪啊张郭仪，我老刘看走眼喽。"

· · · 第二十九章 · · ·

七方阵语

此刻，在峨眉附近的一个山冈上，雨水纷飞，灰棉絮般的云层贴着树林飞舞着。

一个人站在山崖边，身上裹着一袭灰色的麻布衬衫长裤；戴一顶黑色鸭舌帽，愣怔地盯着脚下的悬崖。

下面雨雾氤氲，唯美的景象中藏着危险。

他左手捏成拳头，右手端着一个木盒，像是一尊雕像。

片刻，他叹了口气，似乎经过了剧烈的思想斗争。返回身后的山壁之下。

那里雨水未及，还有不少干枯树枝。

云空捡起一些树枝，拢在一起，搭成一个柴堆。从口袋里掏出一个打火机，黄色柔弱的火苗跳动着，映在他肃穆的脸上。

他点燃了引火枝，渐渐燃起一团火焰，树枝在噼啪作响。

他似乎用了很大的力气，才打开盒盖，里面有一个暗红色的刺绣锦袋，外观虽然陈旧但式样精美秀气。他拉开锦袋的收口，凑近了往里看了看。

袋里是一撮头发，弯曲着静静地躺在锦袋里，依旧乌黑发亮。

云空的手颤抖起来，像是受到了某种刺激。他赶忙收好锦袋，关好盒子，眉头紧皱，闭起眼睛，慌忙念起经来。

他嘴里念念有词，不知道在说着什么，也许是往生咒，也许是一些连自己都不太明白的碎话。

盒子从手里脱落，掉进了柴火，变烫、变黑、起火。

忽然，他啊了一声，手忙脚乱地抓起身边的泥沙，拼命往那柴火里撒，像个疯子一样，又一脚把那"火化台"踢散了，不管不顾去抓那黢黑的木盒，紧紧握在手上。手被烫得生疼，但他却咬紧牙关，似乎这种疼痛就是他应该受的……

嘉定武馆友谊馆内，唐沏把门关上了，李欧大大咧咧地坐到沙发上，说道："花木兰，你请盼咐吧。"

唐沏坐到他们对面，神情严肃："昨天夜里，我父亲跟我说了一番话。"

"说什么了，把掌门之位交给你了？"李欧笑道。

"别开玩笑了。唐钺现在暂时接管武馆，代理父亲指挥各类事务。我的任务，是竭尽全力进入玉莲渊。"唐沏严肃地说。

"可那梵语怎么破译？"李欧问这个关键问题。

"我联系上小昕了，她说暂时无法破解。不过，我问了我爸，他告诉了我密码表的下落。"唐沏拿出一个手机来，示意小昕已经把图片回传给她了，只要找到密码表，一切就会迎刃而解。

贝尔勒一下来了精神："那太好了！"

唐沏认真地注视着李欧："但我现在还是不晓得，李欧你到底会起到啥子关键作用，李先师到底传承了啥子秘密给你？"

言外之意是李欧心机颇重，会不会有所保留。

李欧读懂了她的意思，拍拍脑门，道："我倒是希望李先师给我写张纸条，说清楚到底要我做啥，而我父亲到现在也没具体的指示。我能起什么作用，你问我，我只有问苍天。"

唐沏平静地说道："行，只有看看经书怎么说的了。我们走吧。"

贝尔勒忽然叫住她："哎，花木兰我有一事相求。"

唐沏回头疑惑地看着他。

"那个，之前我参观了你的柳叶馆，景仰景仰，佩服佩服。你英姿飒爽，绿叶当中一点红，集东方力量与美学为一身……"

"说人话。"唐沨打断了他。

"我想以你为核心，激发新的设计灵感。"贝尔勒诚恳地说。

"你是说把我印在你的冲锋衣上，或是鞋子上？"唐沨有些想笑。

"请给我一些你的影像资料，我交给我的团队，我们会打造最潮流的服饰。"贝尔勒鞠了个躬。

"大橘，你真的搞不清情况，现在哪有工夫玩这些。"李欧责备道。

可唐沨还是答应了贝尔勒，说朋友圈里有一些以前的照片，就都传给了贝尔勒，贝尔勒又转发到了自己法国的公司邮箱里。

唐沨最后说："大橘，新产品发布了可别忘记送我一份。"

"OK，那是必须的。"贝尔勒伸出了手掌，"到时候还得请你去法国为新产品做代言呢。"

唐沨大方地同他握手："合作愉快。"

唐沨这就带着两人出了武馆大楼，外面走廊里没有一个人。他们悄悄溜下楼梯，出了后门，穿过一个小花园，后面就是凌云山的一处腹地。

山壁上有若干个洞窟，大大小小，有天然形成，也有人工开凿的。唐沨领着两人进了其中一个山洞，里面有石桌石凳，供炎夏乘凉之用。墙上挂着书画，像个书房。

"喵，好地方。"贝尔勒低头弯腰地钻了进来，叹道，"这叫什么？洞天福地？什么什么造化？"

没看见唐沨在哪儿按了一下，一面光滑的墙壁上"啪"地出现了一扇小门，只能容得下一个人侧着身子进去，高度只有一米多一点，里面黑乎乎的。

李欧惊讶道："武馆后面搞的花样还挺多，看来真不是简单的民间组织。"

唐沨回头看了他一眼，说道："跟我来吧。"侧身钻了进去。

两人紧随其后，后面的门又慢慢关上，里面一片漆黑。

这是一条狭长的通道，地面和墙壁都打磨得十分光滑平整，可见建造者下了不少功夫。

三人慢慢前行，十余步左右，豁然开朗，来到了一个五六米见方的厅堂。唐沩按动了开关，白炽灯亮了，正面是两尊塑像。

左边一位是个和尚，身材瘦削，右手竖掌胸前施无畏印，左手持一串念珠，下巴微扬，神情倔强，两道长眉下眼窝深陷，紧闭不睁，不用说，这位就是海通法师了。

想起他为护财宝，自残双眼，李欧肃然起敬，双手合十，深深鞠了一躬。

另一位端坐椅上，身着唐朝官服，颏下三绺青须，面带微笑，目光锐利，精明能干，此人是一代名将——唐德宗时期的剑南西川节度使韦皋，也是乐山大佛的最终完成者。

塑像前摆着一张香案，唐沩上前跪下，虔诚叩拜，起身上香，口中念念有词。

李贝二人被这庄严气氛感染，敬意油然而生，未敢有半句不恭言语，肃立一旁，看着她完成这一仪式。

上完香，唐沩蹲下身，跪在神像面前，将方才跪拜用的蒲团拿开。李欧和贝尔勒凑了过去，地上有一个圆形的图案，乃是六十四卦象图。

唐沩仔细端详一会儿，上下左右按了几下，图案顺时针转了起来，然后从中分开，露出底下一个空腔，里面是一个方形的匣子。

唐沩解开匣子的金属扣，里面放着几本纸张已经发黄的老本子。

唐沩翻了一下，找出一个薄薄的书，取了出来，李欧扫了一眼，见上面题名"伽蓝史记"。

"应该就是它了。"唐沩翻了翻其他的书，仅此一本叫做"史记"。翻开书来，发现这是一本手抄本，笔画有力，字形端正秀气，书中记载着上千年来伽蓝使的发展演变。从唐朝一直写到明末清初，也就是说，这本书应该是清朝时候编撰的了。只是没有编写人的名字。

记载的内容并不多，唐沩一边看一边念，李欧就和贝尔勒坐到旁边椅子上，仔细地听。

乐山大佛建造之时，在海通法师和李沭先师的主持下，成立了护佛队，由凌云的僧人以及有关的能工巧匠构成。主要任务是守护大佛，修缮大佛，弘扬佛法等。护佛队正式命名为伽蓝使，意思是护法神的使者，守护大佛。主官法名伽蓝尊者。后来，海通圆寂之后，大佛修建由官府接管，还册封了伽蓝使官职下州司马，位列六品。伽蓝使要以修习峨眉武术为重心，具备学、武、守、修、展等功能。

这里还简略地提到了伽蓝使的成立者之一，李沭的身世。说他年幼贫苦，父母双亡，沦落街头乞讨度日，后被寺院僧侣所救。在寺院中，他虽未出家，但虔心学习佛经，还学习了建造佛像的手艺。后来，被来自彭州的一个工匠世家收留，便离开了寺院，由于智慧过人又巧手如神，渐渐成长为杰出的工匠大师。他不忘佛心，礼佛行善，和海通法师相见如故，两人共同发起修筑大佛，功劳卓著。海通去世后，他将大佛工程交接予伽蓝使，云游四海。

但李沭最终去了哪里，书中并未提及。

这里，书中提到了李沭与海通为了传承乐山大佛的秘密，留下"一人一书"的提示。一部分秘密由李先师的后人传承，另一部分秘密则藏于佛家禁地，并将解密的办法记载于一本经卷里。

话说唐玄奘西天取经，取回印度佛经，兼由古梵文悉昙体书写，大佛经卷也是由悉昙体所写，但经过了特殊的加密法，即"七方阵语"。其密法只由伽蓝指挥使一人掌握，口口相传，代代传承。

"完了，伽蓝使的传承很多都断了，这办法如果不用文字记录下来，那太容易丢失了，怎么办啊。"唐沨可惜地说道。

"别急，继续往下看看。"李欧说道。

史书又说，"七方阵语"来源于吐蕃（西藏古称），相传是由吐蕃立国之君松赞干布发明，用于军事机密情报的加密。

唐德宗时期，剑南西川节度使韦皋续建乐山大佛，将之纳入"和南诏，拒吐蕃"的战略大局之中。伽蓝使因使命特殊，能力非凡，成为韦皋的亲卫队，秘密地执行了一些重要任务。据说"破西洲之计出伽蓝"，"邪师暗

267

图大佛，密文遭破，伽蓝一举歼之。"虽然李欧两人看不太明白，但也知道伽蓝使对于这个唐代的一代名将来说极其重要，是不可或缺的力量。

它说伽蓝使在执行任务时，识破了吐蕃特殊队伍的密文，提前掌握了情报，因此充分应对，一举歼灭他们。因此，这个"七方阵语"最终被伽蓝使所掌握，经过其改造后，用于了机密情报的加密。为了防止后世失传，史书中记载了阵语加、解密的原理。

基本加密办法是：将梵文16母音与35子音相合，减除2个复合子音，共49音，整组成7行7列之阵列。首行为密位，任择一梵文词语或短语充之，7个音字各不相同。7音字外，其余42悉昙音数按阵列依次排满42格，此乃七方阵语密码表。

加密时，将明文拆解，每两音字为一对子，对子对照七方阵。若在同行同列，则调换之，若不在同行同列，则易对角而替换之。若遇相同连音字，则中间插入某一特殊音字拆之。若总数为奇，则添特殊音字组为偶数。

按照此种方法，即把明文改易密文，而解密之法，则逆向推之。若要破解此法，必须知道首行之密位。

看到这里，唐沏明白这就是解开经文的办法，可是文字晦涩艰深，难以理解。贝尔勒看得也是一头雾水，直摇头，说这游戏是捉弄人。

李欧却是有所感悟，想了片刻，问唐沏："这个悉昙文，你懂得吧？"

"大体上懂。"唐沏答道。

"那这个16音35音什么的，是什么意思？"

"你可以理解成汉语拼音的声母和韵母，或者英文26个字母。"

"哦，那49音就相当于是49个不同的字母对吧。"

"可以这么说。"

李欧打了个响指，有些兴奋地说："那么这个加密的办法，有可能和19世纪西方的波雷费密码差不多。"

"是吗，可这经文是唐朝时候的，那时间上差得远了，难不成你说的这个密码是从中国传到西方的？"唐沏半信半疑地说。

李欧无法回答这个问题，也许只是各自独立出现的吧。

"嗨，小李子，你不是吹牛吧，你什么时候成了密码学专家。"贝尔勒的眼光也同样怀疑重重。

李欧呵呵一笑，道："我大学时参加了一个兴趣小组，玩的是信息加密与解密，虽然我原本只是觉得组长妹子长得有些乖才加入的，不过混了一段时间，倒也学了点加解密技巧。其中，就有这个波雷费密码。"

"那你说说看，是怎么个做法。"唐沨双手一抱，希望他并没有开玩笑。

李欧"嗯"了一声，这便解释道，波雷费密码是用英文 26 个字母做的码表，它把 i 和 j 两个字母放在一个格子里，那就是 25 个格子，正好组成 5×5 的矩阵。首行是密钥，是一个词语或任意字母组合，反正每个字母都不相同。然后把剩余字母依次从左到右逐行填写在表格内。

加密的过程是这样的——将明文每两个字母组成一组。若分组过程中出现连续的字母，则用"X"隔开。对于分组后的每两个字母，若其在码表矩阵中同一行，则分别替换为其右侧的字母，也就是往右循环移动。

若其在码表矩阵中的同一列，则分别替换为其下侧的字母，也就是往下循环移动。

若其在码表矩阵中不同行列，则分别替换为同一行而交换列的字母。

解密就是按照加密相反的操作进行。

"所以我看史书上记载的方法，有很多类似的地方，只不过是把 25 个字母格子换成了 49 个字母格子，从 5 方变成 7 方，但原理是一样的。另外，史书写的同行同列的时候，仅是对调字母，而不是波雷费密码的右移动或下移动。"李欧的一番解释让两人豁然明了。

C	H	I/J	N	A
B	Ⓓ	E	Ⓕ	G
K	L	M	O	P
Q	Ⓡ	S	Ⓣ	U
V	W	X	Y	Z

波雷费密码矩阵例图

"嗨，不过就是个对照替换的字母游戏罢了。古人也没那么神奇。"贝尔勒不屑地说。

"说起来简单，但如果不知道密钥，也很难搞定的。那么问题来了，这码表的第一行，到底是个什么词语？"李欧看向了唐沨，这只能靠她来解决了。

"我，我怎么知道这个密钥……父亲也没提示过，难道说是和伽蓝使有关？"唐沏有些犯难了，这个密钥一旦确定不了，码表就确定不了，经文破译就不可能。

"花木兰，你静下来仔细想想吧，我相信你一定不负重托。我和贝尔勒继续看看书。"这次轮到李欧给唐沏打气了，她这个队伍心理师也需要别人的鼓劲。

李欧和贝尔勒两人继续读着史记后面的内容。

伽蓝使成立初期，内部和谐团结，在唐武宗毁佛运动中，伽蓝使发挥了极大作用，让大佛免遭人祸。唐末，李先师后人却受到一些僧侣排挤，就从队伍中分离了出来。古籍上仅有一句语焉不详的话："先师之后多有反常，集之难谐。"

从此，伽蓝使者以僧人为主，加上一些峨眉武学宗派。而李沐后人渐渐淡出历史舞台，再也难寻踪迹。

南宋时期，伽蓝使形同虚设，大佛荒废，庙宇被毁。元军攻到乐山后，想要毁灭大佛，给予汉人信仰致命一击，伽蓝使与守军在凌云山与元军展开激烈战斗，最后伽蓝使四人引燃炸药，把山路炸塌，与几百敌军同归于尽，极为壮烈，勇士之名，永传后世。

当时，这个洞穴曾经是伽蓝使的秘密司令部，山河破碎，但反抗的种子留了下来，野火烧不尽，春风吹又生，直到明朝，伽蓝使者再度聚起，发扬光大。明嘉靖年间，伽蓝使组建了嘉定武馆，延续至今……

两人为伽蓝使的壮举感动，想象那壮烈的场面，肃然起敬，原来伽蓝使前辈如此英勇，一种崇高、无畏的情怀从李欧心底油然而生。

贝尔勒由衷叹道："难怪中国历经五千年，依然如此强大，你们有一种打不垮的精神。"

李欧对他的夸奖不置一词，又翻到伽蓝使名录，最晚记到了清朝。唐时，名录里还有不少李姓人物，到了宋元就忽然少了很多，看来当时的伽蓝使团体的确是把李沐后人排挤出来了，也不知道发生了什么。

李欧暗想，如果自己的先祖真的是李沭的话，那曾经有几代还是当过伽蓝使的，后来是不是因为这些人跟我一样，具备奇妙的感应体质，发生了一些事情，导致僧侣们觉得相处不太和谐，就借机赶走了他们。

　　这些情况，父亲从未提起，也许他也不一定知道吧。

　　两人闲聊了一会儿，唐沕忽然神经质地说道："兄弟们，我知道，我知道了！"

··· 第三十章 ···
僧匠宏德

唐沨的喊声中带着按捺不住的激动。

"等等，让我猜猜！"贝尔勒也来劲了，"嗯，是'伽蓝使'！"

花木兰抿着嘴摇了摇头。

"哦，对了要七位数的字母组合，还算有点长了，不会是'乐山大佛的宝藏'吧。"贝尔勒抓着头发。

"屁，那时候乐山不叫乐山。"李欧白了他一眼。

"那就'李沭和海通两人'。啊哈，正好七个字。"

"啥玩意，再说汉字是七个字不代表梵文是七个字。"

"行了行了，别瞎猜了。"唐沨不想浪费时间，便说道，"我也猜了好几个词，但都不对。后来我仔细想了一想，这个经文的密钥既然要永远传承下去，那么就不应该那么复杂深奥，一定是很有代表性的词句了，即使密钥被人遗忘了，也可以推想出来。"

"嗯，这个思路对的，一定是一个通俗易懂，人人皆知的词语，或者短句。难道说，是一句咒文……"李欧非常赞同她的说法，思路突然就通了。

唐沨向两人各看一眼，按捺不住笑意："对啊，那就是南无阿弥陀佛！"

"就是这个啊，我听云空时不时会念上一句，可能跟咱们念阿门是一个意思。不过，你这是六个字啊，不是要七个吗？"贝尔勒疑惑了。

"哈，你说得对，但神奇的是，梵文的南无阿弥陀佛却正好是七个不同的文字。我于是排出了密码表，试着破译了一下经文，竟然能行！"唐沨欣喜地说道，忙拿起桌上的纸笔，写下了一行文字。

梵文（悉昙体）：南无阿弥陀佛

"太棒了！花木兰你真是我们的福音！"贝尔勒就差和她拥抱了。

"那我们就开始翻译吧。李欧，你来配合我。"唐沨打开手机上面的经文照片，她来对照码表破译，李欧则把明文写在一张纸上。

她一字一句地翻译着，刚开始还有些生硬和迟疑，越往后就越熟练，而伴随着她平稳而清澈的声线，一个千年前的故事逐渐浮出水面。

这段经文名叫《凌云大像僧匠宏德录》，是海通口述，由弟子整理的。上面记载的，是海通大师与李沐共同修建乐山大佛的一段秘史。时间回溯到修筑大佛的最开头，尘封的历史缓缓浮现……

海通启动大佛工程后，成千的工匠，奋锤凿刻。被凿下的大块石头，滚落入江中，发出巨雷般的响声，惊天动地。

一天，来了一个中年男子，面色黧黑，草鞋布衣，自称是西坝的泥瓦匠，要面见海通。

海通正在工地监督施工，听说有西坝来的泥瓦匠，自然很是欢迎，连忙赶了过来。

其时大佛才刚刚动工，按照海通的设计，佛像依凌云山西壁凿石而成。正当三条河流汇合冲击之处。其身上方为树木葱茏的栖鸾峰，其足下前方则为澎湃的江水，大佛坐东朝西，通高为两百一十三尺，头宽三十尺，仅脚背就宽达二十五尺五寸。大佛最先开凿的是头部，当时，身躯尚未成形。

山石上打了无数的洞，横竖插遍了粗粗细细的圆木，自下而上，仿佛

273

给崖壁织了一件铠甲。从上面垂下成百根绳子，下端吊着从各地召集来的石匠，一手拿锤，一手持錾，叮咚之声与江水轰鸣相互应和，不时有大大小小的石块凌空落下。

中年男子凝神观看，不住点头，暗暗称奇："果然是天下第一巨佛，非有宏大愿力之人，不能做此大事。"眼看海通满面灰尘走来，他赶忙迎了上去，躬身行礼。

两人相见后，这人直起身来，说道："师父，听说你发大誓愿，要建佛像，为民谋利，小的十分佩服。有一句话不知当讲不当讲。"

海通一心要笼络天下能工巧匠，就很客气地说："还请赐教。"

那人便直说道："恕我直言，你没请到最好的石刻师傅，只怕费时费工，造出的佛像不能长久。"

海通觉得这人太狂妄，刚一见面就指责自己，心中有些不悦，说道："我请的都是各地有名的石雕大师，造了很多佛像，经验丰富，有何不对？"

泥瓦匠捋着颔下青须，呵呵一笑，摇摇头说："师傅们雕刻佛像手段高超这点不假，但凌云大佛是个庞然大物，工程浩大，光会雕个佛像是不行的。"

海通是个聪明之人，听他一说，便道："还请先生明示。"

泥瓦匠指着两边的山石提示他说："师父你看，这山上岩石有何变化？"

海通手搭凉棚，仔细观看却看不出端倪："不知。"

泥瓦匠微微一笑："今日没有变化，一年以后，十年以后，百年以后呢？"

海通心有所悟，不待他说出心中疑惑，泥瓦匠伸手在空中从上而下一抹："这大佛即使雕好了，今日神采焕然，但在这露天日晒雨淋之下，不出十年就会面目全非。"

海通心里一惊，的确如此，这大佛高与山齐，不比室内佛像，他可不愿自己煞费苦心造出的佛像仅历数年便毁于一旦。他颜色一变，谦虚请教："先生有何高见？"

泥瓦匠胸有成竹，说道："办法说起来也很简单。大佛需要一套完善的引流排水工程，要巧妙地嵌入大佛身体，你问这些佛像师傅们，可能修造？"

泥瓦匠这些说法，海通闻所未闻，沉吟片刻，海通双手合十，向泥瓦匠躬身施礼："先生说得有理，不知先生可否助吾一臂之力？"

泥瓦匠双手抱拳，说道："鄙人姓李，名沭，先祖是蜀守李冰，听闻大师要建造镇水的大佛，小人心生仰慕。先祖李冰靠治水来拯救百姓，现在大师要建大佛来镇压水怪，都是造福苍生，我愿参与大佛的建造。"

海通听了大喜："甚好甚好，令先祖匠心巧运，修筑都江堰，为后代造福，流芳百世，相信先生一定能继承李家遗风，再造人间奇迹。"

海通又问李沭需要多少报酬。

李沭却说："造福百姓的事情要什么报酬，以后管我三餐住宿就好。"

两人豪情万丈，为创造这一伟大奇迹携手合作。

在李沭的主持下，工匠们设计建造了一套非常巧妙的排水系统。从大佛头部的螺髻开始一直到全身，都规划了排水沟渠，共同构成了设计巧妙，隐而不见的排水系统，将雨水及山上流下的山洪，很快排泄出去。

海通每日跟着李沭攀岩雕刻，以苦为乐，修建大佛之事干得热火朝天。

海通常常向李沭讲释佛法，论世间万物的道理，而李沭则向海通展示设计物件的技艺，渐渐地，两人成了亲密无间的挚友。

两年后，凌云寺举行了一场法会，庆祝工程取得阶段成功。两人心情颇佳，便到江边畅聊起来。李沭向海通吐露了一个惊人的秘密。

李沭说："大师，我与你相识一场，当敞开心扉，我心底尚有一事未向你坦露。"

海通笑道："先生但说无妨。"

李沭沉思片刻，说道："你可知凌云山内部有一巨大的洞穴，唤作玉莲渊？"

海通摇头说："哦？未曾听说。"

李沭道："当初先祖李冰为治理嘉州洪涝，开凿麻浩水道，得以进入凌云山山体内部，发现一处巨大洞穴，被其称为玉莲渊。而洞穴之内有一堪称天地奇迹的海眼漩涡，先祖称之为大地妖瞳。"

"海眼漩涡？大地妖瞳？"海通惊讶道。

李沭耐心地解释："如果说大地之眼是火山，水体之眼就叫海眼。火山复活时，会喷出熔岩，山崩地裂，海眼复活时，会掀起巨浪，洪涝暴发。"

海通点头说："有道理，天地人是相通的。人有血脉，地有水脉，人有眼睛，地则有海眼，人有骨干，大地便有山峦。"

李沭又说："海眼之下，连接着众多的地下水脉，错综复杂，且与地底上古冰原相通，先祖曾预言，在将来之日，大地脉象将乱，水脉逆流，洪水从海眼喷发而出，天下大难，那可是人间难逃的劫数。"

海通听了悚然动容，"世人对地下水脉的运转毫不知情，这海眼喷发之状光听来就恐怖异常，万万不能发生。"

李沭面色凝重，"海眼巨大的力量，绝非人为可以掌控。先祖李冰有通天彻地之才，他勘察过海眼后，设计了一种大堰，称为阴阳澎湃堰，能够抑制和干扰海眼的控水运转，最终减弱并避离洪灾。"

海通越听越觉得太过玄妙，摇头不止："太不可思议了，那这李冰大堰一定殊胜壮观。"

李沭点头道："此大堰巧夺天工，平时大堰停用，海眼正常运转，一旦海眼喷发，便可启动大堰功用，抑制其巨力。先祖将大堰的操控之法刻于石板，藏进玉莲渊的石塔之中，只要后人能按照石板上的指示操控大堰，便可逢凶化吉。"

"令先祖广种福田，都江堰成就天府之国，这海眼大堰又如此精妙，可谓苍生有幸，后世之福。"海通由衷赞叹道。

"先祖曾预言，海眼喷发前将有异绝先兆，吾等若能观察此先兆，便能知何时进入玉莲圣地，启用大堰。"李沭告知。

"那先兆该如何察之？"海通问。

李沭笑曰："冰曾于岷山之中，寻得一块脉心巨石，此石殊异，可预知水灾生灭，灾至则红见，灾强则红甚，灾弱则红浅，吾将献上此石，以测海眼之变也。"

海通听了赞道："先生虑事之周全，由此可见。可那玉莲圣地，如何进得？"

　　李沭坦然以告："大佛身后本有山道直通玉莲渊，吾已用岩石堵之，以免闲杂人等进入圣地，泄露海眼天机。如今尚有一条密道后门，却在他处。那里就算把整个凌云、乌尤翻一遍也极难寻得，可以永保安全。"

　　海通连连称妙，说如此甚好，后人只要能找到这条密道就可。

　　李沭又对海通说："这进入密道的方法，应该不断流传下去，可由谁传承、如何传承是个问题？"

　　海通法师也感到疑惑，便问："依先生之见，该当如何？"

　　李沭自是早已成竹在胸，便将自己的想法和盘托出："鄙人有一想法，还请师父决断。由佛家和匠人组成一个新的组织，既能守卫大佛、弘扬佛法，又能传承机密，一旦大灾将至，按照指引进入玉莲渊，启动李冰大堰控水，防范海眼喷发，那便可永保蜀地安宁。"

　　海通思忖一番，就点头答应："吾本亦有此意，这大佛乃旷世巨作，该有人悉心照料护佑，我等形成一个新的组织，姑且唤作伽蓝使，意为佛祖的守护使者。只是这玉莲渊之秘该以何种形式流传呢？"

　　李沭说："你我二人一拍即合，那就依大师之意，成立伽蓝使，密道谜题就由我寻法吧。"

　　经过三天三夜的冥思苦想，李沭想到了一个绝妙的主意，他又来到海通法师的房间。

　　海通老远听到李沭连走带跑的脚步声，他知道有好消息了。

　　李沭一进了门，海通法师就迫切问道："先生该是得法了？"

　　李沭来不及坐下，就说："师父，谜题我想好了，只是要保证谜题一直流传下去，就须有一件可以流传百世的物件。"

　　海通法师抚着胡须，若有所思，计上心来："凌云寺镇寺之宝——佛影琥珀，是亿万年前天地造化所成，乃佛门至宝，可流传百世千世。此珍宝乃当今圣上亲赐，以援大佛修建，据说原本是天竺高僧入唐而奉赠。"

　　李沭大喜："那太好了，我会在李冰七桥幽隐之地，利用先祖传授天人

第三卷

277

感应之法，藏下密机，待后人按照指引解密即可。"

海通想了想，击掌赞叹："如此甚好，先生大才啊！那么，先生所设密机可否告知一二？"

李沐回答："我所设谜，分为谜语与密图。这谜语乃一首五言诗。"那便是——

青衣海穴渊，
三界牵近远。
三圣合规角，
三流瞰会眼。

海通反复琢磨这五言诗，不禁露出钦佩之情，大赞先生之神机。又问："那后人该如何从琥珀析出密图？"

李沐说了一句很玄的话："解析琥珀之密，非'巫极'不可，必从后人遴选。于高山之巅，星空之下，静心感悟，以获天人地合应，则可获之也。"

于是，两人开始着手准备，李沐在琥珀里藏下了秘密，归还凌云寺，供奉在凌云佛塔地宫之中。后来随着大佛的竣工，藏进了大佛胸前的藏脏洞。两人又组成了护佛的伽蓝使，设立门规和纪律，并把这个玉莲渊的秘密以训示形式流传下去。

这便是修建大佛时一段不为人知的秘密历史，海通则把这段重要事情记载在一份经卷里，放进了凌云寺藏经阁。几经辗转，经书后又收藏进了峨眉山金顶华藏寺，直到今天落到了唐沏等人的手中。

第三十一章
佛影琥珀

配合唐沏翻译完整个经文，李欧和贝尔勒唏嘘不已，贝尔勒有些激动地说道："真没想到大佛背后还有这样的故事，真是那个，那个什么千古……"

李欧盯着前方的岩壁，深有感触地说："这尊大佛看起来宏伟壮观，造起来确实很不容易，海通法师和李沭真让人佩服。"

这个经文，详细记载了李沭因大佛的排水系统问题加入海通造佛团队，暗中封堵了进入玉莲渊的通道，后来李沭坦诚相告，玉莲渊中有大地水脉的神奇穴位——海眼。先祖李冰为了化解海眼暴发的灾难，就在海眼之上打造了一个精巧的大堰，并将操作办法刻在一块石板上。

为了守护大佛，并让这个秘密安全妥善地传承下去，李沭和海通成立了伽蓝使，而秘密的重要载体就是一块罕见的佛影琥珀，它原本是藏进大佛的胸口藏脏洞的。

唐沏揉了揉发疼的双眼，"原来根本就没有什么妖龙、什么封印，伽蓝使的训示果然只是个神话传说，玉莲渊的真相在经文里面……"

"那是显然的。不过这个经文改了风格，换上'海眼洪灾预言'的新剧本，不知是不是你们要找寻的真相。"李欧话里有话地说道。

"这部分内容我还得消化一下，实在有些不可思议。不过，至少现在我知道李先师就是李冰后人。没想到海通和他之间有这样的一段经历，僧有德，匠有才，成就千古大佛。"唐沏说道。

"小李子，这么说来你也是李冰之后了，血统纯正啊，怪不得眼神跟别人不一样。"贝尔勒有些戏谑地说道。

李欧有些发呆，他似乎被先人的工匠精神所折服了，自己的虚荣心也莫名得到了满足，自己居然是蜀国治水英雄李冰的后人，这太不可思议了。

不过李欧的虚荣心很快被疑惑吞噬，这经文虽然写得顺理成章，但其中海眼吐水、琥珀感应、李冰大堰之类，都有些玄乎，就像是读了古代的志异之类的民间小说一般，如果要把它作为历史的记载，未免有些不靠谱。

他总觉得有杜撰之嫌，如果不是经书得来如此艰难，他都会一笑了之不当回事。

李欧想到一点："这经书的成文时间是什么时候？"

唐沏说："上面说是由海通口述，弟子记载。"

李欧脑海里在努力还原着那个久远时代的场景："那就表明这并非海通亲自记录，通过口述，再由别人整理。这里面多少会有一些编造成分，要我完全认同经文的内容，我做不到。"

"嗯，尽信书不如无书。不过，这是我们获得的最为重要的资料，这点不可否认。"唐沏能理解李欧的疑惑。

"是啊，小李子你也别挑肥拣瘦了，你难道没有嗅到一股神秘与希望的香味吗？别胡思乱想，认真解读吧。"贝尔勒像是闻到了奶酪的老鼠，也不管什么逻辑性，心思已经完全钻进了经文里。

唐沏走了几步，隐约听见外面传来的雷声，联想到峨眉的暴风雨，那些行为反常的动物，那些四起的洪灾流言，难道真的有一场巨大的洪灾即将到来？她恍然大悟，"我明白了，脉心石变红不是什么妖龙魔性增强，那是洪灾的预警啊！看来寻找玉莲渊是对的，如果那个海眼就是大洪灾的罪魁祸首，那只要通过海眼上的李冰大堰来控制它，就万事大吉了。"唐沏更加明白了进入玉莲渊的重要意义，但也隐隐觉得有些难以置信。

"我反而觉得，事情没这么简单。如果真的有大洪灾发生，那个所谓的李冰大堰恐怕也起不了多大作用。说起来，这经文只是个内容更具体的传说罢了，但既然古人费了那么大的劲去藏下秘密，不会只是做游戏吧……这到底是为了什么……"李欧感到一种难以名状的恐慌。

事到如今，唐沏对李欧的预感还是不能不理，"我也有同感，而且最大的问题来了，那块藏下通道机密的琥珀已不晓得哪儿去了啊。"

"经书上是怎么描述这块琥珀的？"李欧翻看着刚才的翻译记录。

"上面说它叫佛影琥珀，据说是由印度僧人赠送给大唐的稀世珍宝。琥珀中有佛祖的身影，很神奇。后来皇帝赐给了凌云寺，作为大佛的贡礼。"唐沏已经完全记下了经文的内容。

"佛祖身影，皇帝御赐？"李欧念叨着这两句，脑中忽地闪出一个疑问来，"乐山大佛是什么时候被官方接管的？"

唐沏不知李欧在考虑什么，不过这个问题并不难回答，"史料记载，海通和尚去世后，大佛被当时的剑南西川节度使章仇兼琼接收并续建，据说还从麻盐税里抽取了资金，用来保障工程开展。"

"嗯，这个税钱是上交国库的，没有中央的批准，是不可能私下挪用的。那就是说，如果要皇帝晓得并认可这个造佛工程，也该是章仇兼琼任期内的事情了。"李欧细细地推敲起来。

"你的意思是……"

"你不觉得奇怪吗，如果海通刚开始修建大佛时并没有上达天听，那经文上记载的皇上御赐琥珀给凌云寺，被海通拿来设计谜题，这时间逻辑上不是有漏洞吗？"李欧说出了自己的推想。

"嗯，有道理。但会不会是皇上也就是唐玄宗，从大佛一开始修建就极为关注呢？"唐沏道。

"那咋可能。如果唐玄宗一开始就支持修建大佛，还需要海通到处去化缘要钱吗？再说了，这个琥珀这么重要，为什么没有任何地方记载它是怎么由印度僧人赠送给大唐，皇帝又为什么要赐给凌云寺，后来又怎么放进了乐山大佛藏脏洞的？"李欧不断剖析道。

"那你的意思是，经书是不可信的了，里面的都是无法印证的虚构之事？"

"至少不能全部相信。而且最重要的是，这啥佛影琥珀现在在哪里，也许只有老天爷才知道了……"李欧说道。

"唉，如果琥珀原本是放在大佛藏脏洞里的，那早就被人洗劫了，这可惨了！"唐沥不无遗憾地说道。

"完了，我们做了史上最大的无用功。该死的！"李欧的怒火不可阻挡地蹿了起来，他没想到辛辛苦苦走到现在，并没有什么奖励在等着他，这不是游戏也不是梦想，而是最骨感的现实。

唐沥一下子陷入了沉默，这个打击对任何人来说，都不小。

李欧郁闷归郁闷，脑子里却在不断地推想着所有的可能性。千年前的李沐，即使有神算水平，他又岂能料到千年后的世界变化之大。如果一切都按计划运转，那经文就该在伽蓝使手里，红劫一发生，他们用密码表翻译经文，然后让李沐的后人带着琥珀去找寻玉莲渊，那都是稳稳当当的事。哪晓得，伽蓝使早已七零八落，传承已断，经文丢失，琥珀不见，连李沐的后人也早已远离中心，连自己是谁都不知道。大家费了九牛二虎之力走到现在，已经是幸运之神眷顾了。

那琥珀会在哪里呢？李沐可曾想过，封建社会早已结束，中华不再是世界中心，而那些西方小国却在地理大发现时代一跃成为"日不落"帝国。文物这个东西，以前都被人们作为私有财产藏得好好的，现在却摆在博物馆里供人观赏，而且所在地可以是地球的任意角落。

法国的卢浮宫里，躺着埃及的木乃伊，伦敦的大英博物馆里，放着清朝老佛爷的首饰。秘密都成为共享的了，世界是一个整体。琥珀？早已失落？它现在会在哪里，一切皆有可能。

"佛影琥珀，黄色的琥珀？"李欧轻声念叨着，忽然想起一事，金顶之战时，贝尔勒的腰带被猴子撞了一下，从中掉落出一块黄色水晶，他慌忙收了起来。当时情势紧张，自己也没有细看多想。可他忽然间意识到了什么，这类第六感总是强有力地骤然出现在他脑海里。他突然有了一个大胆的联想，这个联想有些不着边际，但又似乎充满可能性。

李欧的眼神余光掠过贝尔勒，见他神情有些不自然，背着手，莫名其妙地来回踱步。刚才他就一言不发，不知道在想些什么。

　　李欧凑近唐沏耳语几句，唐沏渐渐睁圆了双眼，然后点了点头。她走到贝尔勒身旁，忽然从身后抱住贝尔勒，他毫无防备，愣了一下，笑着说："哇，干吗，幸福来得太突然了。"

　　唐沏手一发力，迅速锁住他手臂，伸腿一钩，贝尔勒站立不住，摔倒在地，还没等他反应过来，李欧迅速解下他的腰带。

　　贝尔勒双手被制，挣扎不出来，眼睁睁地看着李欧把他的腰带拿了过去，惊慌叫道："李欧，你干什么!?"

　　李欧冷笑一声："法国皮带就是逼格高，我看看是不是限量版的。"

　　他翻过腰带的金属扣头，果然，那里有一个暗扣，手一拨，就把皮带扣分解成两半。里面镶着一个扁形的黄色物体，散发着幽幽黄光。李欧把它拿了出来，对着灯光仔细一看，见这果然是一块上好的琥珀，晶莹剔透，整体呈水滴状。这亿万年前的天地造化之物散发出难以名状的光泽，内里有一团淡黄色的混浊物质，那被称为琥珀的糖心。这个糖心造型独特，对着光线调整角度细细看去，便显现出一幅画面来，似乎有一人盘坐于大树之下。

　　这糖心的造型浑然天成，没有任何人工的刻意，乍一看，似乎正是佛祖释迦牟尼坐化成佛的造像，但盯久了又越看越普通，反而认不出来，的确神奇。

　　贝尔勒用力挣脱唐沏的钳制，翻身跳起，伸手就来抢琥珀。

　　李欧后退一步，躲了过去，把琥珀握在掌心，愤怒地吼道："贝尔勒，你这个骗子！你说，这是不是佛影琥珀？"

　　贝尔勒又扑过来："还给我！"

　　李欧一闪，把他推了回去："怪不得你天天念叨着宝藏，原来你他妈早就知道玉莲渊的存在，死活要跟到乐山，目的就是想要盗走宝物！"

　　贝尔勒大叫："不是，我不是！"

　　"你不是？怎么解释这琥珀？你说，怎么会在你身上？你是不是和陈九里有什么关系,是他让你来跟着我们的吗?"

贝尔勒说不清楚,急得面红耳赤,怒道:"行了,李欧!你成天就琢磨这些!你爱怎么说怎么说吧。东西必须还给我!"便扑了过来,两人厮打着,扭成一团。

唐沏还在发愣,她想不到传说中的佛影琥珀这么容易就找到了,而且还就在自己身边。

"我说过我最恨欺骗!"李欧咆哮着。

贝尔勒扭住李欧的衣领,怒道:"你别以为会算,就能搞定一切!你能算得过天,算得过地吗,算得过命吗?"

"骗子就是骗子,给我滚!"李欧拳头飞了过去。

见两人打起来了,唐沏忙上前去劝解两人。

两人谁也不听她的,无奈之下,唐沏一边一脚,踢开两人,强行分开。

李欧还是火冒三丈,他觉得自己被贝尔勒欺骗了,利用了,而且还引狼入室。贝尔勒也着急,被李欧怀疑是小偷,十分恼火,一时又说不出琥珀的来历,解释不清。

两人怒目相向,像是两只斗鸡。

唐沏劝住李欧:"不要吵,先听他解释,你们是多年的朋友了,要相信贝尔勒!"

李欧怒言:"我眼瞎,分不出好歹!"

贝尔勒大叫一声,又要冲上来,被唐沏拦住,他指着李欧,用法语大叫了一下。

李欧也回道:"你就是图谋不轨!利用我们找到经书,再用琥珀解开密码,找到密道,你真他妈是个阴险的家伙!说不定已经准备暗算我们了。"

贝尔勒又吼起来,唐沏见两人吵个没完,就拉下脸,大喊一声:"你们有完没完?都给我安静点!"

李欧呼呼地喘气,火冒三丈地对贝尔勒说:"好,你说,不要撒谎。否则,今天你就想别出去了。"

贝尔勒见事已至此，不管对李欧，还是对唐沨，都得有个交代，他无奈地说道："好吧，我说，不说出来，我是跳进黄河也洗不清了。"

"这块琥珀，是法国人从中国弄走的！"贝尔勒低沉地说，几乎不想被人听见。但他不得不说，为了解释清楚，他只好把家族的秘密抖了出来……

19世纪中叶，世界局势动荡，欧洲大陆工业化如火如荼地推进着。资源的强烈需求，造成各国内部矛盾愈演愈烈，随着海外探索扩张的不断深入，欧洲列强迫切想要通过对外侵略来转移国内矛盾。

而这个时候的东方巨龙，清朝政府闭关锁国，自认为老子天下第一，守着落后的生产力不求进步。

西方列强们对东方巨龙的财富早已觊觎已久，他们不断蚕食中国邻国的土地，疯狂掠夺资源，为撕咬这个沉睡的巨龙做了充分的准备。

终于，他们用鸦片这个"武器"，往腐朽的巨龙脊椎上注入一波毒液。他们敲开了中华的大门，战争打响了，清政府在先进的舰炮枪械面前，不堪一击，割地赔款，步步退让。

贝尔勒家族踩着侵略军的脚印也来到了中国，他们第一次看到了马可波罗描述中的神奇的土地，欣喜若狂，他们似乎找到了一块巨大的奶酪，可以供养这个濒临倒塌的贵族家族的所有需求。

不久，列强们组成联军，进击京城，焚毁了圆明园，掠夺了数不尽的宝贝。为了长久地吸取巨龙的养料，他们强制开通了商埠口岸，要来了各种特权，让他们的战舰、士兵、传教士和探险家长驱直入，成了无法驱赶的寄生虫。

贝尔勒家族在天津、青岛、武汉等地设立了办事处，并派人进驻中国，分享着侵略带来的巨大红利。

到了20世纪初期，法国人在中国经营着各种事务，其中出了一个著名的考古学家，叫做维克多·谢阁兰。

谢阁兰是随着法国海军来到中国的，之前是海军一名军医，来到中国后，对中华几千年文明深深着迷，就转行成了一名研究者和考古学家，他还是天津皇家医学院的教师。他一边游历中国，一边研究中国，还写出了大量的诗歌散文。他的文字在法国国内引起了轩然大波，人们对东方的神秘充满了无尽幻想。

"家族同谢阁兰医生结识于1910年，据说，谢阁兰在他们眼中，是一个学者模样，外表温和，但内心狂野的人。"贝尔勒说道。

谢阁兰曾多次组成考古队，深入中国腹地进行探险和考察。他尤其对中国古代佛教、道教的遗存感兴趣，认为那闪耀着人类精神世界的光辉。他一边输出考古研究成果，一边也做着与其他侵略者同样的事情，把值钱的东西搬上了他们的马车和轮船。

1914年，谢阁兰接受了一个有关汉代丧葬古籍的考古任务。他们从北京出发，历经河南、陕西、四川、云南，最后到达了西藏的边界。贝尔勒家族的一男一女也参加了考古队，他们叫安东尼和苏菲。

3月份，他们来到了川北广元，看到了震撼的千佛崖。除了做点拓片，拍摄照片，他们也割了几个佛头当作"工作福利"。

他们到处"望闻问切"，了解到在广元市昭化古城北有一座未开封的古墓，相传是三国时期关索之妻鲍三娘的墓冢。这帮家伙毫无敬畏之心，在一周的勘察过后，确定了古墓的位置。他们用金元引诱了一批当地的村民，帮助他们挖开了古墓的大门，将所见珍宝悉数掠走，并美其名曰"中法联合考古大发现"。

"一群强盗，真不是人！"唐汭怒言，贝尔勒不敢看她的眼睛。

"哎，也怪清政府太没用，开门迎盗，还有那些愚昧无知的村民，哪晓得文物保护的重要性。"李欧无奈地摇头。

"6月份的时候，他们到了成都，短暂的停留后，继续往南走，很快就到了当时的嘉定，也就是现在的乐山。"贝尔勒继续陈述着那段历史。

在乐山，他们终于见到了传说中的乐山大佛，那个世界最大的佛像，让整个考古队都沸腾了。

当时的大佛，浑身杂草丛生，五官模糊，在那个战乱的年代，早已失去了光辉，变成一堆无人问津的石块土堆。但谢阁兰这群人却非常兴奋，他们早就听说大佛身上藏有很多秘密，用先进仪器调查了乐山大佛后，终于发现了胸口的藏脏洞。

考古队合谋之下，在夜间悄悄打开了大佛的心脏，那一瞬间，宝藏的光芒一定闪瞎了他们的眼睛，他们欣喜若狂，偷偷地运走了全部的宝物。由于大佛在民众心中地位重要，为了防止激起民愤，他们就用一块宋代的记事石碑临时封堵在藏脏洞口，又用石灰水泥封上。

为了瓜分这批宝藏，考古队里面起了不小的争执。其中，一块黄澄澄的琥珀成了他们争执的焦点。也就是我们现在手里的佛影琥珀。当时，谢阁兰认为他是团队的领头者，理应占有这个琥珀，但安东尼和苏菲说是他们资助了考古队，琥珀该属于他们。

而另外的几个法国人也不甘示弱，都以各种理由去要这个东西。局面僵持不下，最后，谢阁兰只好采用抽签的办法，来决定琥珀的所有者。

"那你们家族的人抽到签了。"唐沨说道。

贝尔勒摊了摊手："不，是谢阁兰医生。"

尽管大家都很不情愿，但也没有办法，谢阁兰拿到了这枚琥珀，并最终带回了法国。

"但这枚琥珀就像是索伦的戒指，激发了人性的贪婪，也催生了悲惨的命运。"贝尔勒说道。

1919年，谢阁兰在法国镇上的小树林中神秘地突然死去。人们在森林里发现了他的遗体，手上还拿着一本《哈姆雷特》。他的脚后跟被一根尖锐的木桩刺穿，因为失血过多而死，着实让人唏嘘。

"神秘死去？别告诉我说是琥珀的诅咒，这种套路真多。"李欧冷笑一声。

贝尔勒叹了口气："也许正是琥珀的诅咒，那场争执并没有真正结束，谁也不知道谢阁兰是怎么死去的。总之，最后琥珀又辗转到了我的族人的手上。"

贝尔勒家族终于拿到了这枚佛影琥珀，一直非常喜欢，就作为传家宝传了下来。由于琥珀极其珍贵，渐渐产生了一个流言，说琥珀是一把钥匙，能够找到乐山大佛真正的宝藏，那些宝藏"堆积如山"。这个流言随着琥珀一代代传了下来，越传越玄，没有人知道是谁传下来的，也没有谁能说得清这流言是真是假。

"那你是怎么拿到琥珀的，又怎么会带到中国来？"唐沏的目光审问般地困住了贝尔勒。

"我说过，琥珀虽被带走了，但有关它的争执从未结束。"贝尔勒想起了另一个人。

三年前，贝尔勒在一场攀岩活动中，邂逅了一个中国来的年轻人，他叫何岩，是记者兼登山爱好者。两人可谓不斗不相识，在攀登比赛中数次相逢，几番比拼后，两人成了挚友。

何岩是个很讲义气的人，贝尔勒之所以对四川这么感兴趣，很大程度是受了何岩的影响。有一天，何岩告诉他，他接近贝尔勒的目的其实是想找回老祖宗的东西，一枚琥珀。

贝尔勒刚开始非常生气，认为被人欺骗了。但何岩坚决地说，如果不是把贝尔勒看成最好的兄弟，他是不会说出这个秘密的。中华的宝贝不该属于你们，应该物归原主，这也是佛教界的企盼。

贝尔勒最终被何岩说动了，但是这个琥珀一直藏身在贝尔勒家族古堡的某个角落里。贝尔勒并不知道，也不太愿意去以身试险，所以，最后贝尔勒和何岩达成协议，贝尔勒去探明琥珀的位置，但他不会参与这个行动。

何岩同意了。不久，贝尔勒弄到了古堡的设计图和藏宝信息，交给了何岩。经过精密的筹划，他就在一个雨夜开始了行动。

"具体怎么拿到琥珀的我就不多说了，总之过程还是有些惊险。何岩手段很高超，他真是个人才……"贝尔勒说道。

最终，何岩得到了那枚琥珀，但却低估了守卫的能力，他被发现了。何岩无法突破追捕网，贝尔勒只得再帮了他一把，带着他通过暗道，来到了古堡的后山，如果想要神不知鬼不觉地离开这里，就必须铤而走险，翻越古堡背后的阿尔卑斯山余脉。

那是一次异常艰苦的攀登，何岩担心日后被人追捕难以脱身，就把琥珀暂且交给贝尔勒保管。贝尔勒带着何岩，走了一条险绝的攀岩路线。雪山危机四伏，就在两人快要成功的时候，一场雪崩突如其来，何岩在紧要关头帮助贝尔勒脱险，而自己却随着雪崩滚落山崖……

贝尔勒脸上尽是悲伤："曾经战斗过的兄弟，把琥珀托付给我了，希望我能完成他的遗愿……所以，我一直盘算着怎么去四川，解开琥珀的秘密，直到又遇见了这个卖钵钵鸡的李欧。"

听了贝尔勒的讲述，唐沨一边听一边点头，这才明白琥珀何以落到了万里之外的一个法国人身上，鬼使神差地，又被贝尔勒给带了回来，说起来，他还是个功臣呢。

"为何岩点赞，也为你。"唐沨竖起了大拇指。

李欧却不以为然："编吧，张飞杀岳飞，杀得满天飞。"

"不信拉倒。对于你这种是非不分的家伙，什么都是谎言。"贝尔勒露出不悦与鄙夷。

唐沨正色道："我相信你的话，不管如何，我们找到了琥珀。但如果以后你还要打宝藏的主意，对不起，我一定不饶你。"

贝尔勒两手一摊："你们觉得我是个贪财的人吗？我早就说过，我只是想满足一下好奇心罢了。我也想不到会卷得这么深啊。"

平心而论，李欧跟贝尔勒认识这段时间，他的确不是个贪财之人，但他对别人的欺瞒总是十分敏感，不管是出于何种目的，不管是善意的还是恶意的。

他又问道："琥珀的事为啥不早说？"

贝尔勒这才解释说，他并非故意隐瞒，只是之前一直没有实质的进展，并不知道琥珀究竟和乐山大佛的宝藏有什么具体联系。这点他本身就是半信半疑的。万一钥匙之说就是个谬传，万一琥珀就是个假货，那也没必要声张，毕竟来历也不光彩，担心引起大家反感。另一方面，如果琥珀真的至关重要，那更不能随意透露，万一遇到的这些人不靠谱，万一出了变数，那可不得了。

李欧冷笑："说我心眼多，我看你也不差，这事情你算计得好好的。"

贝尔勒挠挠头："事情重大，实在是有些投机主义了，我也不想的。"

唐沏看出了他的窘迫，理解了他。既然琥珀已经到手，贝尔勒又能怎样，何况一路走来，她对这法国小伙印象也不错，觉得他是个有情有义之人，就偷偷向李欧使了个眼色，劝道："好了，贝尔勒说的也有道理，在没有弄明白琥珀的作用前，没有必要拿出来炫耀。"

看到唐沏的眼色，李欧只得嗯了一声。贝尔勒这小子，跟他认识这段时间，也没发现他有什么诡异之处，他不是一个玩弄花花肠子的人，也许是自己想多了。于是，走过去拍拍贝尔勒肩头："坦白从宽，既然你也交代清楚了，那这琥珀就得没收了。"

贝尔勒不屑地说："行了吧，你能解开密码吗？"

唐沏拿着琥珀，对着灯光，仔细端详，想起了经文上李沐那句玄妙的话："解析琥珀之密，非'巫极'不可，必从后人遴选。于高山之巅，星空之下，静心感悟，以获天人地合应，则可获之也。"

李欧火苗子又跳起来了："真服了他了，什么巫极，什么高山星空，什么天地感应，难道还得拿着琥珀去山顶上，用它孵出一只小鸡？"

"我也觉得怪怪的，就算李欧你是李先师后人，但你是不是他所说的巫极呢？"唐沏看着李欧，眼神里透着无奈。

"我？算了吧，人家说是要遴选，我这样的普通人能选上才怪，更悲催的是，李沐可能没想到过，咱大中国会经历独生子女的时代，我家就我一个儿，选都没得选，所以这命题已经不成立了。"李欧嘟嘟囔囔地说着。

刚刚兴奋起来的情绪又低落下来，贝尔勒倒是乐观主义惯了，说道："咱们别在这儿杞人忧天了，至少最关键的东西我们都有了，我还不信现代科技还无法搞清楚这玩意儿，出去再说吧。"

唐沏看了他一眼："你说得对，我马上把经文内容转给景教授他们，希望帮助我们破解难题。"

于是唐沏把刚才存在手机上的翻译好的经文内容发了出去，并请求景教授对解读琥珀给予帮助。景教授很快回复她，说会尽快处理。

三人顺着原路向外走去。也不能光指望景教授，先想办法检查一下琥珀里到底有什么稀奇的地方吧。

　　李欧跟在两人后面刚走出房间，忽然觉得脑袋又开始剧痛起来，像是要爆裂一样，他大叫一声，双手紧紧抱住头，但也无济于事。两眼一黑，什么也看不见，他蹲了下来，靠在墙上。

　　唐沏和贝尔勒听见他声音不对，赶忙过来。贝尔勒见过他在峨眉山顶晕过一次，心想别又是犯病了，赶忙过去扶住他。

　　谁知李欧忽然挣脱贝尔勒手臂，跌跌撞撞就往旁边一扇侧门跑去，撞开门后，一路跑向前去。

　　"李欧！你去哪！"贝尔勒和唐沏赶紧跟了过去。

　　那扇门外是一条向下的斜坡，分成几段楼梯，一路向下。李欧摇摇晃晃冲了下去，又遇见一扇铁门。他猛地推开门，面前是一块巨大的红色岩石。

　　"那是脉心石！"唐沏朝他喊道。

第三十二章
"黑科技"

李欧睁着惊恐的双眼，盯着那殷红似血的石头难移半步。

他看见石头上面出现一些影像。

那影像相当模糊，看不出来是什么东西。似乎是一只怪兽的模样，又似乎是一个人，双手负在身后，还有一些高山大海，他呆呆地看着，那上面的影像竟然变化起来，他脑海里出现什么，石头上面就浮现什么。

李欧心里惊惧之极，不敢再看，想移开目光，又动不了。就那么呆在那里。

石头周围出现了一群人，披散着头发，光着上身，腰间系着兽皮树叶之类的东西，赤着脚，手拉着手，蹦着跳着，唱出怪异的腔调。看起来像是原始部落的古人。他们围着石头转了三四圈，跪了下来，两手合掌，举过头顶，匍匐在地，向着石头行起礼来。

这是哪个时候的人？远古人？我穿越了？不知不觉中李欧的目光已经移开了石头，这些原始人没有一个注意到他，似乎他并不存在。

石头慢慢地转动起来，周围浮起一团烟雾，那群人"啊"地欢呼起来，那石头忽然射出一道白光，照向天空。

李欧随着光向上看，天空的星星变得更大更亮，也随着石头转动起来，李欧目不转睛地看着，中间一颗明亮的大星一动不动悬挂在他的头顶，东南方向七颗星星围绕着它慢慢地转着。

北斗七星？李欧被这奇异的景象吸引住了，忘记自己身处何处，走到了那群原始人的面前。

一个首领模样的老人，花白胡须，神情庄重，手里拿着一根火把模样的树枝，张开嘴，呼地吐出一团火，那火燃着了树枝，余势未消，直向他扑来，李欧大惊，转身要跑，火已经烧了上来。

李欧感到浑身似乎被火烧了一般，呻吟了一声，竟又晕了过去。贝尔勒抢先一步，搂着晕倒的李欧，一起摔倒在地。

李欧牙关紧咬，脸色发红，发烫，贝尔勒的手也感觉到了灼热。他着急地对唐沕说："唐，你快来看看，他这是怎么了？"

唐沕急忙来到李欧身边，伸出手指搭在李欧的手腕处，感觉他皮肤烫手，像是一团火炭，揭开眼皮，吓了一跳，他的眼球也通红通红的。

这是怎么回事？唐沕从来没有见过这种急症，要是云空大师在这儿就好了，他可是一个医道高手。

贝尔勒环顾了一下，发现那块红色的大石头，忙问："这是什么地方，这石头怎么跟淋了血一样，好邪门。"

唐沕说道："这里就是伽蓝使的观测站，它就是脉心石。原本人们认为它是妖龙魔性的指示器，现在经文告诉我们，它该是洪灾的预警石。你看，这次它已经血红一片，恐怕预示着一场大灾难。"

"真有这么神？"贝尔勒道，"那这小子是不是被石头影响了，他本来就是个'过敏'体质。"

唐沕只得"嗯"了一声。

李欧迷糊中，他又来到了遇见父亲的那个瀑布下面，父亲一袭黑衣，在水中间站着，面目混沌不清。

几十丈的瀑布，从山顶倾泻而下，水声轰然，震耳欲聋，水花溅起，如雨雾般洒下。

父亲向他招招手，李欧走了过来，来到父亲身边，相距一步之遥，他还是看不清父亲的形貌，感觉很诡异，一丝寒意从后背升起。

父亲柔声问他:"李欧,现在你应该能够感知到命运了吧?"

李欧一愣,说:"命运?"

父亲低下头踱起步来,缓慢而清晰地说:"命运选择了我们,我们也在选择命运。作为特殊的一员,你自然会遇见不同的人生。"

李欧不喜欢听这些:"我有什么特殊的,不就是做啥都不成器的败家子儿。"

李宁天自顾自地说:"按家族的传统,成年后我就应该告诉你了,但你妈不愿意,不想让你再接受这种传承。"

"到底是些啥子传承?"李欧想趁机追问下去。

李宁天没有回答他,接着自己的话往下说:"所以到你过了18岁,我仍然没有透露。一切都是天意,争也没用,急也没用,没料到红劫会在这个时候发生。现在你能在这里看见我,说明你母亲已经准许你接受命运了,那么你就需要准备好面对一切。"

李欧听不懂他在说什么,看他又要离去,忙大声说:"别说了,我不要什么宿命,我也不要你当英雄,我只要你回来。"

父亲回过头来,像是在笑,脚下不停,往对岸走去,丢了一句话给他:"这世上没有英雄,只有因果。你最好静下心来,面对真正的自己。"

话音在回响着,人已经走远了。

浓雾在他们中间升起,渐渐地什么也看不见了。

总算,他睁开了双眼,见贝尔勒正盯着他看。

"啊,退烧了退烧了,吓死我了。"小贝大呼小叫的,唐沏赶紧也来上下打量,又捏脉搏又翻眼睑。

"行了,行了。"李欧摆脱两人,坐了起来。

"你没事吧?"唐沏关切地问。

李欧揉着发疼的太阳穴,也没回话。

"没事就好,我们赶快离开这里,这地方太邪门了。"贝尔勒拉着李欧起身,就往外拽。

"等一下。"李欧站了起来,走向那红色的石头,仔细地观察起来。

近看石头，更是觉得奇异。上面布满了珊瑚石一样的孔洞，每个孔洞外围是放射状的经脉，加上血红的色彩，就像是一颗被虫蚀过的千疮百孔的巨大心脏，让人不寒而栗。

"刚才，我就是感到一种巨大的引力，逼着我走到它跟前。"李欧皱着眉头说道。

"难道这石头活了，能向你打招呼？"贝尔勒无法理解李欧的话。

"一定大有来头。我看到了很多奇怪的影像，好像和远古时候的祭祀有关。"李欧说道，转头问唐沏："这石头哪里来的？"

唐沏道："经书上说，这是从岷山深处挖出来的，也不晓得具体是怎么回事。"

"我刚才迷迷糊糊听你说它可以预测洪灾，真有这么神？"

"是的，这是伽蓝使的秘密。他们把石头的颜色程度划定为十个等级，并形成一个制度，定期要由伽蓝使领头人进行观察，并记录下来，如果颜色超过了'赤'这个等级，就要提高观察的频率，如果到了顶级的'灭'级，就是大灾发生之日……"

"这听起来简直是科幻灾难片，一个指向死亡的沙漏。"贝尔勒望着这血红的石头，背心发凉。

李欧也算见多识广，想起了什么，"你们去过川西的冰川海螺沟没有？"

没等两人回应，他继续说道："那边的山上有一种神奇的石头，上面长了红色的藻类，据当地人说，每当洪灾发生的时候，那些石头都会变得通红。我看和脉心石有些类似。"

唐沏点头道："也许吧，大自然有很多神奇的现象，以我们人类现有的科技水平，也不一定全部能解释得透……"

李欧"嗯"了一声，凝视着这块红石，涌现出复杂的思绪，就目前来看，这团迷雾是越来越浓，这里面涉及庞大的信息，有的带着真正的线索，也有的是混淆视听，有的看起来很正经实质荒唐，有的看起来无关紧要却有可能异常重要。

"走吧！"他说道。他的信念坚定起来，想要挖开掩盖这一切秘密的封土，首先要抓紧时间搞定那块琥珀，于是招呼两人，转身往回走去……

夜幕已经降临，大雨如注，武馆更显出一派肃杀。

三个多小时过去了，李欧几人对这琥珀一筹莫展。唐沔想了好多种办法，包括透光，显微镜观察，紫外光照射，都没有看见什么所谓的指示。贝尔勒有些抓耳挠腮，好不容易走到这一步了，却止步于这样一个玩意儿。

唐沔听着天空的隆隆雷声，一言不发，暗自神伤。

"该死，我太难了。"贝尔勒抱怨道，想到就快要成功了，却又无能为力走到最后那里。

唐沔抿了一下嘴，看着李欧："要么你就按照李沭说的，带着琥珀去高山之巅，星空之下，试着感应一下？"

李欧讥讽道："就这事，让我对李老师的崇敬之情打了折扣，这种事情等同于修仙，作为一个理智的现代人，谁会真的去做。我甚至怀疑整个经文都是编的。"

唐沔的电话突然响了起来，拿出一看，是林菀昕的。

听筒里传来小昕兴奋的声音："你们是不是还在武馆啊？景教授找到了解读琥珀秘密的办法！让我来支援你们！"

李欧根本不相信这么短时间内他们就能破解秘密，怪气地说："是用量子力学还是搬山倒斗法。"

小昕急切道："进乐山城的路全堵死了，我一时半会儿过不来了。你们赶快到武馆最顶上的演武台，高董给大家准备了一件礼物。"

贝尔勒率先站了起来说道："昕妹你可真调皮，古灵精怪的还卖关子。"

唐沔也起身说道："死马当作活马医吧，先看看再说。"李欧只好跟在后面，满腹疑虑。

大家上了演武台，天空阴云密布，大雨如织，黑色的云团中不时闪过一道道闪电，照亮了天地间密密的雨帘。

三人站在平台中间，四面观望，山风料峭，呼呼掠过，雷声隆隆，像天中有一个巨人在擂鼓一般，一切都在预示着这是一个不平凡的夜晚。

李欧对自己这个老同学还是没半点信心，站了一会儿，就不耐烦了："这个辣鼻小昕，逗我们玩呢，还礼物呢，不会是这楼顶的西北风吧。"

贝尔勒也急躁了，嘴里乱念着："树欲静而风不止……"

正在这时，一道强光从远处射了过来，嘀嘀的嗡鸣声由远而近。

亮光慢慢来到头顶，原来是一架无人机。

它悬停在空中，像一只大型甲鱼，上面四个螺旋桨高速旋转，雨点被打得啪啪飞散，下面挂着一个三十公分见方的皮箱。

无人机飞到三人面前悬停在空中，摄像头对准了几人，肚子上一个小屏幕打开了，小昕头戴耳机出现在上面，背景像是一辆面包车内，有各种设备。这时，喇叭里传来她带着电子噪音的声音："快递已到达，各位准备签收。"

贝尔勒冲他笑了一下，回答道："昕妹这太高大上了，寄个包裹动用了无人机。"

小昕朝他眨巴个眼睛，又说："我目前走小路上了山，在10公里外的山顶上遥控这家伙，实在过不来了。"

李欧不以为然地说："这次你就是来辆坦克也没用，那琥珀的事就是个大忽悠，这场游戏已经到尽头了。"

小昕没好气地回话："学渣，告诉你也不懂。那个琥珀是有办法解读的。"

小昕耐心地给大家解释道："经文中提到了李沐在李冰七桥幽隐之地，把秘密藏入了琥珀。这句话恐怕你们都忽略了，但景教授明白它的意思。李欧，你还记得你在李冰古桥上发生的幻觉吗，那正是特殊地理环境中发生的复合能量场共振。"

"啥玩意儿？不明白！"李欧说道。

"啊哈，我来还原下古代的情形吧。古人夜观星象，觉得北斗七星十分神奇，是个天然的钟表，是个吉祥物，对它十分崇拜。咱们的李冰大人也是这样，当他发现地下的海眼后，担心这是一个水妖出入的门户，于是就巧妙地建造了代表七星的七桥来镇压海眼。他偶然发现，每当自己站在海眼上方的时候，就会产生幻觉，能看见一些神秘的图像。他认为这就是神秘的天地人合一。"

"古人毕竟是古人，认知有限，他们把天地人合一归结为北斗七星、人体与海眼共同作用产生的玄鸣。但是，随着现代科技的进步，我们认识到这起作用的并非什么七星，而是一些特殊的宇宙射线，它们是来自于外太空的高能次原子粒子，能影响地磁变化，而海眼是地质上的奇点，也会产生特殊磁场，所谓天地人合一其实就是能量场的交互影响。"

"好吧，就算你说得对吧。那琥珀又是怎么藏下信息的呢？"李欧追问道。

小昕又说："这其实就是天地人合一的一个副产品。我打个比方吧，光盘大家知道吧，人们想要在光碟上记录信息，就先用激光头烧录上去，然后，当人们想要获得光碟上的信息时，又用光头进行读取。"小昕做着解释。

"啥，你的意思是那古桥是个刻录机？天雷都没你雷。"李欧不禁瞪大了眼睛。

"差不多，只不过这个光头不是激光束，而是海眼和宇宙射线产生的复合能量场。而光碟自然就是放在古桥机关上的那个宝贝，也就是你们手头的琥珀。"

"经你这么一说，我忽然明白了古桥上面那个机关的作用了，琥珀一定是放在那里，记录了某种信息。"唐沕拿出琥珀，凑近摄像头。

"真美！看来古人说琥珀蕴藏了自然的神秘能量，是真有道理。"小昕看到琥珀的实物，不由得赞叹起来。

对这样的解释李欧心里根本不服气，不过他也飞快地推敲起来。当时他的确看见古桥上那个残缺的金属爪台，还以为是要放什么东西的，如果小昕这些说法站得住脚，那估计琥珀真是放在上面，被李沭录入了什么信息。不过，这一切太超乎常理了，也不知道小昕他们说的是不是符合科学范畴。

小昕继续解释道："然后就是最关键的了，光盘上的信息是什么，它其实就是人脑中的信息，只不过，要让这个信息记录下来，必须有一个条件。"

"什么条件？"唐沕一直认真听着小昕的每一句话。

"小沕姐，这个条件就是必须是李先师的后人，因为他们身体里有一种特有的磁场，可以和复合能量场发生作用，将脑中的信息录入琥珀，也可以让琥珀的信息传回他的大脑。这一点，我们只能依靠李欧。"小昕斜着眼盯着正陷入沉思的"种子选手"。

"可是李沐说要遴选出来的巫极才行。李欧会是吗？"唐沕提出疑问。

"呵呵，古人总是故弄玄虚，巫极嘛，无非是感应力非常强的人，咱们有了先进的科技，就不需要那么费神了。看见飞机下面的箱子了吗，我们带来了一套装置，可以接收宇宙射线，并同李欧的身体进行贯通。不管他是不是巫极，只要具备超感应能力，都可能成功。"

李欧指了指天空："小昕，你不是在耍我吧，拿我当实验猴子啊，另外，这天雷滚滚的，你看得到星星？"

小昕哈哈笑了，嘲笑道："学渣不可怕，就怕学渣说大话。宇宙高能射线穿透力极强，这点雨云算什么。"

李欧被她呛了一下，无以作答，在昔日的学霸面前，自己这个曾经的学渣，今日的嘉州钵钵鸡法国巴黎旗舰店老板兼服务员兼推销员兼送货员也只好老老实实地闭上了嘴。

第三十三章
古珀幻境

此刻，四川省水文勘测局信息中心。

小郑拿着一叠资料，向白局长进行汇报。

"大自然发怒了。"他的话传递着惊恐："雨区范围几乎笼罩了整个长江上游，而且波及汉江、清江以及黄河流域。全省一日雨量大于80毫米的雨区覆盖了18市的94县。包括岷江、沱江、涪江、嘉陵江、渠江、大渡河、青衣江、金沙江、川江九大水系，尤以岷江、沱江、涪江、嘉陵江等流域降雨最大……"

"洪水已经漫过了乐山大佛的脚趾，传言'大佛洗脚，乐山洗澡'，这不是笑话，因为乐山大佛脚部平台海拔362米，这个位置其实标示着重要的汛情，一旦水位高过这里，乐山主城就会发生河水倒灌，基本是泡在水里了。大佛洗脚，上次还是在民国初年……更可怕的是，水位还在上涨……"

白局长忧心忡忡地说："昨天我收到一家独立科研机构的数据分析，他们说洪峰有些古怪，超过了预测的上浮区间。难道说，李冰预言正以某种我们不可察觉的方式慢慢实现？"

"局长，建议我们进行全维度的分析，看洪峰的增强是否有规律可循。"小郑说道。

白局长缓缓点头，转头对另一名工程师说道："小罗，分析一下洪峰流量与降雨量的关系，是否依然呈线性。"

又对在场的几人吩咐道："各位，水情严峻，这不仅是考验咱们的学术水平，更是直接同人民安危联系起来，我们现在要进行全维度水文分析，希望大家发扬攻坚克难精神，拿出全面、可信、详实的数据分析结果来，为政府的抢险救灾决策提供有力帮助。"

"小郑，就由你牵头，汇总数据，拿出分析结论，随时向我汇报，从现在开始，我们进入24小时不间断值班。"白局长异常严肃地说道。

随后他又发出一声叹息，半开玩笑地说："老天爷，希望您点到为止吧，就算您要发火，也提前透露一点儿消息……"

在小昕的指示下，众人立马开始准备场地器材。

皮箱子里有一台方方正正的仪器，上面是看不懂的一堆仪表。

仪器接驳了一个头戴设备，小昕让李欧把它戴在头上，章鱼吸盘一样的传感器贴在他的脑袋上，看起来有些滑稽。

仪器又连接了一个特殊合金制成的射线接收设备。叶片散开，组成一个金属碗，紫红色的晶体排成矩阵，中间是多层塔状的接收器。塔尖有一个金属的爪形凹槽，是用来放琥珀的。

接收器调整了高度，让那颗琥珀正好位于李欧额头正前方，与眉同高。

小昕又同大家解释道，超感应者只需调整自己的情绪和思维，让思维变得稳定而纯净，脑电波就会与宇宙射线电波混合成特殊的载波，直到与琥珀自身的能量场发生共振，人脑便可以识别和"读懂"琥珀里面蕴藏的内容了。

"李欧，加油吧，你一定要静静冥想，直到与琥珀蕴含的能量场发生同频共振，就会获得其中隐藏的信息啦。"小昕鼓励道。

李欧听小昕说完操作事项，根本不信这是刚刚搞出来的东西，也不知道研发多久了。有可能这些技术研发早就有了，说不定还是什么机密项目呢。

正在李欧胡思乱想之时，一道闪电袭来，闷雷紧随而至，在头顶响起。

"咱们得赶快了，雷雨中心云团已经移过来了，雷电会对宇宙射线产生干扰，增大感应失败概率！"小昕焦急地说，现在不是闲聊的时候。

"小沏姐，幸好你在，请你教李欧禅坐吧，这是让内心平静的最好办法。能否成功，就看他自己的造化了。"小昕十分不信任地看了一眼李欧，这个出了名的学渣，真的能担此大任吗？

"明白。"唐沏回答道，目光移向李欧，"你知道怎样禅坐吗，只有那样才会让你的思维变得稳定而纯净。"

"哦，造型我会摆，要我静心可就难了。"李欧双腿一盘，就坐在了地上。

"不光是造型，你必须按我说的，调整你的思想。我们武馆就有禅修的课程，我会引导你做好的。"唐沏蹲下来，凑近他的耳朵，轻声说道。

"小李子你最好老老实实照办，别辜负了两位美女的期望。"贝尔勒也叮嘱道。

在小昕的远程遥控下，唐沏等人对设备仔细地进行调整和校对，信号灯不停闪烁，能量指针开始颤抖着活动起来。

"开始吧，李欧。闭上眼，让心静下来。"唐沏说道，给予他指引。

李欧长吁了口气，双脚交叠，置于大腿下方，背脊挺直，双手放松垂下。

唐沏轻柔的话音不断在他耳边响起——

放下心中一切杂乱的想法吧。你想着你就是天地的中心，安详而庄严地禅坐。天空就在你的四周上方，你的心要像天空一般开放，却稳固在大地。你坐禅的姿势，象征着你正在连接天与地……

呼吸就是生命，把你的注意力轻松地放在呼吸上，每次呼气，就是在放下和解除一切执着，直到你已经忘了自己呼吸。然后你把心轻轻地放在佛陀身上，它可以是任何一尊佛，将你的自性与真理连接在一起……

李欧的思想，起初烦乱不堪，在不停地闪烁和切换，犹如高山瀑布，汹涌而去。在唐沏的指引下，渐渐地平静下来，就像溪流穿过幽深的峡谷，最后涌向平静的海洋，只是偶然会有涟漪与波浪出现。

他似乎看见了释迦牟尼佛从云层中缓缓示现，浑身散发着金色的晕光，他与佛的目光相对了，他的心也变得无比安详。

父亲的身影、大佛的计划、玉莲渊逐渐远去了，李欧的脑袋里平静如水，似乎就要进入梦境。

这么多天来，不，这么几年来，第一次这么放松自己。

不知过了多久，忽然，灰蒙蒙的脑海中，出现了一道光。

那光渐渐铺满了整个脑海，由微弱变得刺眼，再变得自然。

眼前出现了一堵墙，无边无际，视野很模糊，似乎在很远的地方，都是混沌一片。

耳朵里面，有极其低沉，又有节律的嗡鸣声，犹如大鸟在轻轻展翅，或者树干被风摇动发出的沉重响声。

那墙上缓缓出现了几个雕刻，从平面变得立体，从模糊变得清晰。

是三个呈"品"字形摆放的雕刻，皆一人多高，那端坐的仪态和庄严的神情，居然是三尊佛陀的造像。风格古朴，双眼微张，衣衫生动。

李欧在迷糊中正在欣赏这雕像，忽然墙体震颤了一下，让他恍然回神。这三座佛像，大体相似，细看却又各有不同。

这一定就是琥珀里面藏下的谜题！

李欧想要呼唤贝尔勒，让他找支笔画下来，但是浑身却动弹不得，这种半梦半醒的状态极难控制，他也不敢放力挣扎，唯恐脑中的画面消失不见。

他不得不认真仔细地铭记雕像的每一个细节，直到完全复制在了自己的记忆中。

巨墙的震动越来越剧烈，一种无端的恐慌感袭来，整个世界都在晃动着。

忽然，滔天的洪水冲破巨墙，迎面而来，李欧大惊失色，想要呼喊，却被那巨浪吞入腹中。

他奋力在浑浊的洪水中挣扎着，感到窒息和绝望，一种难言的悲伤袭上心头，他不知道为什么自己会如此悲伤。

一具具尸体赫然出现在身旁，都是古人衣着，男女老幼，悉数漂浮着，翻动着。一张张惨白浮肿的脸上，空洞乌黑的眼窝看着实在瘆人。

李欧被这景象吓得不轻，拼命往上游去，总算透出水面，呼吸到了空气。

眼前却已变成一条大河，自己正漂浮在洪水之中，两旁均是险峻山峦。远处一栋栋的瓦房民宅，倒的倒，淹的淹，正在被洪水吞没。

女人的惊叫，幼儿的哭声，老人的喊声此起彼伏，撕心裂肺。有的人被困在屋顶，无处可逃，有的人抓住木板试图漂流上岸，却被无情的大浪打得无影无踪。

但无论是房屋，还是人物，都是古代的。

李欧那撕心的伤悲，正是由这样的画面引起，他不知道这画面从何而来，假如是他的梦境，为何又如此写实，如此具体。

世界继续发生着震颤，闪烁着，再次发生了变化。

忽然又位于朝堂之中，面前的座椅上，坐着一个古代官员，他一脸怨怒地望着自己。

"荒谬之言，不得再提。"那人严厉说道，"京城水道之事，不可耽搁，此乃皇城兴建之首要，你等应速速谋划，需改进之处尽数上报，不得有误！"

李欧正试着理解他的话，却见自己手中多了一顶帽子，双手捧着，搁于地面，而面前那官员脸被气得铁青。

接着自己不由自主地就转身，往外走去，难道是辞官不做？

推门而出，眼前一亮，画面再次骤变。

此刻身躯摇晃，正位于一艘木船上面，在翻滚的洪水中艰难前行。

这里并非河道，而是一个被水淹没的村庄。四处是残垣断壁，一片凄凉。不时有人畜的尸体从船身旁流过，除了天上盘旋啄食腐肉的飞鸟，毫无生气。

慌张、恐惧、内疚、无助、凄凉的感觉从李欧心中油然而生，是那么强烈，几乎让他浑身颤抖。

前面的石墙下面，漂浮着两具尸体，船划近一看，是一个淹亡的妇人，身体已经浮肿变形，双手中还紧紧抱着一具孩童的身躯。

放眼望去，不远处一段粗壮的横梁上，悬挂着十几具尸体，死后依然被风雨摧残。这是自杀吗？如果是的话，是绝望到了何种地步？

李欧似乎听见了某种悲哀的呐喊，撕心裂肺，自己再也控制不住，痛哭起来。

这种痛楚，远非常人能承受，即使是在梦境中，也让人近乎崩溃。

画面一闪，却又行走在乡间道路上，洪灾无影无踪，四周鸟叫蝉鸣，绿野幽幽，一派仲夏炎热气息迎面而来。

回过身去，村口的参天老树下，一个面容清丽的妇人，正牵着扎羊角辫的四岁小儿，朝自己挥手。两个老人相互搀扶，目送自己。

"早日归来……"妇人的声音如同风铃摇曳。

"此去京城繁忙，家里事务勿念，安心做事。"老头子喊了一声。

再回首，迈步前行，心中充满了兴奋与希望，却隐隐有些不安。

继续行走了片刻，前面赫然出现一堵白墙，既高且大，李欧忽然听见一个声音从遥远的地方呼喊自己。

"李欧，你没事吧！"那是唐沨的声音。

李欧猛然回神，穿墙而过，眼前一黑，一切消失得无影无踪。

他忽地抽了口冷气，从梦境惊醒过来。

唐沨焦急地看着自己，贝尔勒手里端着盆水，瞪大眼睛看着自己。仪器依旧在嗡嗡运转。

"好家伙，我看你手舞足蹈的，以为中邪了，正要泼你冷水弄醒你。"贝尔勒说道。

李欧此刻无法恢复状态，只是神经质地嚷着："给我纸笔，快，给我！"

唐沨从桌上递过来纸和笔。李欧一下子趴在地上，一边回想着，一边在白纸上画着什么。

佛头，身躯，衣服……

贝尔勒正要问这是什么，被唐沨挡住了嘴巴，示意他别打岔。

三个呈"品"字形的佛像渐渐出现在纸上，李欧满头大汗，汗珠一颗颗滴在纸上，唐沏急忙拿着抽纸给他止汗。

画完佛像，又再瞑目回想了一下，修改了几处细节，这才蹲了起来。

"好了，这就是琥珀的秘密。"李欧抬眼对大家说道。

"这是什么，三尊佛像？好抽象啊。"唐沏不解地说。

"你确定看到的就是这个东西？"贝尔勒拿起纸张，完全不知所然。

李欧坐在椅子上，一边喘气，一边说："就是这幅图，三尊佛像大体近似，但又各有不同，我刚才全神贯注才把它们记下来的。再晚一会儿，估计都想不清楚了。"

唐沏拿着纸，仔细端详，又把图纸移向摄像头，让小昕也看得清楚。

"拍个照传给我，我给景教授看一看。"小昕说道。

这时，雷声在头顶响起，屏幕上的画面闪烁了几下，就什么也看不见了。看来信号中断了，好在获取琥珀秘密的任务刚刚完成了。

唐沏走到李欧面前，认真地看着他，见他神色惨淡，心绪不宁。

"咋个了，你在流眼泪？"

李欧沉默不语，闭上眼睛，眼前尽是那凄惨的画面。

"刚才感应中，就只看到这张图画吗，你好像还有啥子事情没有讲。"唐沏轻轻擦去他眼角的泪痕。

李欧眉头紧蹙，望着窗外雷闪不断的天空，沉重地说道："我看见了一些古老的画面，杂乱无章，前后颠倒，不晓得那是些啥子。"

"是你自己的梦境吗？刚才你一直手脚不停乱动，有点吓人。"唐沏递给他一杯热水。

李欧接过水杯，无力地说道："一点也不像是梦，倒像是我亲身经历的事情，也许，也许这是琥珀里头藏下的记录者自己的记忆吧。"

唐沏哦了一声，又说："应该不是啥美好的记忆，看你的脸色。"

李欧叹了口气，若有所思，半晌才沉沉地说："无边的伤痛和悲哀，我这下是体会到了……"

唐沏坐在他身边，不知道说什么好。

"好了，我想是时候去玉莲渊找到最后的答案了。"李欧努力振作起来，眼里多了几分坚毅。

第三十四章
夜袭

嘉定武馆，会议室。

唐钺召集几名伽蓝使，召开会议。从几人复杂的表情来看，并不是什么团结友好的大会。

"对不起，我决定解散伽蓝使。"唐钺话音不大，却斩钉截铁。

"懂不懂规矩啊，你临时代管嘉定武馆，并不等于是接管唐之焕的统管权，就算是提建议，也必须要在场的伽蓝使同意才行，你以为说解散就解散啊。"胖子唐克华反驳道。

"就是啊，伽蓝使是峨眉武术界的最高级别，岂能由你个临时代管人胡来。"罗院长也否定道。

"对，你们说得对。"唐钺提高了音量，"伽蓝使地位重要、使命重大，但你们仅仅看到了他的地位，却忘记了他的使命。"

几双眼睛齐刷刷地盯着唐钺，等他的下文。

"家父这次因为洪灾大事，把大家聚集起来，目的就是共同商议如何破解大佛密码，完成伽蓝使的历史使命。但是，各位一直争吵不断，无法达成共识。"

"那是因为唐之焕的方案不成熟，必然会有争论！"刘稳说道，另外几人也点头认可。

唐钺扫了他一眼，又说："表面看是各抒己见，但实质上大家都在互相推诿、互相扯皮，说白了，是明哲保身，因为谁也不想为破坏大佛背上责任和骂名，谁也不想为了一个神话传说而耗费精力。"

"甚至，为了一己私欲，居然想要杀害馆长，简直不可饶恕！这样的聚会纯粹是一场闹剧！"

一番话说得几人哑口无言，范隆却在一旁暗自发笑，似乎唐钺所说的正是他的心声。

"我想，在案件水落石出之前，我们没有再聚会的必要了。"唐钺的话犹如秋风扫落叶。

"那你的意思是这个任务就此中止？"唐克华没料到这家伙会出这一招。

"对，任务中止了，大家好自为之吧。"唐钺话锋尖锐，作风强硬。

几人再一沉默，片刻，刘稳站了起来："那好吧，既然你们都这样瞎搞，我也不奉陪了！告辞！"

说完扬长而去。

剩余的罗院长和唐克华见状，正好有了台阶，于是起身，向唐钺告辞。

吵闹多日的会议室，此刻出奇地安静。

范隆也站了起来，走到唐钺身旁，讥讽道："什么伽蓝使，都是追名逐利的投机分子，真遇到大事，缩得比谁都快。"

语气又一转，说道："钺哥，我挺你，无论你有什么计划，算我一个。"

唐钺看了看他，眼里的光异常复杂。

伽蓝使的聚集就此结束了。

从历史上来说，伽蓝使缘起于守护大佛，为佛法之弘扬而恪尽职守。本是凌云山的一众义士，后随着乱世的战火，获得了民众的拥簇，势力壮大，地位提升，后来的伽蓝使专指修习峨眉武术的最高层次精英。随着时光流转，伽蓝使分布在川中各地，基本上与峨眉武术"五花八叶"的类分相合。平时各自管辖经营自己的基业，有重要大事，就在伽蓝指挥使的号召下，共聚嘉州，共商大事。

唐之焕病危，临时交接指挥使权力给了二儿子唐钺，因此，他有权提出中止聚集的建议，本来如果半数以上的在场伽蓝使不同意，也不生效，但各人早就心弦不定，说散就散，正中下怀。

刘稳等人踏出武馆的大门，外面黑沉沉一片，一如三人此时的情绪。

大雨如筛，倾盆而至。一声惊雷过后，紫青色的雷电骤然划破长空，殿下台阶混着雨水，在闪电的映照下反射着刺眼的光芒。

滂沱的大雨打破了三人之间的死寂，三人各撑一把雨伞，保持着三两步的距离，在大雨中行走，下山阶梯上长满青苔，混杂着雨水，湿滑异常。

视线被雨水覆盖，唐克华抬手盖在眼睛上，一把抹去脸上的雨水，下意识地朝山下望了一眼。

大雨倾盆，麻浩水流湍急，惊涛拍岸，上涨的江水正不断向岸堤上涌。麻浩一旦决堤，将直接危及山坳里头的百姓和武馆。

极目远眺，山脚一处老城墙下面，灯光闪烁，模糊地能看到一群攒动的人影，正是在筑堤防洪。顺着人影再向前，便是一片湍急的、怒号的、乌澄澄的江流。

唐克华心头一紧，只听见身后噼啪的雨声中夹杂着纷乱嘈杂的脚步声。

"快！快跟上！"

他们身后的石阶上，几十名身穿雨衣的青年从嘉定武馆内匆匆走出，看得出是走得匆忙，黑色雨衣只是胡乱地系在身上，脚步慌忙，脚下甚至没有来得及换雨靴。几十名武馆青年秩序井然，分成几队抬着装有筑堤工具的大箱子，匆匆往山下的方向赶去。

本来，很多武馆的小年轻对伽蓝使充满了好奇和崇拜，这次趁伽蓝使聚集正好能够了解一二，哪晓得伽蓝使的议会不欢而散，还闹得武馆沸沸扬扬。唐馆长的遇害也与几人脱不了干系。这些武馆中的年轻人对伽蓝使的崇拜变成了厌恶和轻蔑。

年轻人经过三人身侧的时候，故意趾高气扬地拧着脖子，其中几人小声议论："什么精英，骗鬼哟？世道变了啊。"

"就是，好在咱钺哥心里头还是装着老百姓的，指挥抗洪说一不二，那帮家伙还有啥子可说?"

"就是就是……"

其余几个人步履不停,小声附议。

武馆青年的身影渐渐被暮色吞没,雨水哗啦啦地洗刷着嘉定武馆,方才众人议论的声音回响在唐克华耳中,带着些许嗡鸣。

唐克华一怔,心里的一块位置隐隐落空,这种感觉令他既慌张,又气愤。

刘稳心里也不大痛快,自怨自艾般骂了一句:"他娘的!"

罗院长绷着张脸,眉头紧皱。就在此时,唐克华突然开口:"走啊!愣着干啥!做点事去!"

语气是斩钉截铁的态度,不容置喙的坚决。

唐克华朝着武馆青年远去的身影追出几步,脚步一顿,气狠狠地说:"不要搞得伽蓝使都是些功利小人。"

天色已经十分昏暗,岷江麻浩水道岸堤处闪烁着星星点点的光辉,正是救援办的应急照明设备。

江堤边上聚集了黑压压一片人群,雨势丝毫不减,各个救援单位的指挥声音混成一片。唐克华三人赶到现场的时候,年轻的武馆学徒已经如火如荼地开始了筑堤加固工作。三人没有丝毫犹豫,便闷头加入到筑堤的阵列当中。

江堤上游的公路上,各式各样的车辆乱哄哄地扎堆停靠在一起。警灯三三两两,在滂沱雨水中闪烁着一红一白的明灭光亮,时不时响起一阵刺耳的警鸣。

除了当地的武警、消防、警察、武馆学徒外,附近村落的一些青壮年男子也加入到筑堤行列当中。市应急救援队在岸堤旁边搭起一顶帐篷,负责统筹协调各救援力量。

这时,人群中突然响起一阵骚动。只见岸堤上游跪立着一名行为古怪的白衣妇女,正呼天抢地地朝怒号的岷江跪拜,一边拜,一边口中念念有词,咬着牙不住打战,灯光照在她惨白的衣襟上,竟泛起一阵青光。

"罪孽！罪孽啊！"

这如同玉帛撕裂一般的惊吼，让现场所有人的目光都落到了这名行状疯癫的妇女身上。只见她披头散发，怔怔地从泥地上爬起来，面目狰狞地大喊："看到了吗，你们都看到了吧！大佛老爷洗脚了，乐山要被淹了！"

她颤抖着手，直指湍急上涌的岷江水，竭力朝人群这边胡乱比画："快逃吧！快逃吧！千年大洪灾马上就要来临了！灾难即将降临人间！你们看，大佛、大佛流泪了！千年洪灾就要来了，你们赶快逃命吧！"

女人双臂一扬，背过身，对着肆虐的江水放声大喊："快逃吧！"

不知何时，岸边拥簇了几个黑衣人，手中高举着横幅，上面印着"天灾人祸，因果报应"几个大字。横幅是用特制的反光材料做的，在昏暗的灯光下很是刺目。

"老天发怒了！海通大师封印千年的水怪已经觉醒！大家赶紧逃命去吧！"

喧嚷声一波紧接着一波，负责治安的武警人员已经出动，现场群众已经成了热锅上的蚂蚁，围观的人越来越多，人们交头接耳，议论纷纷。

硕大的乌云笼罩在麻浩水道上空，压低着现场的气氛，此刻，群众已是人心惶惶，显然，关于千年洪灾的言论很能蛊惑人心。

参与筑堤的几名警察不得不抽出身来，组织急驱散现场人群，其中几名警察则赶紧去捉拿散布谣言的妇女头目。

警鸣四起，警方的扩音器里一遍遍回响："大家注意安全！注意安全！不要听信谣言！退回到警戒线外！千年洪灾根本是子虚乌有！大家要相信科学！相信政府！都保持秩序！保持秩序！"

就在情势焦急万分之际，波涛汹涌的江面上，一艘小货轮却激流勇进。

看清了货轮的大致方位，应急队的高个子领导一把将对讲机拍在桌子上，怒道："真是不要命了，不是已经禁航了吗，怎么现在还敢下江开船！"

大家面面相觑，不知冒着危险运送的什么货物。

"查一下！"领导吆喝了一声，随即几个年轻人拿着探照灯，走到外堤边上，支着灯朝茫茫江涛中探去。

这样大的雨势，这样湍急的江流，那一艘货轮如同随波逐流的一叶浮萍，随着滚滚江涛起伏不定，任凭宰割。

探照灯齐齐地照向了货轮，桅杆上挂着小标板，上面是"川乐农运B305"的番号，应该是运送农牧业产品的货轮。货轮上的人似乎也察觉了自己处于监视状态，缓缓减速。船驾驶舱的人和岸上的人互相用扩音器喊了喊，这才搞清楚了状况。原来，这是一艘运送生猪去重庆的货轮，因为近日公路拥挤不通，货期临近，不得已，才冒险走水路去往目的地。

"你们赶紧靠岸，不要冒险，钱可以再挣，命没了就啥都没了！"应急队的人向轮船喊话。

轮船停在江中，没有走也没有来，似乎在商量着。

探照灯穿射过苍茫的雨水，直直打在江面上载运生猪的货轮上。江面翻滚，波浪滔天，轮船在怒号的岷江水中挣扎颠簸。

突然，船身兀自一颤，似是在水中受到什么重物的猛烈进攻。飘摇的江面中，一截黑乎乎的形状似巨石的东西不知什么时候出现了，呈现倒三角的形状，高出水面两米，它左右晃动，朝着轮船猛然撞去，轮船顺着撞击的力道往江面一侧掀起来，霎时水花四溅，轮船挣扎了几下又落了回去，没有被掀翻。

岸上应急队的人出于恐惧的本能，都踉跄着后退几步。

那东西似乎发现轮船并非孱弱的木渔船，仅靠顶撞还搞不定，于是准备浮出水面，正面强攻。

这时，一道闪电铺天盖地地袭来，映得整个岷江如同白昼。在轰隆隆的惊雷声中，所有人都看清了那骇人的影像——那是一头长有硕大双角，形状似龙似蛇的巨兽，扭曲盘旋在岷江之中，在闪电的照射下，通体如同鱼鳞一般闪烁着光辉。

雷声一顿，紧接着又是一阵电闪雷鸣，那头形似蛟龙的怪物在湍急的江水中游弋摇摆，身形竟然有十几米之长，双眼是狰狞诡谲的暗红色，睥睨众生。

在强烈的视觉对比之下，江面上的轮船俨然成了怪物的一件玩具摆设。

"水怪来了！快跑啊！"应急办的人吓疯了，呼喊着往岸堤上逃跑。

"救命啊！海通大师镇压的妖龙跑出来啦！妖龙吃人啦！"

人群中不知是谁喊出一句，随即，岸堤上的人四散逃窜，乱作一团。此刻，方才竭力指挥现场的武装人员也都慌了，这样的情形，是谁也无法预料的。

应急队领导发现现场的人群已经完全不受控制，这样的情形，如果不能做好人群的疏散工作，那么一定会发生极为严重的踩踏事件。

他竭力保持着冷静的思绪，急忙组织现场的警察和应急队围成一道人墙，数十名武馆青年自发组织起来，加入到警察的行列当中，牢牢护住惊恐逃窜的群众。

另一边，几个带队的武警紧急疏散出一条救援通道，指挥现场车辆疏散受惊的人群，并向上级告知情况，请求支援。

岸上的场面不容乐观，更为严重的是，此刻江面上的货轮正遭受着接二连三的重创。

怪物潜到水底，猛然朝轮船发起攻势，船舱底部被怪物的背角击出一个窟窿，江水如同高压喷射枪一般不断朝舱中注入。

货轮上的生猪发出异常刺耳的惨叫声，其中一只猪崽被拖了出来，倒挂在轮船的网绳上，忽然，水下面张开一张血盆大口，獠牙一张一合，暗红色的猪血便喷洒到江面上。怪物猛然跃起，高高地甩下一截尾巴，刚好压住货轮一角，尾上的硬鳍卡在货轮钢架上，拖拽着货轮朝江水中下沉。

就在此时，喧嚷拥挤的人群中央，一个身形微胖的中年男子径直走了出来，紧接着，他的身后跟随着一男一女，朝江流坚定地走去。

三人背对外堤站立，身前便是汹涌的江涛，狰狞可怖的怪兽。

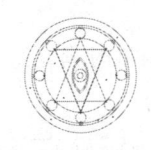

第三十五章
"三英"战河妖

三人转过身来，唐克华站在高处，朝恐慌的群众喊道："大家不要怕！不要慌乱，这只是江中的一条大鱼，我们先去救人，再想办法除掉它！"

声音不大，浑厚沉静，却足以安抚人心，现场的骚乱声不断减小，人群中还是夹杂着小声的议论，大多是对这三人的行为感到不解和质疑。

外堤边上有救援的渔船，唐克华独乘一艘尖嘴渔船，起锚，划桨，率先朝江水中央驶去。罗雅琪与刘稳同乘另一艘渔船，刘稳把筑堤用的几根钢钎、镐锤摆到船上，罗院长拿衣袖擦去镜片上的水痕，站在船头冷静指挥，渔船紧跟在唐克华的身后。

一大一小两艘渔船动作敏捷，朝着岷江中央快速划去。应急队见拦阻不了三人，只好现场召集了照明设备，一起朝岷江照射过去。

岷江中央，唐克华率先赶到的时候，轮船的大半都已经被拖入水中，江面飘散着一股浓烈的血腥味道，滔滔江水被染得猩红，其中零星飘散着部分生猪的尸骸，惨不忍睹。

罗雅琪与刘稳驾驶的渔船守在唐克华斜后方，雨势减小，罗雅琪稳稳踏足在渔船上方，直面对敌，毫无惧色，一副铮铮的武者姿态。抬手，数枚流星镖划过夜空，如同颗颗星子，直直朝怪物袭去。

罗雅琪擅长远击暗器，腰袋里备着数十枚流星镖，本来是用于武技展示，没想到现在派上了用场。实战时刻，她以气功引动流星镖，全力击出，先试探一下怪物。

怪物鳍下的部位被几支流星镖刺中，顿时怒吼一声，声如岩层塌方，轰轰隆隆，搅动江水翻涌起来。

这巨怪也该是很有些年头了，并非普通的呆鱼憨虾，发现有人阻挠过后，就松开渔船，游到一旁，狡诈地与渔船保持着不近不远的一段距离，伺机判断袭击办法。

这时，一阵碎石扑通扑通砸落水面，不是江上三人发动的进攻，而是从岸上朝怪物这边远远投掷过来。

原来是嘉定武馆抗洪筑堤的那群青年，虽然投掷的方向不是很准，却很有劲道，毕竟是武馆的练家子。

伽蓝使在危急时刻带了个好头，让武馆的年轻人见识了伽蓝使的无畏胆量，瞬间士气大振，都加入到抗击水怪的行列中来。

货轮还在下沉，此刻已是分秒必争，唐克华横下心来，顾不上被水怪发现，只身涉险，绕过轮船遮挡的方位，深入到怪物附近，准备先从驾驶舱中将人救出。

此时，江水中翻腾盘旋的怪物已然有所察觉，陡然调转身体，朝货轮的驾驶舱方向游去。霎时间，数枚飞镖泛着冷光，朝怪物的头部袭去。刘稳支起一根钢钎，铆足了劲朝水怪身上扎去，试图干扰怪物，给唐克华制造机会。

在同伴的掩护下，唐克华很快驶到货轮的驾驶舱旁，把一截缆绳往身上一捆，纵身一跃，攀上了货轮甲板，立即把绳索绑在货轮钢柱上，让渔船不至于独自漂走。

驾驶舱内，躲着两名驾驶员和运货的老师傅，水已经漫过几人的腰身了。唐克华提了口气，砸碎了驾驶舱的玻璃。看见了一线生机，舱内的人如同抓着一根救命稻草，死死抓住唐克华的手臂，挣扎着从驾驶舱中逃出来，又跳上了渔船。

"里面还有人吗？"唐克华将瑟瑟发抖的几人安顿好后问道。

"没、没人了。"驾驶员完全吓傻了，懵懵懂懂答话。唐克华又朝驾驶舱中仔细看了一遍，确认里面没有人后才退回到渔船中，割断了绳索。

见唐克华那边已经将人救出，刘稳灵巧地摆动双臂，快速划动渔船，急急朝唐克华这边接应过来。水怪岂能让人顺遂，朝着刘稳破浪而去。

罗院长双手几乎是同时甩出两支飞镖，伴随着"嗖"的一声，分别射向怪物的双目，江水翻腾，怪物奋力扭动身躯，躲过攻势。

水怪还未喘息，一把鱼叉直直朝着头部袭来，怪物陡然调转脑袋，却没有避过锋芒，一侧被拉开一个血淋淋的口子。

江面上，两艘渔船逐渐靠近，罗院长和刘稳一起朝唐克华的方向望去，只见他手持着一柄鱼叉站在船上，渔船里缩着几个瑟瑟发抖的身躯。

这时候，方才还兴风作浪的怪物却消失不见了，水面上只能隐隐看见律动着的水波，雨势也减小了许多，岷江浑浊的江水下面，似乎有什么在蠢蠢欲动。

"怎么样！"刘稳朝唐克华那边匆匆问了一句。

唐克华顺手摆了摆鱼叉，像个邀功的渔夫，他指了指水面，镇定地说："依我看来，这个大鱼的来历绝不简单，这根本不是普通的鱼类。"

罗雅琪回应他道："难道这真的是海通大师镇压的妖龙？"

"这都什么年代了，相信科学好吧？我看就是巨大的鱼类，闻着五花肉的香味过来吃宵夜的。"刘稳不咸不淡地来了一句，方才同怪物周旋，他并没使出多少力，此时也是他们三人中最有余力扯皮的一个。

"不管是什么，这个怪物的存在对老百姓来说都是威胁，今天不除掉它，日后必成祸害。"唐克华斩钉截铁道。

三人此刻心中都有了定数，伽蓝使绝非等闲之辈，久违的战意燃起，横下心来誓要击杀水怪。

唐克华跳到刘稳二人乘坐的渔船上，随着船身摇晃两下后便稳稳站定。刘稳给难民扔过去一柄宽厚的船桨："你们先快游回到岸边！"

话音刚落，一个大浪过来，直直将难民的渔船推出好远，几人只剩下逃命的念头，抄起两个船桨，疯了一样朝岸堤方向划去。此刻，岸堤上已经有救援的船只朝渔船接应过来了。

就在浪涛起伏的瞬间，唐克华三人乘坐的渔船，自底部发出一声撞击，只听咔嚓一声，那木船从中间往两头裂开了，随即，船舱上的三人摇晃着身形，攀着船尾匆急跳入水中。

转瞬，三人逃离的那艘渔船被水底窜出的怪物撞击得四分五裂。人在水里，就如同掉入了水怪的餐盘，随时都有可能丧命。三人不敢耽搁，都拿出豁命的架势，拼了命朝货轮游过去。

刘稳和罗雅琪身形迅速，率先攀住船身，一跃蹿上了货轮。唐克华膀大腰圆的没那么灵活，跟在身后不到两米的范围内，眼看着身后一张血盆大口径直朝唐克华袭来。罗院长在转身的瞬间，一手凌厉地飞出最后两道飞镖，翻如闪电、刺如猛虎，直直朝怪物口中袭去。

虽然水怪皮糙肉厚，但嘴里的软肉永远是弱点，那飞镖不偏不倚正好插在上颚上，疼得那厮闭嘴摇头，再次沉入了水底。

唐克华获得了一线生机，总算是在刘稳和罗雅琪的拖拽下跳上了货轮。怪物似乎是被激怒了，猛烈地朝货轮底部狂顶，试图扩大创口，让江水更快倒灌，尽快弄沉货轮。

"现在怎么办？"货轮在缓缓下沉，左摇右晃，刘稳死死抓住船杆，大喊了一声："这他娘的到底是个什么东西，怎么这么难缠？"

罗雅琪的眼镜几次险些被浪花打到江里，她一手托着眼镜，一手把住围栏，很是狼狈："没退路了！等待救援吗？"

唐克华眉头紧蹙，双手死死抓住围栏的一侧，一副豁出去的架势："拼了！不管怎么说！今天也不能让这恶鱼得逞！咱伽蓝使决不是摆设！"

摇晃的频率小了一些，唐克华、刘稳、罗院长互相看了一眼，暗自笃定心意，今天就算了把命折了，也非得拖水怪去见阎罗。

不断下沉的货轮上，三人形成了一种无言的默契。此时此刻，他们有着同样的身份，肩负着同样的使命。

"死猪有用！咱们做一个诱捕装置，把它引出来，困住它！"罗院长指着甲板上血淋淋的生猪尸体，灵机一动。

"好主意！用钢架做钩子，钓它！"唐克华想到了同一件事。

此刻分秒必争，任何一点念头都经不起等待，必须立即付诸行动。几人二话不说，用工具折断了破损的几段钢架，锋利的断面犹如刺刀，再用铁丝绑起来，做成了一个刺球模样的东西。

又在货轮中拖出一具死猪尸体，扎挂在钢架刺球上，再用匕首划上几刀，顿时，一股血腥的气息扑面而来，几乎让人作呕。

刘稳身手敏捷，平衡着重心，腿脚灵活地倒挂在货轮尾部，将一截钢索捆扎在船尾，另一头则绑在猪肉刺球上。大家合力把刺球推入江中，一股血水荡漾开来。

罗雅琪已经全力启动了货轮，四周响起阵阵刺耳的马达声，轮船犹如沉入黄沙的小动物，挣扎着运动起来。

货轮渐渐有了速度，拖着刺球往外江驶去。水怪见猎物还想逃跑，忙尾随在后，露出一截鱼鳍。

船尾刺球上面生猪的尸体不断流淌鲜血，伴着血气的水浪劈头盖脸朝水怪涌去，那浓重的腥味激起了水怪原始的欲望，让它变得更加疯狂。它也顾不得袭击货轮了，张开血盆大口，一口咬住了钢架刺球。

几人只觉货轮浑身一震，一股力道反向拉扯着，那水怪已然上钩了，一时间含着刺球逃脱不得，巨大的疼痛让它左摆右突，搅得江水白花四溅，眼看货轮就要被拽翻。

唐克华爬上了船舱顶，接过刘稳扔过来的钢钎，双目凝视，锁定目标，腿呈弓步，张开臂膀，紧抓钢钎，犹如一个标枪运动员要做最后一掷。

可是这货轮晃动不止，唐克华既要稳住身子，更要瞄准目标，难度大上十倍。他打起十二分精神，就在电光石火之间，"嗖"的一声将钢钎掷了出去。

这一掷，有着破云之势，锐不可当，带着呼啸穿插而去。那钢钎如同索命的死神之刺，穿破了水怪鳞甲，深深扎入它的腰部。水怪受此重创，狂乱嘶鸣着，发出哀号，疯狂挣扎起来，竟撕破口中的软肉，挣脱了钢架刺球，带着一股血水隐入水中，消失不见。

货轮上，刘稳呼喊起来，为唐克华喝彩。唐胖子如释重负，突然有一种劫后余生的舒坦。但当视线落到猩红浑浊的江面，心绪又如同被沉石压住，不断朝深渊下坠。

那江面上，生猪的血、水怪的血以及柴油的油污混在一起，肮脏不堪，一股恶臭久久不散……

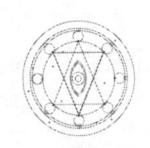

第三十六章
三世佛

此刻，水文勘测局白局长的宿舍。

台灯并没有关闭，烟灰缸里残留着无数条"尸体"。白局长随意地躺在床上，像是没有了呼吸。

手机毫不客气地响了起来，伴随着恼人的振动声。

白局长呻吟着，缓缓苏醒过来，本想掐掉电话，眼光一瞟是个重要的人物来电。他不得不努力坐了起来，清了清嗓子，接通电话。

"你好……是我……哦，徐部长你好！"

电话里有一个低沉的声音。

"是的，我们熬了通宵，但还是拿不出准确的分析结果……"白局的声音十分疲惫。

"哦，北京方面成立小组了？这样啊，那是，对，有必要……李宁天教授？有他的消息？……哦，好的，知道了。"

"是的，我们必须解密了，并展开全面研究，同时应该启用最高应急响应，自然界的未知数太多，说实话，谁也掌握不了它的脾气，只有……"

他的一番感怀被打断了。

"好的，我明白了，我马上安排，立刻前往北京。"电话被不客气地挂断了，白局长有些发蒙，此刻已睡意全无，又赶紧拨通了小郑的手机，他要参加一项重大任务。北京这个突然成立的组织，级别非常高，但具体情况只能当面得知。

白局长眉头紧锁，浑身有一种说不出的难受，此去北京，不知会有怎样的遭遇……

嘉定武馆这边，唐沨、李欧、贝尔勒三人面对刚刚画出的图纸，一筹莫展，这时候显示器画面跳动了几下，信号终于再次接通了。视频窗口一分为二，景教授上线了，看背景应该是办公室内。

"不好意思，之前公事比较忙，现在有时间了。"景教授解释道，"刚才看了小昕拍过来的图纸，我觉得有必要开个视频会议，咱们各抒己见，谈谈看法。"

李欧心绪不宁，此刻脑袋里一团乱麻，哪还有心思去研究这图纸，目光呆滞地坐在一旁。

景教授说道："我想先说说经文。经文的内容在我们意料之外，却又在情理之中。"

"怎么讲，教授？"唐沨问。

"意料之外的是，它居然根本没有提到妖龙、封印等神魔性质的内容，反而是比较现实的记叙。情理之中的是，它谈到的海眼暴发，洪灾到来，是和大佛的建造理念和伽蓝使的传承作用相一致的。我们都知道啊，这乐山大佛本来就不是一尊普通的佛像，它是为镇水而建，是一尊具备功用性的治水大佛。伽蓝使把这个秘密传承下来，是要把大佛的镇水功用不断延续下去，让其发挥到极致！"

教授的一席话切中肯綮，让每个人都思索起来。经书是洪灾的预言，但相对严肃的记叙远远不及神话传说那么容易被人记忆和传承，如果说伽蓝使的古训为表，那么经文就是里，是真正的传承之内核。

现在，就必须要解开核心中的核心，这个三佛图了。大家认真地看着这图，议论纷纷，从图形结构、历史背景等入手，还是拿不出令人信服的结论。

景教授刚才一直在思考，时不时还拿起书柜里的资料翻阅，这时他发言了："李沐智力超群，不过当初绘图的目的是提示后人找到密道位置，而不是出一道难题去测考大家的智商。这要是找个懂佛学的人来看，也许就迎刃而解了。"

景教授的话很有引导性，大家纷纷点头。

"教授说得很对，如果云空法师在这里，可能他会很快明白其中的含义。"唐沕惋惜地说，可是云空的电话早就打不通了，之前和医院也联系了，说他提前出院，不知去向。

"这神父真游神啊，关键时候跑丢了，神出鬼没。"贝尔勒苦笑道。

"没办法，我们只能进行一些推理了。"景教授双手一摊，"三个佛陀各有不同，那这应该是属于一个体系范畴的不同个体。小昕啊，你查一下，佛教里面有关三佛陀的资料。"

小昕赶忙登入考古院数据库，检索有关内容，不一会儿，她露出一丝笑容，说道："有结果了。"

"快说来听听！"贝尔勒忙说。

大乘佛教中，佛因为时间的流逝分为三世，这三世佛指的是过去佛、现在佛、未来佛，俗称"三宝佛"。一般以燃灯佛代表过去诸佛，释迦牟尼佛代表现在诸佛，弥勒尊佛代表未来诸佛。燃灯古佛被认为是在佛教成立之前，已经成佛，因此人们尊其为过去佛，他预言了释迦牟尼将成为新的佛祖；然后是我们熟知的释迦牟尼，他创立佛教，成为人们供奉的对象，被尊为现在佛；而弥勒佛的时代尚未来临，只因释迦牟尼预言在他灭度后，弥勒尊者将来要继承他的衣钵，便被人们尊为未来佛。

燃灯佛是释迦牟尼的老师，释迦牟尼成佛就是由他授记的。释迦牟尼的本尊是古印度乔达摩王子，年轻时见生老病死之苦，为探索解脱之法，放弃宫廷生活，出家修行。后在菩提树下大彻大悟。接下来，释迦牟尼又授记弥勒佛是他的接班人，弥勒佛在中国民间流传甚广，通常是挺着大肚子欢笑的形象。在四川，很多人带小孩子去见弥勒佛的时候，都要让小孩子去摸一下他的大肚子上的肚脐眼，据说这样就不会生病拉肚子。

"我小时候也摸过，每次看到这大肚皮的菩萨，就觉得亲近。"唐沏说道，"但是，这三佛图都是很严肃的造像，没有这个欢喜菩萨呀。"

景教授说："小昕的资料很到位啊，我想起来了。这三佛的造型不是一成不变的。唐时的弥勒佛可不是这样腆着大肚子逍遥快活的，他可严肃多了，他有一个最著名的雕像化身，你们知道是什么吗？"

"别告诉我是乐山大佛。"贝尔勒嘀咕了一句。

"正解！乐山大佛就是弥勒佛！"景教授接起他的话来，"乐山大佛其实是融合了印度佛教造型的古佛弥勒，那个大肚弥勒是宋代以后才出现的。还有啊，唐朝的时候佛教氛围浓郁，武则天自称弥勒转世，导致当时国人都崇拜弥勒佛，人们认为'弥勒一出，天下太平'。乐山大佛是为镇水安民而造，这和弥勒佛的内涵是一致的，所以乐山大佛就是弥勒佛。"

"这么说来，看看这三佛中哪个长得像乐山大佛，那就确定是弥勒佛了？"贝尔勒像是找到了解密的第一把钥匙，立即仔细辨认图纸。

大家的目光同时锁定了图上右边的那一尊佛像，它正襟危坐，双手放于膝盖之上。那不用多说，就是乐山大佛的写照，代表的是未来佛弥勒佛。

接下来是辨认现在佛和过去佛。

"看上方佛的手印，这是触地印。"景教授提示道，只见那尊佛右手覆于右膝上，四指并拢，指头触地。由于李欧绘制得匆忙，线条并不精美，但基本造型还是能看得出来。

"触地印又称降魔印。传说释迦牟尼成道时魔王前来扰乱，阻止他成道，释迦牟尼就右手触地令大地为证，喊地神出来证明他已经修成佛道，把魔王吓跑了，所以叫做降魔印。如果这能证明上方的佛像是释迦牟尼，那么左边的佛，不出意外就是过去佛了。"

这时一直在查看资料的小昕也发言了："过去佛的典型形象特征是，跏趺端坐，神态庄严，两手以拇指相触，作说法印。这个也的确和左边的佛像对应了起来。我们真要感谢李欧了，虽然他并没有很精确地画出佛的细节，但从佛像的手势也能找到线索。"

说到李欧，他现在还一个人沉思着，唐沏看着他，有些担忧他陷入那个幻境中无法自拔了。

李欧的脑海里在不断重演之前看到的东西,他不停地在内心叩问自己。

李沐到底经历了什么?那种伤痛为什么这么深?他为什么要在大佛身上花那么多功夫藏下秘密?玉莲渊里到底有什么,李沐在那里又做了些什么?哦,还有个奇怪的事,之前的幻象中,为什么没有再出现那片湖泊呢?

唐沏轻轻拍拍李欧肩头:"你没事吧。"

"你们,该告诉我了吧。到底你们在做些什么,为什么你们会知道破解琥珀的办法?"李欧抬眼就问,对真相的渴求比谁都强烈。

景教授凝视着他缓缓点了点头,也是该说清楚的时候了。

"考古学一直在发展,它揭示了人类历史的演变过程,让我们更清楚地看到将来要走的路。"景教授引出一番话来。

"我们获得的可靠的古代信息,都是从文字、图像、器具这些实物上来的,但这样就会有很多局限性。因为存世的实物毕竟少得可怜。随着可供研究的器物越来越少,考古学也走进了瓶颈。"

"所以我们一直在找寻其他可以获得古代信息的渠道。甚至于一些超自然信息。"景教授说道,"你相信吗,大自然残留着很多信息,只是我们看不到罢了,但并不代表它们不存在。只要找到正确的解码办法,我们就能获知过去,甚至聆听未来的声音。"

"我不知道该不该信……"李欧回了他一句。

"一些动物对自然灾害的发生会提前感知到,它们会跑会躲,甚至狂躁伤人。大慈寺的怪鱼,峨眉山的猴子是活生生的例子。这说明什么,说明超自然信息一直都存在,只不过大多数人类感知不到。"

"但,历史上却有极少数的个体,他们体内残留着早已失落的感知力,这是个非常值得研究的地方。李欧,你就是这样的少数派啊。"

景教授告诉了李欧一件事。五年前,他在秦岭的一个古代地穴中,发现了一个奇特的地窟。那里有很多特殊晶体,中间有个讲坛,曾是明朝末年一个神秘的地下教会宣讲布道的地方。从留存的资料来看,当时的教头就是利用天人感应的特殊作用,重现人脑的记忆,并预言未来,因此笼络了大批信徒。

为了搞清这个感应力量的真相，景教授很快申请立项研究，但并不被院领导认可，认为这些都是古代故弄玄虚的东西，不值得投入精力和资源，项目拿不到资金。但峰回路转，项目组得到了一家超自然研究组织的支持，有了实质性进展。加上有高董的资金扶持，他们才在宽窄巷子的寸闲居开拓了一家私人实验室进行研究。破解琥珀秘密的理论和技术，其实都是来源于这个机构，这家机构就是斯普沙。

景教授说，斯普沙是个国际构架组织，因为这些拥有超自然能力的个体非常稀少，又分布全球，他们以小组的形式分区域进行研究。和我们合作的只是东亚的一个小组。他们的人员构成和运作方式，一直讳莫如深。

"那么，在刚才的感应中，我为什么没有见到那个该死的湖呢？是因为感应时间不够长吗，还是设备不够成熟？我一直想弄清那是啥子意思。"

景教授回答他："这是环境因素造成的。斯普沙认为，大地储藏的信息会通过某些地质奇点外泄，这些信息甚至蕴含未来的预示。海眼就是这种地质奇点，大慈寺下面那个环境，正是海眼的作用，才让你看见了更多的信息。那个湖景，如果我猜得没错，那一定是来自未来，是预言之象。"

李欧恍然大悟，心中有些震惊。

景教授接着说道："另外，根据斯普沙提供的研究资料表明，能看到预言之象的个体非常罕见，这种能力往往需要激活。也就是说李冰地下古桥的关键作用，是唤醒其族人潜在的能力。李欧，你的父亲指引你去找到古桥，应该是希望唤醒你的潜能。"

李欧猛然一惊，景教授的话印证了他的猜想。父亲用无字的明信片引导他去找到了古桥，又成功地激活了他潜在的能力，但父亲却不曾多说过一句话，无非是希望他自己选择自己的路罢了。继续也好、退出也好，没有人会给他任何干涉，他必须听从内心的声音。而这个声音带着他走到了现在。

他双眼迷离，叹了口气，只感到随着任务的进行，肩上无形的压力越来越大。谜题不断被解开，却又生出更多的谜题，无穷无尽，何时才能是个终结？

他问景教授："你们还知道什么关于我父亲的事，都告诉我吧。"

景教授说道："其实我们知道的也并不多。你父亲曾经来找过我们，调查李冰留下的预言石板，他说这将是他研究的起点。"

"他到底在研究些啥子啊？连家都不要了！"李欧真是想不明白。

景教授说："李宁天教授他到底掌握了哪些信息我们并不清楚，他的研究内容属于机密，我们只知道他非常关注地下水体的运行情况。他曾经说过一句话，在自然界的'大考'面前，会点作弊技巧，并无不妥。他说他就是那个作弊的人，所以必须偷偷摸摸的，让这个世界把他遗忘。"

"这老头，太自以为是了，玩神秘玩消失，还有理了。"李欧低声抱怨着。

景教授无奈一笑："我们虽然不太明白他的具体计划，但我相信他，他做的事是伟大的。李欧啊，你父亲交给你的任务，一定就是进入玉莲渊了。"

李欧无以言对，他经历了这么多，他更能理解父亲的决绝，也更对他孤独的远行感到伤感。

心中疑问丛生，他在想玉莲渊是一切问题的最终解答吗，还是仅仅是一个节点，就像漫漫长路中的一处驿站，到了那里才知道，那并不是终点。

贝尔勒忽然一拍大腿，说道："天啊，大家，之前经书里面不是提到了一首诗吗，那肯定是和这个三佛图进行配套的谜语了！"

唐沏经他一提醒，这才记上心来，的确，经书里指出，这个谜题分为谜语和密图，谜语就是一首五言诗：

　　青衣海穴渊，
　　三界牵近远。
　　三圣合规角，
　　三流瞰会眼。

唐沏记得很清楚，一字不差。景教授也看过这首诗了，只是觉得晦涩难懂，不知所云。

"哎呀妈呀，这哪是诗，就是梦话。"小昕吐吐舌头，表示无语。

李欧第一次听唐沕说起诗的时候也并没在意，现在有了三佛图的直观印象，再看这诗，隐隐有了一些心得。他的思维转得飞快："这诗不是胡诌的，其中有三句都有'三'字，这和目前三佛图是对应的。应该是用于解读三佛图的密码。另外，这里面如果存在地理指示，我认为是第一句和最后一句。第一句的青衣、海穴，应该是地名吧，最后一句的'三流''会眼'，难道是说三条河流？"

唐沕受到了启发，忙说："对头啊，这三条河流可能就是大佛身前的三江啊，难道是说三江汇合？"

"啊哈哈，三个三，豹子啊！"贝尔勒充满恶趣味地怪笑起来，"这李大师是要和咱对牌呢！"

"大橘，你能不能说点有用的。不行就一边歇着。"唐沕哭笑不得。

景教授冥思苦想了一会儿，突然拔高声音说道："搞错了！这个密道的位置不在凌云山上，不在大佛身旁，我们从一开头就搞错了方向！"

"那是在哪儿？"几人异口同声地说道。

景教授抬抬眼镜，字字珠玑，"在乌尤山上。"

"乌尤山？"唐沕愣了，"怎么跑到隔壁的乌尤山了。"

"这没毛病。"李欧也反应过来了，"玉莲渊可能是在凌云山，但进入的密道在其他地方。经文不是说了吗，李先师用大佛身躯封堵了原来进入的通道，另一个密道是在其他地方。如果是在乌尤山，那也不算远。毕竟两座山原本是连在一起的。"

景教授点头同意："是的，刚刚读这首诗，我脑袋里像被岷江水冲洗了一遍，清醒了。第一句诗已经说得很清楚，青衣海穴渊，青衣是什么，那是乌尤山的古称啊，海穴也是来自于乌尤的传说。"

景教授这便谈起乌尤的传说来。乌尤山，原与凌云山相连，最开始称青衣山。两千多年前，为了分洪减杀水势，通正水道，李冰在凌云山和青衣山连接处开凿溢洪道，把一山分为两山，青衣山成为水中孤岛，和都江堰那边一样，也被称为"离堆"。到宋朝时，诗人黄庭坚见山上竹树茂盛，墨绿尤甚，就称之为乌尤山，延续至今。山上最重要的古迹就是有着上千年历史的乌尤古寺了。

乌尤山门石牌坊上，刻有两句诗：

江神上古雷堆庙，

海穴通潮玉女房。

这句话说的是什么意思呢，原来上古的时候，乌尤山就是个人类活动的场所，传说当时有一个美女，教人们栽桑养蚕制衣，人们为了纪念她，就称她为青衣玉女。

据说乌尤山体内部，有一个巨大的腔洞，连接着江水，古人称之为海穴，由于青衣玉女常在海穴内活动，就把这里唤作玉女房。

贝尔勒似乎明白了什么，赶紧插了一嘴："这个玉女房，后来肯定是改名了，改成了玉莲渊。"

景教授嗯了一声："对，这很容易联系起来。佛教传入乌尤山是在汉朝以后，很可能，佛家结合上古传说，把玉女房改称玉莲渊，把那里说成是佛祖讲经开示的圣地。"

"言之有理，第一句诗已经指明了密道的大方向了。"李欧露出久违的笑意。

经过一番"头脑风暴"，大家已经尽可能挖掘出了可用信息。景教授提出了建议，时间紧迫，大家要立即前往乌尤山实地考察，找到更多线索，运气好的话直接发现密道，他会去联络佛学界高僧，给予更多指引。

最终的任务就此展开了。

第四卷

乌尤玉莲

第三十七章
暗夜乌尤

时间已到凌晨时分，黑夜比任何时候都显得漫长。积极行动的不光是李欧这队人马，另一个人也没有半点要休息的意思。

黑夜的暴雨中，冯潜驾驶着汽车在高速路上奔驰，似乎一切都很清晰了，峨眉刺上采集的指纹经分析就是张郭仪的，他要亲自赶往宜宾，调查与张有关的所有信息。

雨水像从天上倒下来一样，倾泻在车窗玻璃上，雨刷像疯了一般飞快摇动着，却收效甚微。冯潜努力睁大眼睛，想看清楚前面的路况，也是白费力气。

前面一片白茫茫，雾气缭绕，路面上全是水，车轮碾过，溅起两米高的水花。

冯潜不敢开快，也没法开快，高速路车流不断，有的地方长时间地堵着，连应急车道也塞满了车。网上关于大洪灾的消息病毒般蔓延开来，人们像惊弓之鸟，急着从乐山撤离。

冯潜按响了警报，强行从应急车道往前挤去。

他忽然有种错觉，觉得自己是在白费力气。如果灾难真会发生，那么自己抓捕一个逃犯的举动简直毫无意义。人世间的种种在大自然的震怒下简直无足轻重。

突然手机"嗡嗡"地振动起来，冯潜伸手拿起来，放在耳边："喂，什么事？"

负责蹲守老霄顶茶楼的小秦向他报告说："冯队，茶楼已经查封，没有发现可疑人员，疑犯已经转移了。"

"哦，这么快。"冯潜沉思着，"找到茶楼主人了吗？"

"找到了茶楼的产权人，他并不知情，说茶楼租给台湾人，有半年了，平时也就喝喝茶见见客人，没什么不正常。"

"另外，我们向他调查了租房人的身份信息，是假的。"小秦补充道。

这个情报很重要，说明这伙人明摆着是图谋不轨，这些早在冯潜的意料之中。陈九里一帮人来历不明，而且又和武馆有着不少交集，加上他们此前追踪李欧的行为，让这个谜团越缠越大。不过，敏锐的职业嗅觉告诉他，这伙人很不简单，说不定，唐之焕的案子和这伙人就有关系。

线索是多方面的，厘清需要时间，但时间越来越紧，也许是唐之焕口中的洪灾预警让他这个从不讲玄话的人，也感到有些窒息。

他问："还有什么消息？"

小秦汇报："暂时还没有。哦，对了，之前网警调查了几个人的手机通话记录和上网信息，发现了一个疑点。"

"说。"

"唐之焕的通话记录显示，他那天晚上曾经和张郭仪通过电话，时长只有一分钟左右。"

"具体是什么时间通话的。"冯潜盯着前面的道路说道。

"是在夜间 11 点 27 分，当时他们的宴会已经结束，应该是他遇袭的时间段内。"

冯潜猛地一刹车，差点撞上前面卡车尾部。

他感到有些不可思议，据众人说，唐之焕和张郭仪闹翻了，张夺门而出要去宜宾。那么宴席结束后，唐又为什么要给张打这个电话，难道是继续辩论？还是仅仅想骂一通解恨？

冯潜挂掉电话，绕过前方的卡车。一边加速，一边在飞快思考着。

11点27分？据调查，唐遇袭的时间就在11点20分之前，那这个电话很可能是唐自己在挣扎着返回武馆的路上打的，难道他在命悬一线的时候，还不遗余力地给凶手张打电话，表达自己的愤怒？

这不合理！

如果真要打这个电话，说明它非常重要，刻不容缓！

可是，如果这事情这么重要，为什么之前唐之焕却只字未提呢？

想到这里，冯潜的发散思维渐渐开始发挥作用。

所有线索都指明凶手是张郭仪。按道理，这是一次不成功的刺杀，唐并没有死，那么他跟凶手有最直接的接触，一定留下了最深刻的印象。如果凶手真的就是张，唐会一点也认不出来吗？

但冯潜马上否定了这一想法。不可能，凶手操持峨眉刺，使的是峨眉武功，唐之焕作为馆长，峨眉派的传承人，又和张关系紧密，就算没看见凶手的脸，就从他的行为和武器来判断，也能确定是不是张郭仪。

那就是说，唐明明知道凶手不是张郭仪，却没有给警方讲，任由警方调查线索，把路走下去。

冯潜用点烟器点起了一支烟，把天窗掀起条缝来，这样雨水不会掉入太多。

如果他不是健忘，那就是在刻意隐瞒什么。而这一切，很可能正将警方引向一条歧路上去。

冯潜作出了这样的判断。

他甚至又延伸出了更多的猜测。唐之焕和张郭仪，一向意见不合，但两人一张一弛，把握着武馆的全局，有一种情况，叫做面和心不和，但这两人也许恰恰相反。

这个遇害时的电话，难道是要向张传递什么重要信息吗？

让警方去全力搜查张的下落，而张却躲在某个角落，做着不为人知的事情，难道武馆也在等待他的下一步信号？

冯潜猛吸了几口，吐出的烟雾把自己包围了。

他把车驶下了服务区，嘎的一声停了下来。

拨通了电话："小张，立刻查询当晚张郭仪的行车记录，给我仔细地看他离开乐山的全程影像，找出疑点！"

这道指令下去了，刑警部门立刻和交警部门对接，查找张郭仪那辆黑色本田的所有行踪记录。

雨下得很猛烈，嘈杂的声音让他有些烦躁。他戴上了耳机，听起了轻音乐。

此刻，他像是坐进了湖中小船里，那湖水静若银镜，四周只剩下稀疏风声和林中鸟鸣。

心绪渐渐稳定下来。

半小时过去了，在他有些昏昏欲睡的时候，电话振动了起来。

"冯队，查到了！"小张的声音有些激动，"我们看到在五通桥区加油站那里，有人从车里出来，然后汽车没等这人返回，就离开了。"

"能确定是疑犯吗，他干什么去了？"

"他戴着帽子，从身形衣着来看，很像张郭仪，监控上，他进了超市，却没有出来。我们探查了周围影像，发现五分钟后，有一辆灰色的途观汽车反向回乐山去了。"

金蝉脱壳，冯潜忽然想到这个词语。

警方集中力量扑向宜宾，而张郭仪却大摇大摆地返回了乐山，这玩的是哪一出？

"立即追查这辆途观。"冯潜命令道。

"是的，我们已经在查了。"

不一会儿就有消息了："车子没有进市区，来到了乐山北一片山区，进入山道之后就失去了踪影，探头查不到了。"

"是什么样的山区，具体位置在哪儿。"

"哦，那里还是一个小众的风景区，叫做平羌小三峡。"

平羌小三峡？冯潜知道这个地方，曾经有几次同事想约他去那里钓鱼吃野味，但他因为公事繁忙拒绝了，他听说那里的风景十分秀美。

"小张，你立即召集一队人马，往平羌小三峡机动，把住要道，我马上过去。"冯潜发动汽车，一轰油门，往正路驶去。

停电了，嘉定武馆里，三人借着烛光合议，此去乌尤势在必行，不能耽搁，便收拾行囊，筹集装备。好在武馆有健身户外课目，平时存了一些装具，唐沏带大家去器材室进行补充。大家就选了一些诸如探洞，登山，防身的常用装具和通信器材。

贝尔勒心想这万一进了洞免不了有水体，还想带一套水肺，但实在太重，也没有其他交通工具可以运往，只得作罢。

唐沏带着自己善使的峨眉刺，拳套，飞镖，李欧拿上一把仿清禁军的短刀，贝尔勒翻了半天没见着自己喜欢的，就随便拿了一根甩棍和一把防身战术匕首，总觉得心里还不够有底，问唐沏有没有威力更强的武器。李欧调侃他说，别搞得像要去冒多大险一样，你就多背点饮水干粮吧，那才是硬货。

贝尔勒叹道，要是在巴黎，他那户外用品公司里面应有尽有，可以马上给大家武装成一个精英打怪团，现在是鞭长莫及啊。

唐沏倒是想起一事，说是办公室那边，有间小库房，里面有两把父亲收藏的猎枪，据说是以前从西藏猎民手里转赠得到的，从来没用过，现在该是到了用的时候了。

贝尔勒当然举双手赞成，便一同前往，正好在走廊上碰见了唐钺。

他似乎显得有些忙，一边打电话，一边往楼下喊话。看见唐沏便快步走了过来。

"小沏，你们怎么样了，找到密道的位置了吗？"他关切地问。

唐沏直直看着他，"还没有，钺哥，但有重大进展，我们马上要去乌尤山继续调查。"

"小沏，做得好，我相信你们可以成功。"唐钺扫了一眼李欧和贝尔勒，李欧露出客套的笑意。

"放心吧钺哥，我们几人态度都很坚决，一定会完成任务，再说，你妹妹啥子时候给你丢过脸。"唐沏男子汉一样拍着胸口。

唐钺微微一笑，嘱托道："哥目前要指挥武馆，还有很多重要的事情要做，寻找密道的事就拜托你了，小汭，你还需要什么帮助吗？"

唐汭摇摇头，又嗯了一声，说想去拿枪械，防止遇到麻烦，唐钺皱了皱眉头，说道："你是说父亲办公室后面的那两把猎枪？哎，你不知道，江上出了大事，我已经把枪分配给守堤的骨干了。"

唐汭愣了一下，问出什么事了，唐钺这才把水怪袭击货船，伽蓝使冒死抗敌的事情讲了出来，现在江里危机四伏，担心还会遇到更多凶险的事情，所以就给骨干们配了枪以防不测。

既然这样，大家也没办法了，贝尔勒只是听说那水怪战斗之事惊天动地，无缘得见，颇为遗憾。

大家就此开拔。李欧三人背上行囊，身着防雨衣物，即刻前往乌尤，从武馆后门鱼贯而出，踏上了雨雾笼罩的山道，朝着远方那墨色的山峰徒步而去。

贝尔勒边走还边上网看资料，不管什么状况下，都像是一个外国游客。一双眼瞪得圆鼓鼓，手电光到处晃，抱怨说停电了不好玩，这黑灯瞎火的美景也看不成了。

拾阶而上，雷闪阵阵，愁雨纷纷，树林飒飒，一股股水流从台阶往下流淌，几人手电光中，乌尤山没了白日里那份灵气，更多的是阴暗肃杀。

穿过山门，迎面有一块石碑，上刻"离堆"二字。行至半山，有止息亭。由止息亭向前，过普同塔，登完石阶，便到乌尤寺寺门了。

经过寺门就来到了一个山顶平坝，周围被众殿围绕，那正是乌尤寺的建筑群，它们结构紧凑，均建在乌尤山的断崖旁边，依山取势，布局巧妙。这山顶平台，平时游人满布，热闹非凡。可现在雷雨肆虐，那些铜灯台早已撤下，香炉底部渗出的油和着雨水往低处流淌，一地是被雨水摧残的枯枝败叶，寺庙上的经幡随风乱摆，发出诡异的噪声，本已褪色的古寺牌匾在雷闪中显得更加枯槁惨白。

乌尤寺从未显得如此惨淡衰败，几人心中不免有些惊悸。再看这离堆本是被江水围绕的胜地，现在似乎被凶恶的江流牢牢握住，摇摇晃晃，几欲崩塌。

几人面色凝重，商量了一下，先进寺庙调查一番，看看有没有什么线索。

正殿寺门已经关闭，只得绕道而行。贝尔勒从窗口看进去，一道闪光正照在四大天王那狰狞面孔上面，惊得他"啊"了一声。

进了古寺前庭，四周更显得阴暗诡异。急速的冷风发出呜呜的尖锐声响，木质的门窗乓乓作响。

"你们这真是旅游景区？看起来像地狱鬼楼啊……"贝尔勒胡乱说着，一脸紧张样。一个法国佬在雷雨交加的深夜跑到中国的古寺里面乱转，这画面真离奇。

"瞎说什么呢，寺庙里面不要讲乱七八糟的。"唐沏拍了下他的背。

李欧暗笑这家伙的熊样，便添油加醋地唬他："你晓得不，这乌尤古寺，白天游客过来，都是求菩萨保佑生活幸福，升官发财之类的，到了晚上，周围一些孤魂野鬼就飘过来了，他们也求着菩萨早日超度他们，好轮回转生呢。"

贝尔勒故作镇静："东方的鬼西方的僵尸，都是扯淡。再说了，我们耶稣在上，我自然有圣光护体，不怕。"

李欧正色道："强龙不压地头蛇，这成语你听过吧。你们西方的耶稣到这里来，恐怕罩不住你。"

贝尔勒哼了一声，正要说点壮胆的话，忽然看见前面那影影绰绰的树木后面，一个黑影一闪而过，朝着后院飘了过去。

贝尔勒汗毛都立了起来，一只手不自觉掐住了李欧。

"那有人吗，过去看看。"唐沏目无惧色，带头跟了过去。

三人随着那影子从边路摸进了寺院中庭，大雄宝殿矗立其中。昏黄的灯光正从大殿中堂的门窗里洒出来，减弱了冷雨的寒湿，让人有一丝温存。忽然又听见有梵音隐隐约约传出来，却又多了几分诡异。

唐沏怔了一下，悄悄走近大殿，从门上的栅窗瞅进去，只见一众僧人，席地而坐，最前是一披着袈裟的方丈，正带头领诵经文。

众僧表情严肃，施无畏印，嘴里念念有词，声音不大，但很整齐。

大殿正中供奉着释迦牟尼、文殊和普贤三尊佛像，全身贴金，衣纹潇洒自如，神态慈祥肃穆。僧人们似乎正在祈求着佛祖的恩赐，唐沁跟随云空多年，也能听得懂这念词，大概是讲祈求佛祖护佑嘉州，平息洪灾，救济百姓生灵。

李欧的头也凑了过来，他虽听不懂，但通过观察也估摸出来，小声说道："看看，这人间遭了灾，和尚们也是要加班的，就不晓得佛祖领不领情了。"

贝尔勒问了一句，加班的话有没有加班费。

唐沁"呲"了一声："你们别说得那么俗。僧人的工作也不光是打打坐、念念经，他们身上寄托着人们的期望，为民祈福始终是件善举。"

这时，唐沁感觉到了细微的异动，忽然一扭身加快步子，瞬间就追向了大雄宝殿后面。

李欧贝尔勒赶忙跟了过去，这大殿之后有假山、池塘，一座更加古朴的庙宇倚山壁而立，上有文字：如来殿。

雷闪之中，两人看见一个身着黑色雨衣的陌生人正被唐沁逼到假山旁边，没了退路。

"你看看，这不就是个贼吗，什么魂啊鬼的！"贝尔勒瞪了李欧一眼，这下大踏步走了上去，他绝对相信唐沁的本事。

"你是谁，干啥子？"唐沁手中的峨眉刺指向了陌生人。

那人叹了口气，扯下雨衣的兜帽，露出真容来。

"云空法师?!"唐沁吃了一惊，忙收回武器。

"啊，大师啊大师，你玩的什么套路，也不联系我们，怎么跑这里来了？"李欧讶异地说。

云空额头上还缠着绷带，手电光中，脸色白得有些吓人，两天没见，感觉苍老了许多。

他歪了下头，示意大家都到屋檐下去，免得淋雨。

几人走到如来殿侧边屋檐下，云空看了看几人，欲言又止。

"法师你没事吧，身体怎么样？"唐沏关切地问。

云空摇了摇头，没事。

"你是有啥子计划吗？"唐沏又问。

云空摇了摇头，反问道："你们，解开秘密了？"

"有了进展，现在是实地探索。"唐沏说道，随后又简要地叙述了经文的解码及其内容。

"原来如此。伽蓝使古训的真正意义并非是封印妖龙，而是引导人们在红劫时刻进入玉莲渊，利用李冰大堰来控制海眼……"云空恍然大悟，忙又追问一句，"那么经书里可有提到，玉莲渊里还有些什么设施……嗯，我是说还有什么特殊的东西没？"

唐沏摇了摇头，"只提到这个大堰。哦，对了，我们这儿有张图纸，正想请教法师。"

说着就要从背包里拿图纸出来，李欧上前一步，拉了一下唐沏，笑了笑说："法师，你让我们去帮助唐沏，我们遭整惨了，坐了一晚上的牢房，还差点被人攥死在街上。"

云空双掌一合，道："辛苦你们了。"

"你不好好养病，怎么就溜出来了啊，难不成还有什么任务瞒着我们的？"李欧往云空和唐沏身上来回瞟了一眼。

贝尔勒也说："神父，你一定是放心不下黎民百姓，希望能尽一份力吧。"

云空擦了擦脸上的雨水，说道："我相信小沏，相信大家，一定可以完成任务的。我年纪大了，身体不好，又受了伤，不想拖累大家，所以就没有联系。这次过来，是想自己再调查一下，如果有了可用的线索，就向大家报告。"

这话虽然也没毛病，但总觉得有些像临时编出来的，李欧还想多问，唐沏已经凑近云空说起了三佛图的事情。

这就把李欧进入梦境，记下三佛图，景教授和大家一起视频研讨，推理出一些结果，然后几人前往乌尤调查的情况讲给云空听，一边说，一边拿出图纸，指示给云空看。

云空看着图纸,渐渐瞪大了眼睛,苍白的脸上终于有了些血色。

"阿弥陀佛,三世诸佛尽在眼前,李欧兄弟能绘制到这个份上,真是心灵手巧了。"云空像看珍宝一样抚摸着打印的图纸,"景教授不愧是考古界大家,这弥勒佛、释迦牟尼和燃灯古佛都被他悉数认出。你们来到乌尤的行动非常正确,我早就看出,乌尤藏有不凡,我们已经逼近答案了。"

几人听云空这么一说,都确定他有谱,就等他解谜释疑了。

云空叹道,他也仅是猜测,乌尤这里一定是有关于玉莲渊的重要线索的。然后也说出了山门口那两句诗,和景教授所言一致。

云空说道:"单这句诗就揭示了玉女房和海穴的联系,我推测这玉女房就在山体下方,和江水相接,那里面江水澎湃,所以被叫做海穴。古时候海不光是指海洋,也指大的湖泊。"

李欧忙说:"湖泊?海穴?难道说,我脑袋里出现的幻象,就是玉女房或者说玉莲渊中的大湖?"

云空没有说话,这谁也无法回答,除非进入玉莲渊一看究竟。

李欧又摇了摇头:"不对,幻象中,那不光有湖,还有天,那是户外,广阔的天地间,我正坐在湖边上发呆,真是莫名其妙。"

贝尔勒调侃道:"我看那也没什么意义,一场梦而已,再说了,坐在湖边上发呆,要么是等鱼上钩,要么就是想跳水轻生。"

"你才轻生!"李欧骂了一句。

云空自顾自地说了下去,这乌尤、凌云留有丰富的古代遗存,儒释道都占有一席之地。咱们现在看到的寺庙、亭台,都不是最初的样子了,要找到古代留下的秘密,等于是大海捞针。不过,李沭流转千年的谜题,他一定考虑了世事变迁,所以他出的谜题一定是有永恒性的,不管经过多少年,不管人们怎么改变这些庙宇,也应该能破解的。

这话让大家再次把目光聚焦在三佛图上面,构图实在太简单,内容也很少,但越是简单,却越是令人捉摸不透。

"永恒不变?那就大山大川呀。三佛,三寺,还有三江。对啊,那个五言诗,法师,你快看看。"唐沕忙拿出手机记事本上写好的五言诗,交给云

第四卷

341

空看，并解释这是来自于破解的经文。

云空一动不动地看着这古诗，嘴里反复吟咏，时断时续，直到完全陷入了沉默。

忽然，云空双眼一闪，把整张图纸举了起来，就像是举起了一个巨大的奖杯，瘦削的身躯里迸发出精气神。

"佛祖在上，弟子看得见你们，却看不到开示，是弟子愚钝！一切都从未改变，永不改变！"云空声音在颤抖，身躯在颤抖。

云空看着举起来的三佛图，激动地说道："景教授破解了时间的谜语，但还留下一半，那就是空间的谜语啊！"

"空间的谜语？"唐沏愣了一下，"这看不出有地图的功能啊？"

云空缓缓放下图纸，眼含笑意地看向她，说道："小沏，看了这首诗，我才悟出了！这三个佛陀，只有在特定的位置进行观察，才会呈现近似'品'字的结构！一定就是这样了，这个观察点，就是密道的位置！"

一句话惊醒梦中人。云空茅塞顿开，嘴里念念有词："我知道了，那个观察点，和大佛修建有关，和地理特性有关，快，随我来！"

说着，云空把图纸往怀里一揣，帽子也没有罩上，就冲进了雨中，朝着寺外跑去，几人不敢停留，赶紧跟了上去。

出了寺庙，往右侧跑去，经过一段临崖阶梯，来到乌尤山突向江面的一块平地，地势险要，树木沿着悬崖倔强生长着，雷闪中，那些古树老枝散发出白光，像是一只只苍白的怪手擎着这块平地。

这里是乌尤寺外的一处隐秘花园，面积不大，被僧人们移植了各种花卉树木，悉心料养，像是一个巨大的盆景。只可惜这连日凶雨，花落不知多少，已是一片衰颓气息。

"法师，你去哪？"唐沏在后面唤着，只见云空一个人打着手电，左顾右看。

"一定有一个位置，可以通视三座佛祖！"云空神经质般喊了出来。

贝尔勒也被感染了，朝法师挥手道："神父，给点线索，让俺帮你找找！团结就是力量啊！"

李欧拉了一把他："大橘，你别激动，现在你也帮不上忙，等法师结果吧。"

然后低声对他嘀咕道："你有没有觉得，这法师有些古怪？"

贝尔勒抹了一把脸，诧异道："哪里古怪？"

李欧靠近他耳边，说道："峨眉下来过后，这人把担子交给我们就消失了，按道理讲，这个任务对他来说这么重要，他一定会想方设法跟进的，可不晓得咋个就退居二线了。今天我们偶然遇见他，说明他并没有闲着，而且还悄悄地在搞事情，你说他到底在搞啥子？"

贝尔勒笑道："又来了，你们不是俗话说，人人都有本难念的经，人家非得要跟你一同行动才合适？神父一定是有自己的考虑的，只是暂时不好明说吧，你就别瞎猜了。"

"是家家都有本难念的经。"李欧白了他一眼，"不光这样子，刚才我看他的气色不好，有种失落的感觉，但看到我们的图纸后，又兴奋起来了，说明他根本就不知道密道在哪儿，那他深更半夜的一个人跑到乌尤山上搞什么，散步啊？我觉得他有心事。"

贝尔勒摆摆手："我也有心事，你要不要也审问一下我。"

李欧用指头点了点贝尔勒的胸口："等着吧，你的神父会露馅的，到时候别说我没提醒你。"

这时只听云空带着悲腔喊道："天天下雨，看不见了啊，看不见啊！"

第三十八章
三圣合规

云空的喊声中有几分绝望，大家赶忙跑过去，见他神经质地望着黑黢黢的天空，手电筒的光映出无数雨滴，犹如闪亮的锋芒，无情扎进他的脸里。

"看不见啊，看不见……"云空垂头丧气地说道。

"什么看不见，怎么了？"唐沔焦急问道。

云空悲声道："这三座佛像，是应该可以通视的，可惜这深夜无法观测，即使是在白天，连日大雨，也无法得见。"

"别卖关子了，说清楚吧，到底要做什么？"李欧质问道。

"哎，刚才我猛然领悟到三佛图的秘机，一时激动忘了先给大家解释了。"

云空低下头来，缓和了一下情绪，说道："修建乐山大佛，原意是镇水，但修建在哪里，建成什么造型，采用多大规模这些都不是随心所为，必须经过精心的设计。"

"海通禅师发愿修佛，作为创始人，他参考了当时的风水学、佛学和玄学，尤其是把一些宗教的玄秘带入了工程的设计。这样吧，我还是给大家讲个小故事吧。"

"好呀，神父就是本大著作，又有故事听了。"贝尔勒对此最感兴趣了。

从前有两名僧人，一个叫乐尊，一个叫法良，他们云游四海。一天，他们走到一片戈壁上，四处是光秃秃的山石，十分荒凉，老百姓生活很苦，和城里头比差远了，于是两人就祈求佛祖施恩，希望能带给人们幸福。

经过三天三夜的祈祷，忽然，对面那座高大的三危山出现了金光万道，就好像千尊佛洒下的光辉，两名僧人顿悟了，就在他们祈祷的位置，开凿了一个佛龛石窟，规劝人们多拜佛、多修善举，便会获得幸福。后来人们诚信念佛，果然生活变得更好了，附近的村子里也出了很多名人，于是，人们又在那个地方开凿了一尊又一尊的佛像，终于形成了世界著名的敦煌莫高窟。

这个故事来源于真实的历史，是莫高窟的由来传说。为什么讲这个，是因为乐山大佛开凿时，正是莫高窟开窟礼佛的兴盛时期，莫高窟的开凿对佛教界具有深远意义，深深地影响了海通和尚。海通面对凌云、乌尤三江汇合之地，也许是冥冥之中得到佛祖的指引，也许是突发奇想，他想要创造佛教界的殊胜伟绩，创造史无前例的"江上莫高窟"！

经过深入勘察和仔细谋划后，他最终选定在凌云山西侧某处的山崖上破土动工，首先他要请来一尊巨佛，作为这个江上莫高窟的轴心。而且这尊大佛，他希望要比敦煌大佛更为巨大。然后，他还要在大佛的身边，配建一系列的佛像，打造一个佛的国度，所以我们今天看见的凌云山山崖上，的确布满了数不清的佛龛石像。

那如果把这里比作莫高窟，那远方的三危山又是什么呢？

"你是说峨眉山？"李欧恍然大悟，"据说在天气晴好的时候，从凌云山上可以望见几十公里外的峨眉山。"

"正解，凌云向西乃江河平原，一望无垠，视线可直达峨眉山，那就是海通眼中的'三危山'啊！"云空望向西方那黑无一物的远空，"无独有偶，峨眉山的金顶自古便有那千佛金光，这个自然奇景堪称峨眉一绝！"

"你是说乐山大佛的朝向就是正对峨眉金顶？这也是提前规划好了的？"唐沏有些诧异，在武馆这么多年，倒是没听人说起过这事情。

云空肯定地点点头："确切地说，是朝峨眉金顶礼拜，大佛的坐姿和仪态都表现出了谦卑尊敬。海通选择凿刻弥勒佛，不仅是因为他的祈福安民意义，也是因为大佛要向他的先师进行礼拜，以便让大佛的宗教内涵更加丰厚。"

"他的先师？"唐沕猛然想起之前景教授和小昕给出的资料，"就是释迦牟尼？"

"对，正是三世佛的现在佛，释迦牟尼。"云空回答道。

云空一席话，如同暗夜之光明，劈开了千古迷雾，这三佛图，构图简单，却内涵深远，既表彰了三世诸佛的时间传承，又体现了透彻宗教思想的空间关系，妙不可言。

"照你这么说，那燃灯佛是释迦牟尼的老师，金顶的佛又要朝拜哪里呢？"李欧有了新的问题。

云空道："燃灯古佛是属于逝去的时间，在人类历史维度之外，乃有精神长存，他在某处，又在任何处，但三佛图又指明了他的存在，也许他的位置在看不见的地方。"

按照云空的解释，那么解开三佛图的关键，就应该是在乌尤某个位置，可以观察到金顶，乐山大佛和未知的燃灯古佛，三个地标构建成一个等边三角形，把此时的三佛绘到图纸上，就是一个抽象的"品"字结构。

但这黑夜中，根本无法观察，就算是白天，这么大的雨，也是无缘得见金顶了。

四人此刻都是一种急也不是，不急也不是的心情，憋得难受，眼看有了希望，却受制于这该死的天气。

李欧还是有点思路的，他说道："李老师啊李老师，你还真的是不简单，出个谜语难倒了千年后的现代人，不过，你也别得意，这也不是啥世界性难题，我们自然有我们的办法。"

"我看你又要找咱们的后援团了啊。"贝尔勒也料到了。

"和小昕联系一下，看看技术上有没有办法，说不定可以模拟一下这里的空间观测关系。"李欧朝他说道，反正你们两人现在关系紧密。

贝尔勒很积极，赶忙打开了视频聊天，向小昕汇报了一下当前状况。

小昕仍然还在那辆工程车里，此时正和景教授在视频交流，景教授见云空在场，并且理清了思路，如释重负地说，云空大师出现及时，看来嘉州有望了。

　　小昕听了贝尔勒的叙述，想了一想，回答他说，虽然现在是黑夜，看不见峨眉，但现代的技术手段可以模拟出他的空间位置。

　　贝尔勒一听乐了，"就说嘛，哪有咱学霸女神不能解决的事情。"

　　小昕嘴抿着笑了笑，向大家解释道，这其实得益于丰富的地理信息数据，从乌尤西北角向峨眉金顶画直线，通过计算经纬坐标、高程差等数值，可以确定站立点观测金顶的仰角和方位角，然后用模拟软件投放到手机屏幕上，运用手机重力感应技术实时模拟金顶的远景就可以了。

　　贝尔勒对普通中文还是熟知的，但一下子冒出这么多技术名词，一时间就听蒙了，贫嘴道："今生唯一的遗憾就是没有和学霸女神耍过朋友，看来总算要如愿以偿了。"

　　小昕脸一红，忙喊道："啥子耍朋友，你正经些，我不是学霸，也不是女神，不要给我贴标签哈。"

　　李欧一把夺过手机，对小昕说："小昕，你别光说些概念，这边风大雨急的，你们云空师父又是病号，遭不住折腾，我们一线基层人员不要说加班费了，连碗泡面都没得，你坐在司令部最好搞快点儿，把事情落到实处。"

　　小昕翻了个白眼，说晓得了，给我点时间，马上搞定。

　　云空在一旁听着，自己却仍然四处张望，时而冥思苦想，时而自言自语，神色有些恍惚。

　　唐沔比较担心他的身体，给他递热水过去，但被谢绝了。她叹了口气，说："当初我们受领任务去找一人一书，好不容易都找到了，没想到这李先师非得出这些古怪谜题来考验大家，就不能直截了当指出密道位置？"

　　云空低着头，回她道："像李先师这样智力超群的人，多半也是有些古怪的，也许他认为能够解得开他的谜题，才有资格担当拯救黎民百姓的重任。"

唐沏点点头，又问："我父亲遇袭的事情你听说了吗？"

云空说："来之前我已经去看过你父亲了，他现在脱离危险了。不晓得到底是哪个下的毒手。"

唐沏道："警方去查张副馆长了，但我还是不相信是他，这里头可能牵涉更复杂的事情。"

云空慈祥地看着小沏，嘱托道："武馆的局面越发凶险了，小沏你一定要多留意，处处小心。我晓得，武馆目前的状况是有些尴尬的，一方面要保持传统，另一方面又要走新的路子，这里面新观念、老观念难免要产生矛盾，加上外来因素介入越来越多，要当好武馆的领头羊，不容易哦。假如有一天你当了馆长，你一定要统一大家的思想，避免内伤。"

唐沏忙摇头："我当啥子馆长哦？有我哥在，我就安心了，他有他的一套，我相信他，就像相信师父你一样。"

云空嘴角微微笑了一下，意味深长地说："小沏，信任是很宝贵的东西，那是一种付出，也许有时候不一定得到回报。"

唐沏微微点头，脸色忽然有些凝重，这时听小昕说："贝尔勒，把手机朝向峨眉那边，看下有图像吗？"

贝尔勒忙点击小昕发过来的链接，进入一个程序，然后举起手机，面向西方。

手机屏幕上果然显示出了白天峨眉山的远景，随着手机的位移，也微微地调整图像。

从乌尤远眺金顶，非得是在万里无云，空气穿透指数最高的时候不可，那时候便可见远方浮在半空中的一个梯形山峦，在山峦的顶端，能隐约看见金顶大殿华藏寺。

"华藏寺，真的看见了。"云空快步走上前来，感叹于现代科技的神通广大。

"神父，接下来怎么弄。"贝尔勒问道。

"往崖边走。直到看见对面凌云山大佛的头顶。"云空领着贝尔勒，慢慢往乌尤断崖处走去。

不一会儿，几人移动到乌尤崖边，低头看去，只见惊涛拍岸，湍急的江水轰隆作响。右侧不远处，凌云山险崖孤立，乐山大佛藏身于红色断崖之中，仍不可见。

　　"三界牵近远，三圣合规角，三流瞰会眼……"云空念念有词，绞尽脑汁揣摩着几句话。

　　"金顶远，大佛近，一个似浮于天际，一个坐镇大地。三界，难道是？合规角，是指等边三角形这样的规范形角吗？"云空嘀咕着，忽然灵光一闪。

　　"过去佛在水下，在江底，对啊！"云空惊声说道，"三界，应该就是天、地、水的三元分界，金顶在天，乐山大佛在地，那燃灯佛便在水中。我们把金顶和大佛头顶概略位置连线，那么等边三角形的另一个角，的确是该往下放置，往江面方向放置。大约来看，燃灯佛在凌云与乌尤相夹的江水下面！"

　　"有道理！"李欧也恍然大悟，"这个观测点就在附近，并且可以俯瞰三江汇合。这个'瞰会眼'就是这个意思，法师，'眼'具体是指什么，是风水的龙眼吗？"

　　云空盯着李欧，似乎谜题坚不可摧的石墙已经倒塌："对，乌尤西北岸有个风水之眼，堪舆学上讲，这里天门大开，地户紧闭，星辰磊落，罗城森严，水聚明堂，三龙交锁，捍门镇守。李冰凿开麻浩，形成水绕乌尤之格局，改风水之形势，变凶龙缠斗为三龙交锁，这三龙的共同龙眼就在乌尤悬崖边上，并且那里早就有一座地标存在。"

　　说着将手电光指向不远处的树丛之间："就是那里，景云亭！"

　　大家齐刷刷地把光线照向所指之处，那里树木交错，杂草丛生，再仔仔细细打量过去，那枝叶缝隙之间，果然隐约露出一个飞檐。

　　大家瞪大了眼睛，都朝着那地方走去。穿过树丛，果然见一座古亭，矗立在突出的悬崖边上，占地不大，年久失修，柱梁上的漆水都褪了，起层掉皮，周围草木的疯长，让小亭显得毫不起眼，算是这乌尤山上最没有面子的建筑了。

唐沏是本地人，自然还是知道这小亭的来头的。她说，这亭是叫景云亭，虽然小，但位置孤绝，位于乌尤西北角最高处的崖边上，视野相当开阔，是观赏乐山风光的最佳点之一。嘉州城尽收眼底，三江从山下奔腾而下，气吞山河。小时候，她每次到乌尤山都会到小亭里坐一坐。但之前汶川地震后，小亭被震斜了，景区管理部门出于安全考虑，就立了警示牌，不许游人前往了，小亭渐渐成了废楼，周围的荒草疯长，彻底掩埋了它。

走进小亭，亭柱上还有一对联："万象凌空乌尤胜处；三处环翠海上蓬莱。"可惜这黑雨夜，看不见绝美江景，只能远远望见嘉州城被雨雾紧紧裹住，灯光迷蒙晦暗。

古亭果然已经有些斜了，木柱上有条长长的裂口，屋檐漏雨，滴滴答答的，让顶上木梁都生了一层霉斑。

"那这里就是观察点吗，法师？"唐沏走进亭来问道。云空没有回答他，只是站在小亭边缘，举起贝尔勒的手机，朝向峨眉金顶。再往右侧远眺，果然，透过凌云崖边的一处凹口，看见了乐山大佛头顶的螺髻。

两点一线，再往下方估测，脑中出现了一个等边三角形，下方角正好落在麻浩开口江面，真乃天地精绝、法门奥妙！

"就是这里，这里就是观测点，通往玉莲渊的密道就在这里！"云空下了定论，众人精神为之一振，开始纷纷寻找小亭的玄机。

李欧站在亭外，来回走动，实在看不出这地方有什么特殊之处。从古亭新旧程度来看，也不过几十年时间，应是民国重建，但不知是什么朝代初建的，古人修建此亭，一方面是图风水之吉，另一方面，应该也可能是在掩饰它下面的东西。

"实在找不出机关，就打个洞瞧下呗。"贝尔勒半跪在亭子中间，用指关节敲击着地面，除了指头有点疼，并没有什么发现。

"我忽然有个强烈的预感，这个小亭无论从面积还是位置来看，更像是一个……升降梯。"李欧站在雨中，歪着头说道。

"升降梯？"唐沏和贝尔勒都愣住了，盯着他看。

"搞笑啊哥，这古亭是升降梯，你脑袋被雨水浇傻了。"贝尔勒叉着腰走出小亭，一阵挖苦。

"小亭从没有安装过电灯。"李欧指着亭子内顶说道，"这里不需要任何用电装置，这仅是一个观光亭。"

"那么，这里下的电缆是什么鬼？"李欧又忽然指向身旁草丛间，那被雨水冲刷开的泥土里，有一截露出的防水胶管，很明显是电缆。

这问题谁也答不上来。

李欧已经沿着电缆延伸的方向调查了起来，终于他在一个靠近小亭的大石头下面发现了一块不寻常的青砖。

拿出匕首，撬开那青砖，里面有一个锈迹斑斑的金属面板，上面有一个老式的旋钮式开关和细小的金属杆。

云空和唐沏都走了过来，面面相觑。

李欧拧着那开关，使了很大劲，才终于扭动了。咔嗒！

忽然，只听见古亭地面隐隐约约传来某种机械运行的声音，很快又被雨水所掩盖。

"请大家上梯，幸福班车马上就要开了。"李欧嘿嘿一笑。

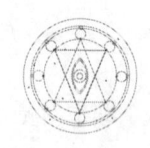

第三十九章
暗河秘境

事实摆在面前,小亭并不像表面看上去那么古朴,它已经变得"时髦"了起来。

"这一定是独立供电的,一般重要设施都备有应急电源,这下面一定值得期待。"云空说道,他没想到乌尤寺还有这样的设计,这应该是僧人们之间的不传之秘。

几人也不敢怠慢,走回小亭,贝尔勒只是担心李欧一扳动那个金属杆,小亭就会突然掉下去,掉入一个阴森的死牢。

"贝尔勒你先试试。没那么恐怖,如果这是给人用的,就是安全的。"李欧看出了几人的顾虑,安慰道。

"我还是先拴个绳子。"贝尔勒不敢托大,忙用一截登山绳,绕在亭柱上,锁死系好。唐沐和云空站在亭子边缘,紧张地盯着他,如果有什么不测,马上进行救援。

"好了,开始了。"李欧扳动了那个金属杆,只听一阵低沉带着金属摩擦的声音由远及近传来,小亭的地面微微发出震动。

忽然那个水泥地板往下一沉,贝尔勒"啊"了一声,浑身一哆嗦。但地板并没有马上掉下去,而是缓缓开始下降。

这个速度足以让人安心,贝尔勒渐渐沉入了地下。头灯的光亮中,可以看见平整的砖石铺陈的洞壁。

云空和唐沕蹲下来,用手电光指着贝尔勒,唯恐出现不测。

大概过了半分钟,升降机不再运动了,贝尔勒开始活动起来,下面应该是有一个比较大的空间。

不一会儿,贝尔勒走回坑道,抬头呼喊道:"一个储藏室而已,大家下来吧!"

能降就能升,很快,梯子在贝尔勒操作下升了回来。大家这次一起站了上去,升降机运送三人下到洞底。

尽管贝尔勒早已找到了灯光开关,但久未使用,两盏白炽灯已经坏了,众人仅能用手电光照明。

这是一个一百多平米的洞窟,周围有人工开凿扩大的痕迹,底部是古老的石板砖,在经年累月的地质作用下,已经凹凸不平,洞顶铺以石灰水泥加固,并横着几根木梁,作为支撑。

洞子里摆放着不少物资,有几个铁架台,上面用"老军绿"盖着,揭开来看,尽是一些铁锹、镐、战救器材、求生工具,防火、防洪涝的抢险装备。有的东西已经有几十年的历史了,还裹着一层老油,保存尚且完好。

原来是一间战备储藏室,看样子从中华人民共和国成立后就有所储备了,不过装具的款式到了20世纪80年代,便不再有更新。

墙角还有几个破箱子,年代还要久远些,贝尔勒对什么都好奇,用刀子挑开木箱,发现有一些70年代的杂志、连环画,以及一些废旧生活用品。

"看来这里一直是乌尤寺的一个战备器材库。"李欧说道,"只是不知道僧人们建这个库做什么。"

云空已经明白了过来,说道:"乌尤寺从唐始建,历经了多朝更替的战乱,僧人们一方面为求自保,一方面也是掩护人民,故留下了这么一间密室。尤其是抗战时期,乐山遭到日军战机的轰炸,当时的乌尤虽受到破坏,但人员死伤不大,想来一定是及时转移到了这里避难。"

"听武馆老辈讲,凌云寺、乌尤寺在抗战时期都留有'佛爷洞',一旦遇到紧急情况，人们可以躲进'佛爷洞'里避难，想必这里就是所谓的佛爷洞吧。如果玉莲渊的秘密就在这里，那不会早被人知道了吧。"唐沨看了看周围，有些担心。

李欧点了点头，推测道："不过我觉得李沐的秘密还没人晓得，否则这个洞也早被封闭了。"

贝尔勒把洞内的东西翻了一遍，就是没有找到任何武器，有些丧气。毕竟这里是佛家的地盘，不是部队。

唐沨侧耳倾听，只听得哗啦啦的水声就在不远处："这里还靠近水源，如果食物储备足够充分，还能藏挺久呢。"

李欧早已闻声，沿着洞壁摸索了一会，见一陈列架后有一裂缝，忙招呼贝尔勒，一起推开架子，侧身通过缝隙。

行走数步，见一条暗河横在面前流过，河有几米宽，水流湍急，不知流向何处。黑暗的河道犹如巨兽的喉管，令人胆寒。

"没路了。这就是大费周章进来的玉莲渊，除了一堆破玩意儿，啥也没有！"贝尔勒捡起一个石头，狠狠扔进水里。

云空和唐沨小声地商量着什么，李欧点起了一支烟，又递给贝尔勒一支。

"别抽了，心烦。"贝尔勒没好气地说。

李欧一笑，拍了拍他后背，说道："兄弟，再不抽没机会了，待会儿烟都打湿了。"

"什么打湿？"贝尔勒瞟了他一眼。

这时候唐沨和云空也走了过来，和李欧相视一眼，都点了点头。

"要下水咯。"李欧猛吸了一口，"小贝你之前说要带水肺，其实还真的有用，可惜你嫌累没有拖过来。"

"你们，你们的意思是要顺着这野河漂流？黑漆漆的，这到底会通向哪里啊，不会是魔鬼的巢穴吧。"贝尔勒脸上又激动又担忧。

"你不就是想要刺激吗？"李欧不管小贝怎么想，已经回身，穿过缝隙，去储藏室找东西了。

好在这里基本的器材还是有的，只可惜没有皮划艇或冲锋舟。四个人，一人套了一件橘红色的救生衣，再带了两个充好气的卡车轮胎内胆，以便在水中有个抓手。

走进这山中暗河，虽在夏天不至于冰冷刺骨，但还是让人打个寒战。

"黑暗河流之旅开始了！"李欧把轮胎往河里一扔，冲了两步扑了上去，用手挽住轮胎，贝尔勒"哟嚯"喊了一声，也扑向轮胎。

身后，云空和唐沏两人一组，紧抓着轮胎，也加入了漂流之旅。

没想到这河流下面暗流汹涌，比想象中还要湍急，顷刻间就拉扯着几人，遁入了山崖下面的黑暗之中。

洞子越来越矮，越来越狭，水流也越来越快，地势在不断下降。

不久，几人就滑向了一个向下的隧道，犹如坐过山车一般，沿着隧道弯弯绕绕地往下掉落。贝尔勒和李欧的惊呼声此起彼伏。

唐沏咬紧牙关，稳住轮胎，防止被水掀翻，还要时不时注意下云空的情况。

她忽然感到，李欧不再像刚见面那时候了，做什么都瞻前顾后，疑神疑鬼，现在的他，说干就干，没有太多的废话和疑虑，似乎内心充满了一种力量。

还在思忖间，忽然唐沏身子一沉，一股拉力把人往下拖拽着，就像被强磁场吸住了一样。

接着洞窟忽然变宽，几股水流从不同方向汇入暗河，前面赫然出现了一个悬崖，水流变成了瀑布。

几人挣扎着，无所依托，只能随波逐流，一会没入水中，一会又被水抛了起来，都呛得不轻。

四人一前一后掉入了这暗河瀑布，完全失去了平衡。那轮胎也被浪涛打得不见了踪影。

李欧只听得耳边隆隆作响，视野一片混乱，什么也看不见了。身子在飞快地旋转，如同一只虫子掉入了洪流。

无论如何挣扎，也无济于事，身体逐渐被水流降服，意识也逐渐模糊起来。忽然有个光在脑袋里闪了一下，他猛地浮出了水面，只见白花花的水流带着自己，冲向了远处一个浅滩。

水流在那犹如鱼嘴的浅滩那里一分为二，被撕裂，被减速，李欧慌忙调整身姿，朝着浅滩嘴上划水，终于在接近浅滩的时候抱住了一块大石头。

贝尔勒也被激流冲了过来，带着搞笑的嘶哑呼喊，一头撞向浅滩。

唐沏忽然从李欧身边浮出水面，一脸慌乱，看来并无大恙，待喘息了几口，便四处张望，不见云空的身影。

李欧和贝尔勒一前一后爬上浅滩，正要去拉唐沏，却见她一下子扎入水中。李欧"哎"了一声，知道她要去寻云空。

片刻，只见唐沏拉扯着一个人浮出水面，刚要喊话，浪子就把她覆盖了。

贝尔勒关键时候一点也不糊涂，把准备好的绳子抛向了两人。唐沏虽落水下，但还未慌神，抓牢了小贝抛来的绳子，在云空身上绕了两圈，又缠在自己手臂上。

贝尔勒和李欧一齐用力，把两人拖到了浅滩边上。

脱险的唐沏趴在浅滩上，咳嗽了几声，呛出一口河水，忙查看云空的情况。

只见他嘴唇发乌，脸色惨白，休克了过去，还好呼吸尚在。

唐沏急忙让他侧躺，进行溺水抢救，李欧也比较有经验，帮助挤压胸腔排出积水。

好在抢救及时，云空伴随着一阵剧烈咳嗽，把呼吸找了回来。这才睁开眼睛，一边喘气，一边叽里咕噜念着什么。

"别念了，大师，救你的不是佛祖，是花木兰。"李欧边拍后背边说道。

云空叹道："阿弥陀佛，不是我命不该绝，实在是大家开恩，舍命救护，感激感激。"

大家休息了一会儿，只见这浅滩呈三角形，正对着几十米高的地下瀑布，像是一个犄角挑着凶猛的水流。从乌尤山顶陡降至这里，李欧判断地势差不多和外面江面平齐了，如果还要往下走，那就是在江下，和三佛图指示的位置是对应的,看来玉莲渊不远了。

回头看着浅滩中间的隆起的巨岩,嶙峋雄壮,错落森严,颇有气势,俨然一道天然的巨门,横亘在众人面前。

几人调整光亮,沿着巨岩仔细搜寻了一番,唐沏率先发现了情况。

"快看,一个洞口!"躲藏在几块岩石下面的洞子展现在人们眼前。

"这开口,不是天然形成的,你看,还有这岩石的断面,是暴力凿开的。"李欧仔细打量着这个长和高差不多六七十公分的洞口。

云空有些激动起来,忙挤到最前面仔细查看,不知是被刚才溺水惊到还是有些激动,声音在打战,"这,这个洞子,是,是个古墓的盗洞啊!"

"盗洞?!"贝尔勒喊了出来,"这里还有座古墓啊,是谁的墓?"

云空不知什么原因,语气有些打战,"没想到,没想到,墓已经被盗了……这个洞子看起来已经很久了,不管里面有些什么,也许早就,早就……"

"这就是所谓的密道?费了老牛的劲,就为了找这个盗洞?这个墓的主人到底是谁,墓里面到底有什么,可以让你们不顾一切……"李欧的语气变得古怪起来。

"我再看看还有其他线索没。"唐沏继续搜寻着这片岩石,无功而返,看来除了这个洞子,已经没有什么收获了。

"还等什么,进去看看吧!"云空脸色越发难看,一点儿也没有平日的儒雅气息,按捺不住,急着要往里钻。

"神父你等下,不会有机关吧。"贝尔勒苦笑道。

云空上半身刚钻进洞子,就被李欧毫不客气地扯了回来。

"你,你干什么!"云空有些不悦。

李欧抽出腰间的匕首,握在手上,眼里射出难以捉摸的光。

"够了,和尚!该说出你的真实目的了!"李欧咄咄逼人地说道。

"说,说什么?"云空不敢直视他的目光。

"什么守护佛宝,什么大预言、拯救苍生,狗屁!你一直想要盗的墓,就是这里吧!"李欧的刀尖指向了云空。

"你，你在说什么？"

"说什么你还不清楚，你也不是第一次盗墓了。"

云空更加地焦急起来："李欧，兄弟，你，你一定是有误会啊。"

"误会？哄骗大家帮你找这个墓，终于实现目的了，你可真是功德圆满哪。"

"李欧，你干什么！"唐汭走到他的面前，想要夺下他的刀，但李欧往后敏捷一撤，刀子指向了唐汭。

"你们一直在隐瞒，到底有什么不可告人的秘密！"李欧见事已至此，干脆把话挑明。

贝尔勒用法语骂了一句，朝李欧喊道："小李子你疯了！这都到最后关头了，你闹什么闹，大家齐心协力找到玉莲渊才是关键！"

李欧话音也高了起来："贝尔勒你个猪头！你还真他妈信！看到没有，这是古墓盗洞，他们的目的，就是盗墓！如果里面真还有宝藏，这和尚可不会发慈悲，到时候咋个弄死你的都不知道！"

"宝藏？！我说过没有大佛宝藏！"云空在唐汭身后嘶喊道。

"别扯淡！那你到底要干什么，把话说清楚！"李欧吼道。

唐汭脸上堆满了愤怒与失望，"李欧，我算看走眼了！别往我们身上扣屎盆子，你们两个唱啥子双簧，不就是想要宝藏吗！"

"你和这和尚，到底心里有什么鬼，我不知道，我也不想知道，现在闹剧可以结束了！"李欧横下心来，关键时候，不得不撕破脸皮了。

"我还以为多了一个朋友……"唐汭摆出武斗姿势，看来她要用武力提醒一下李欧该做什么。

正在这时候，却听洞窟里传来一阵巨大的吼叫声，在洞窟里形成阵阵回响，显得尤为诡异可怖。

那声音像是从水下传来的，众人大吃一惊，慌了阵脚。

只见水面上水花飞溅，似乎有一个怪兽在水中来回游弋，几人的手电光齐齐照射过去，只见白花花的浪涛，却不见其形。

就在大家惊慌之时，云空钻进了盗洞，一溜烟不见了。

"和尚跑了！"贝尔勒惊呼起来，也不管三七二十一，往盗洞里爬去。

只见水面上有什么黑乎乎的东西晃了一下，像是巨大的树干敲打在岸边岩石上，震飞的石块向李欧当头袭来，李欧傻乎乎地还愣在当场，却忽然被人猛地一推，仰倒在地。

幸好唐沨及时出手，否则他的脑袋该开出血花了。

"进洞去，快！"唐沨朝他呼喊着，这才警醒了他。

李欧连滚带爬，摸进盗洞，直往里钻，随后唐沨匍匐进来，顶着李欧的大腿往里挤。

怪兽一声嗷叫，几块巨石摔打在洞口，好险。

来不及细想了，几人一前一后只顾着往盗洞里爬，越爬越下，越爬越深。

"刚才那东西，难道就是……玉莲渊里的妖龙……"唐沨在李欧身后嘀咕着，那东西看起来十分吓人，有这样的想法也在情理之中。

"妖龙，就这点能耐？那也太逊了，想祸害人间还差得远呢。"李欧嘲笑道，似乎忘了刚才差点被爆头的危机。唐沨没有再说话，心中充满了难言的恐慌感。

也不知道爬了多久，前面忽然到了尽头，是通向一个较大的空间。

而这个盗洞的出口，却是悬在半空的。几人一爬出洞口，就都掉了下去，一个个狼狈地摔倒在地。

李欧爬了起来，捡起手电，只见贝尔勒正在往里跑着，嘴里喊着站住，看来是追云空去了。

这是一个形状比较方正的洞窟，从洞壁和地下的青石砖来看，应该是进入了墓室无疑，不过看样子并非主墓室，而是一间偏室。

回身朝盗洞口看去，见那洞子开在两米多高的墙上，下面地板上有几根早已腐朽的木料，看样子已经非常古老了，想必是垫脚用的。

洞壁上，雕绘有一些古拙奇异的雕饰和花纹，大都是奇珍异兽，并有一些无法辨识的图文符号。

地面上，还残留着一些破损的陶器碎片和青铜碎片，都遭到了外力破坏。

"这个盗洞不对啊，从痕迹来看是先把青砖撬开再挖掘的……"李欧察觉到了一些不对劲。

唐沕并没有理会他，只是认真地端详着墙壁上的雕饰。

李欧再把那朽木联系起来一想，猛然惊觉："这个洞，是从内部打开的，不是外面打进来的！"

这时候唐沕也脱口而出："巴蜀图语！这是巴蜀图语，是古蜀国使用的一种象形文字！"

李欧的目光被她激动的声音引向了墙上，那些雕刻的东西说是字却复杂怪异，说是图形又似乎有书写规则可循，就像是古埃及的象形文字那样。

"这里是古蜀的一个墓地无疑了，难道，真的是古蜀开明王之墓？"

"开明王之墓？"李欧心中一惊，那个古老的传说难道今天会得到证实？

正想发表点意见，却听贝尔勒的声音传了过来："别动它！"

忽然只听一阵轰隆声，伴随着贝尔勒的惊呼。

李欧和唐沕大步流星，急忙追了过去。

跑过一个甬道，再一转弯，就看见了一个大了数倍的墓室。一支手电筒正在地板上滚动着，光线晃荡中，只见一个巨大的人影站在前方，而贝尔勒和云空都不见了踪影。

第四十章
钟乳墓道

李唐两人被刚才洞窟中的怪兽惊得慌了神，一看这黑影，不知又遇到什么怪东西了。一时间肾上腺素激增，浑身警戒起来。

唐沏指尖已经有了两枚飞针，朝那大黑影掷了出去，只听清脆的叮叮两声，像是打中了铜墙铁壁。

两人一听这声音不对，聚齐灯光照射过去，才看清那两米多高的"巨人"并不是活物，而是一尊大青铜人像。

它戴着柱形的高帽，身着宽襟袍衣，一手举在头顶，握着一个筒状法器，另一只手靠在胸前，托着一个尖头法器。它的面容古怪狰狞，双眼巨大而突出，鹰钩鼻，嘴咧得很开，露出一种十分怪异的笑容。

整个人像都是由青铜铸成，年代久了，浑身长满了铜斑。

"这是大青铜像，很像广汉三星堆那样的，这是古蜀特有的造型。"唐沏说道。

"看样子是一个祭司，他是在为墓主人的死后世界做祈祷。"李欧推测道，面对这样怪异的雕像，自己心中不免有所惧怕。

"后面是什么？"唐沏的灯光射向了青铜像后面的地上，李欧这才转眼望向那里，地上有一个大窟窿，整个地面都陷了下去。从洞窟的边沿来看，是突然塌陷形成的，难道是某种机关设计？

"小李子救命啊！"贝尔勒的声音正从下面传出来。

李欧趴了下来，往窟窿下面照射，只见下面是一个斜坡，顶上挂满了奇形怪状的石钟乳，犹如猛兽利齿，一股股的水流沿着斜坡往下面流去。

贝尔勒正好卡在两个石锥中间，再往下仔细观察，那斜坡下面似乎还有个出口，而那出口中间横着一个黑乎乎的东西。

"大橘，怎么回事？"李欧朝他喊道。

贝尔勒声音都在打战："刚才这上面是有一个大棺材的，云空非要去动它，忽然地面就崩塌了，都掉了下去。"

"妈哟，肯定碰了机关！你别乱动，我马上来救你。"李欧喊道。

"这建墓者为了防盗，居然采用了同归于尽的手段，让盗墓贼和墓主人一起掉下深渊。"唐沏心有余悸地说。

"大橘，云空现在在哪里！"李欧从背包里取出一条尼龙绳来。

"他滚下去了，谁知道呢？"小贝无奈地说。

李欧回过头去查看那青铜像，发现它足够厚重结实，正好用来捆绑绳索。便把绳子在它腰身上打了个结，另一头扔向了贝尔勒。

大橘一伸手抓住绳子，刚扣入腰间的快挂，身下的石锥就断了，一下子人就踩空了。

"李欧你再慢半拍，哥们儿就先去见拿破仑大帝了。"贝尔勒惊出一头冷汗。

李欧和唐沏拉着绳索，好歹把贝尔勒拽了上来。

来不及安慰他，唐沏又趴了下去，像医生在探察食管一样，仔细观察下面的情况。

"那个黑黢黢的东西是啥子？"唐沏问道。

贝尔勒说："哦，应该就是墓主人的大棺材，掉入洞窟的刹那我心想玩完了，没想到这下面还有不少石头棍子，把我们都挡了挡。那大棺材也被撑住了。"

李欧疑惑道："难道这是个不成熟的防盗设计？不对啊，一般来说下面应该会有一个死亡陷阱，不是尖刺就是无底洞。"

"你这么想让我归西?"贝尔勒苦笑道。

"嗨,我的意思是说,看样子这陷阱是要把棺材送往另一个地方。"李欧蹲下来,也努力查看下面的情形。

他一边看一边说道:"你命大,得益于大自然造化啊。这坑道里多是石灰岩,几千年的岁月过去了,滴水成石,形成了很多的钟乳石,导致这个坑道机关卡壳了。"

"李欧,我有个预感,这下面的坑道一定是通往一个很重要的地方,说不定,说不定就是……"唐沏看向了李欧的眼睛。

李欧回应道:"说不定就是玉莲渊。"

三人都隐约察觉到,这个斜向坑道颇为蹊跷,虽然带着巨大的危险性,但却犹如一个箭头,指向了众人的目标。

不入虎穴焉得虎子,必须继续向下,才能找到最后的答案。

三人把绳索都系在青铜像上,这巨像重达千斤,足够支撑几人的重量。然后设置好攀岩垂降装置,戴上头灯,唐沏打头,李欧居中,贝尔勒垫后,朝那斜道慢慢降了下去。

斜道里面因为水流侵蚀,非常光滑,几人只能依靠那些倒垂的钟乳石,慢慢攀下去。再经过刚才贝尔勒那个位置的时候,基本能够看清下面那个长条形的大东西,果然是一个古棺。几人停了下来,仔细地打量着。

棺材由整根金丝楠阴沉木打造而成,直径足有一米,如此粗壮的金丝楠已经是凤毛麟角,再加上历经千年地下埋藏,碳化成为阴沉木,更是稀世罕见。

金丝楠自古就被皇家青睐,被称为"帝王木"。四川盆地因为盛产金丝楠,就成为了皇家宫院、宗庙陵墓用木的首选地,随着人类不断砍伐,现在百年以上的桢楠树几乎绝迹。李欧在峨眉山当导游的时候,只见过几株上百年的老树桢楠。

那棺木的金丝纹理更为珍罕,竟形成了天然的山水图,远观犹如裹上了山水画作的锦缎,华贵异常,摄人心魄。这也凸显了墓主人身份的高贵。

"太漂亮了,好家伙,不是王朝的一把手,还真住不起这棺木啊。"李欧不禁赞叹道。

唐沏从小学了不少识古物的门道，也说道："看这棺材是由整块金丝楠打造的，两头削成船头造型，中间有一段桌形台面，这是典型的船棺啊。古蜀国的皇族才可以享受船棺待遇，这里面说不定就是古蜀帝王。"

"哦，这居然是国王的墓？开眼了啊。怪不得神父云千方百计要找到它。"到这时候了贝尔勒还眼冒绿光。

"那是，你要是能把这个棺材拖出去，够你吃喝玩乐一辈子了。"李欧刺激他道。

随着绳索的延伸，几人离棺材越来越近。贝尔勒被刚才李欧的话挑得心痒，竟忘了恐惧，一马当先冲到最前面去了，就想立刻开了棺看看有什么好东西。

就在他近距离观察棺材的时候，忽见一个人从那棺材下方爬了上来，诡异地盯着他看。

贝尔勒"啊呀"一声，惊得魂都飞了。

几人灯光照射过去，那不是别人，正是云空。他整张脸惨白异常，眼里布满血丝，加上又是个光头，灯光中的模样竟说不出的可怕。

"法师，你，你还好吧。"唐沏也不禁打个冷战，从未见过云空这副模样。

李欧脑袋里闪过了若干可能，不排除"尸变""鬼上身"之类的迷信说法。

云空喉咙里传出沙哑的话语来，"帮帮我，不，帮帮它，别让它掉下去。"

"你究竟要干吗！快离开那里，随时会塌！"李欧朝这个人不人鬼不鬼的和尚嚷道。

"给我绳子！"云空伸出一只手来，伸向几人。

贝尔勒无奈，只得从腰间引了一条绳子，扔给云空。

只见云空抓牢绳子，绕在腰上，却没有立即脱离那里，反倒是把绳子往棺材上绕，想要捆住棺材。

"你是疯了吗！上面那个铜哥们儿承受不住这么大重量！"李欧骂了起来。

唐沏也劝解道："师父你停手，先保住自身安全，棺材不重要，咱们不是为了财宝来的！"

云空居然跟没听到一样，继续往棺材上绕绳子。

"你住手！你这个贪财的盗墓贼，冯潜说得果然没错！你再这样瞎搞，我们只有割断绳子了！"李欧对云空是彻底心凉了。

这样一说，云空才稍微停了下来，顿了片刻，却又进行另一个疯狂的举动。他拿出包里的刀子，开始撬棺材盖。

如果棺材救不上去，那么就地开棺，取出冥器。云空就是这么考虑的。

李欧没想到这家伙竟是这么贪婪，都不知道怎么骂他才好，只能看着他在棺材上折腾。

可是这千年帝王棺，密封得非常好，岂是一把刀子就能轻易撬开的。

云空捣鼓了半天，依然不起作用。他越弄越急，越急就越失控。最后干脆开始用脚踹，想把棺材盖子踹开。

砰砰，踢在木棺上的声音让大家都吓了一跳。唐沏也傻眼了，一个佛教高僧，多年的修为都没了，变成了这么一个无耻的盗贼。

"住手啊，师父！"唐沏心有悲哀，却无法表达出来。

云空还在继续，那棺材下面的钟乳石不堪折腾，终于断裂了，棺材摇晃了一下，失去了阻挡，往下滑去。

云空"啊"了一声，两手一把抓住了缠绕棺木的绳子，整个人也被棺材带着下滑，上面的绳子一下子就绷紧了。

巨大的牵引力传导到了最上面的青铜像上，它已经摇摇欲坠。

"放手！疯子！你要害死大家啊！"李欧怒吼着，想要滑下去，分开这和尚和棺材。

"不，我找了这么久，不能就这样失败啊！"云空悲伤地喊着。

就在这关头，那青铜像不堪重负，终于倒了下来，轰隆一声，摔在地上，断成几截。

第四卷

365

巨大的震动沿着绳子传导下来，几人都被扯得弹跳了起来。

云空自然吃不住这个冲力，两手一滑，棺材失去了阻力，径直掉了下去。

"不！"云空绝望地呼喊着，眼睁睁看着棺材滑出坑道，掉入了无尽的黑暗之中。

头上，一堆青铜碎片和碎石滚落了下来，李欧在慌忙躲避之中，眼尖的他瞥见碎块中一个白花花的东西，正沿着坑道滑落下来。

他眼疾手快，俯身一抓，一把捡起了那个白色的物件。

慌忙中瞅了一眼，像是一块龟甲，上面却有着他从未见过的纹路。来不及细看了，他把"龟甲"塞进了背包里。

绳子振荡了几下，暂时停了下来，但已非常危险。

"我们必须尽快通过这里，寻找更可靠的悬挂点！"贝尔勒脸色凝重起来。

情况比想象的糟糕，正说着，头顶的绳子脱离了青铜像，几人失去了固定点，纷纷沿着坑道滚了下去。

情急之中，各人只能尽力去抓顶上那些石钟乳，可大部分石钟乳都非常脆弱，要么一碰就断，要么滑不溜秋抓不牢实。

一时间，石钟乳的碎裂声，几人的惊呼声此起彼伏，眼看惨剧就要发生。

唐沕竭力稳住心神，利用自己过人的体术，在滑行中一个鲤鱼打挺，瞄准一根粗壮的石锥弹跃过去，一只手牢牢抱住，另一只手扯住了李欧的绳子，将他拖停。

"李欧，找着力点！"她大喝一声。李欧好不容易站了起来，朝着一个粗石锥扑过去，一把抱紧。

另一头，贝尔勒和云空还在下滑，两人都起不了身，更别提去抓头顶的石锥了。

所谓急中生智，贝尔勒慌忙摸出身上的匕首，朝着地面划去。好在长年累月的碳酸钙沉积，斜面不是完全的平滑，有很多坑坑洼洼，贝尔勒好不容易减慢了速度，脚下抵住一个石梗子，总算停止了下滑。

可云空还在运动，因他的绳子连接着贝尔勒，会带着贝尔勒继续下坠，除非贝尔勒解开绳扣。

这时，贝尔勒瞅见身旁有道裂缝，来不及细想了，把匕首使劲往里一插，再打开云空绳子的快挂，把绳子在匕首手柄上打了个死结，这一连串动作前后不过五秒钟，不是到了危急关头，还不至于这么利索。

云空的绳子绷直了，可那匕首也仅是权宜之计，受不住力，但好歹阻止了云空的下滑。云空抓紧时机，起身扶住了两根石锥，这时匕首一歪，脱离裂缝，掉了下去。

四人暂时安全，但都无法动弹，这处境可谓危如累卵。

"都怪和尚太贪！"李欧狠狠地骂道，"害死大家了！"

"别骂了，快找办法脱险！"唐沏不想听他毫无用处的谩骂。

贝尔勒躺在地上，喘着粗气，骂道："老天上帝，我的背疼死了。"

原来在刚才的一番折腾中，贝尔勒的背部靠左腰的位置，被一块尖锐的石头划破了，血水浸透衣服，染红了一片。

"大橘，你怎么样！"李欧看见他摸出一手血来，焦急地叫着。

"还好，不过得包扎一下。"贝尔勒苦笑着。

"我现在想办法过来帮你。"唐沏不得不选择冒险了。

贝尔勒喝止了她，说道："别动！我攀岩经验比较丰富，现在最好是找到新的固定点，我先到坑道出口去看一下。"

"你现在怎么下去啊？"唐沏无法想象。

"神父，我们合作一盘。"贝尔勒垂眼望着最下面的云空。

"兄弟，你说吧，就算拼了我这条命，也要帮助大家。"云空经过这一场惊险，似乎脑袋清醒了许多，现在心里非常内疚，希望竭尽所能做点什么。

"神父，你前面有几根石锥，单个虽脆弱，但数量多了也很结实。你把绳子在每根石锥底部打结系死，再交给我。"贝尔勒说出自己的计划，云空很快明白了。

于是，云空小心翼翼，在面前的四根石锥上，系上了绳索，在数根石锥的共同牵扯下，形成了比较牢靠的固定点。

云空把绳头扔到贝尔勒下方位置，方便他抓取，但如果小贝稍有差池，就会滑下去再无回头路。

事到如今，只能涉险一赌。贝尔勒当然知道，每个登山者都有这种觉悟，想要绝对的安全就没有攀岩登山的必要了。

贝尔勒松开抵紧的脚，身子开始继续下滑，他张开四肢，尽量减缓速度，最后一把抓住绳头，也抓住了几人剧烈跳动的心。

有了云空设置的固定点，贝尔勒暂时无险，他站了起来，扭扭身子，笑道："有惊无险，贝爷我有的是办法。"

虽然是逞能的话，但此时也能给众人些许抚慰，李欧喊道："行了，贝哥，贝爷，你是英雄，你需要包扎，需要救治！你要挂了，我他妈干脆也跳下去算了！"

李欧的话大大咧咧，却让他有些感动。

贝尔勒设置好下降器，说了声拜拜，就往坑道外面滑下去。

好在已经离出口不远，很快就来到了坑道的边缘。

往下望去，只见手电光竟照不到边际，应该是一个巨大的洞穴，而这个坑道正好是在崖壁上面，一出坑道就会掉下悬崖。

"有路吗?!"李欧在上面喊道。

"我在看！"贝尔勒回应，"下面是悬崖，但好像有攀爬点。"

贝尔勒看到了悬崖上那些沟壑与岩石，那都是可以利用的地方。很快，他的脑袋里形成了行动方案。

他先在坑道下方不远处的岩峰上，打好了两个岩钉，作为新的支点，再让云空解开上方石锥的绳索，扔给他连系到新的支点上面。他爬到坑道的出口位置，朝上面的人喊道："好了，你们一个个往下滑，我在这里接应，千万要抓住我的手！"

先是云空滑了过来，接着是李欧，最后是唐沕，他们两人原本身上就有一截绳索，现在全部悬挂到新的支点上了。

在贝尔勒的一顿操作下，大家又重获生机。接着，唐沏拿出急救绷带，麻溜地给贝尔勒的背部包扎好，好在创面并不太深，很快就会止血。

悬挂在悬崖边上，众人不敢歇气，忙四处观察，了解情况。

目前处于一个庞大的洞穴中，古墓的坑道距离地面尚有几十米高度，距离洞顶有二十米，洞穴里弥漫着一股湿气，水雾氤氲，阻挡了众人的手电筒光线，因此难以看得透彻。洞穴里传来一种奇异的水流声，不同于江河的惊涛声响，这声音浑厚中又带着某种神奇的节律。

透过水雾的间隙，李欧发现洞穴的中央似乎还有一块庞大的岩石，往下延伸，不见全貌。

而那奇异的水流声似乎正从最下面传过来。

"我们得往下爬。"李欧说道。于是在贝尔勒的探路下，一个接一个往下爬去。好在这次行动带上了专业的攀岩装置，省了很多力气，而且安全。

不久，贝尔勒就发现悬崖上还残留着一道"Z"字形的鸟道，虽然已经风化水蚀很久了，但仍然能作为很好的落脚点。下行之路因此变得容易了，只需沿着鸟道，在挂绳的辅助下快速移动。

"这本来就是连接墓道的一条小路，应该是建墓的时候就开凿好了。"李欧推测道。

越往下，水汽越重，一股股冷风时而从下往上升腾，时而又从上往下席卷，似乎有两股风力在来回博弈，你来我去，你去我来。

这时，众人身下的水雾被风吹开，洞底忽然露了出来，最下面的贝尔勒"啊"了一声，身子不由得往上一缩。

大家都低下头，让头灯的光线聚拢往下照射，原来，这洞底根本就不是陆地，而是一个巨大的湖泊，而那湖泊也并非静止，而是整体形成了一个漩涡，正在飞速地顺时针旋转着，越往中央越往下陷，那奇异的水声正是在这运行中产生的。

贝尔勒离水面仅有三米多了，一下子看见这庞然水体，自然惊得快跳起来。

"这掉下去不直接喂鱼了？"贝尔勒惊道，"鸟道把我们往死里送啊。"

"那金丝楠木棺定是掉进了漩涡，再也不可能找见了……"云空心里还惦记着那东西，话里带着显而易见的惋惜。

"真是奇观啊，没想到乌尤凌云的山下面有这样的湖泊。"唐沏感叹道。

"这应该就是经文中提到的海眼了。"李欧想起来了，"李先师说海眼是大地水体的穴位，是远古四川内海退去后留下的管道口。海眼复活时，会掀起巨浪，水脉逆流，洪涝暴发！"

"是啊，这就是海眼，我们终于找到它了……"唐沏想起这一路艰辛，有些感慨。

"啊呀，大家伙快点儿，我真担心它会突然暴发，那样我们几个绝对死得连渣都找不到。"贝尔勒惊呼道。

李欧观察了一下，说道："鸟道不是送死的路，只是这水平面上升了，淹没了原来的洞底，大家往侧面移动，看看有没有地势高些的着落区。"

贝尔勒同意，开始往侧面挪移，好在这洞穴下部坡度减缓了，爬起来也便利了许多，不一会儿，贝尔勒就喊道："那里有一片浅滩！"

顺着他的指引，大家都攀爬过去，终于都来到了十几米远处的洞底。这是一处地势较高的滩坝，岩石嶙峋，一片荒凉。

解除攀岩装置，几人瘫坐在地，累得气喘吁吁。从乌尤山顶，一路下降至山底洞穴，落差恐怕有数百米，这段路程让几人感慨万千。

面前的湖水呈圆形，由于长期的旋转切削，让洞穴底部也形成了正圆，湖边岩石异常光滑，都带着整齐的方向性切削线条。

这时，众人感觉到从地下深处不断传来的震动，那震源是来自于四面八方，频率极高，数量极多，李欧冷笑一声，说这怎么感觉像是城市地铁经过，而且还是很多条地铁同时经过。

"这就是玉莲渊了。"唐沏道，"千辛万苦，总算来到这里，也不晓得李先师指示的秘密藏在哪里。"

云空面朝水面，静静站着，神色恍然，不知道在思考着什么。

"之前我认为来错了地方，现在我纠正这一看法，那个盗洞其实就是李老师说的密道。"李欧观察许久，得出了结论。

"那不是盗洞。"云空忽然冒了一句，却又没了下文。

"对，不是盗洞。"李欧瞄了他一眼，把话说完，"洞子是从内部打开的，而不是从外头。那只是工人们的逃生之路。这个古蜀国的国王死后，连工人也都不放过，将他们封入墓中陪葬。当然这些人也不傻，早就想好了逃生的路，就从墓室后面打了通道，然后从瀑布那里的岩石钻出去的。"

"那古墓的宝贝们看来也都被顺走了。"贝尔勒苦笑。

"工人们既然可以逃生，那些东西能拿的为啥不拿，但那些陶罐和不值钱的生活用具，就被愤怒的工人们摔得粉碎。"李欧说道，"不过国王的金丝楠木棺，并没有被破坏，也许是工人们多少对国王还有些畏惧，也许是那里的机关让人不敢冒险。"

"大和尚，你心心念念的宝贝就藏在那金丝楠木棺里吧，到底是啥子东西，让你这么疯狂……"李欧转头，朝云空说道，是时候说真话了。

"是开明王鳖灵死而复生的秘密。"云空不想再隐瞒了，打算和盘托出。

第四十一章
玉莲胜景

云空长叹一声，悠悠讲起了年轻时候的一些事，那些事影响了他一生。

他原名熊卓华，老家云南腾冲。父亲先开典当行，后来又开了拍卖行。十八岁那年，父亲送他到昆明一家大的古玩店里打工，学习古玩鉴定技术。

那时候他正和一个姑娘热恋，姑娘甚至舍弃了读大学的机会，随着他一起去了昆明。这个姑娘叫小云，家境优厚，追求者众多，但却死心塌地要跟着熊卓华，让他非常感动。小云的父母和她闹翻了脸，发狠话说不认她这个女儿。

"她是我上辈子修来的福分，她的美无人能及，她对我的恩情可昭日月。"云空毫不掩饰这种情感。

来到大城市的他，一方面要认真工作，一方面也尽力照料小云，两人私订终身，决定一同构建甜蜜的小家庭。但是理想和现实，爱情与生活之间的矛盾总是不可调和。熊卓华那点微薄的工资，还撑不起两人的小天地，小云白天打工，夜晚自学功课，希望能在昆明上大学。

熊卓华则拼命地工作，希望自己的努力能够不辜负小云。不久他认识了一个收藏家，刘三海，那人能耐很大，什么路子都有，什么货都敢碰，经常带他去"开开眼"。熊卓华认为刘三海本事大，又慷慨，对他十分崇拜。

后来，刘三海带他去跟过几次缅甸那边的翡翠走私，在一次边防检查中，熊"表现很好"，让车队瞒天过海进入内地。刘三海很赏识他，不久，刘就对他"委以重任"，决定让他参与一个大项目，盗取云南博物馆的兽骨铜鼓。那是来自于古滇国一个巫师的法器，据说里面藏着古滇国留下的宝藏线索。只要取得铜鼓并破解它的密码，就会找到无尽的财富。

熊对此次行动充满了希望，认为这将让他的人生走向"辉煌"。事成之后，他将隐姓埋名，开启另一种生活，所以，他说动了小云，让她随他一起，去摘取成功的果实。

那是一次十分周密的计划，动用了多种技术手段，大家精诚合作，天衣无缝，成功盗走了铜鼓。谁知，自从取得这个铜鼓，团队就遇到了一些莫名其妙的事情。

先是有人路上被狗咬了，然后汽车刹车失灵，差点滚下山崖。接着团伙因为古滇寻宝方案出现了分歧，然后内讧越来越严重，钩心斗角，互相猜忌，最后因为宝藏的分配方案闹僵了。就在香格里拉县的一处隐秘的山谷中，几人安营扎寨，约定好第二天早上开会谈判。

当天晚上，熊卓华在研究铜鼓的时候，因为自己的聪明才智和运气，运用"血祭"的办法，发现了宝藏的线索。同时，不知何故，他也陷入一种精神恍惚的状态。在他的梦境中，他看见了铜鼓里面那个巫师的灵魂，巫师蛊惑了他，要他执行一项任务，承诺只要这样做，那么所有的宝藏都属于他一个人。

年轻的熊卓华，难以克制自己，被欲念所操纵，彻底失去了人性。

那天晚上雨很大，风很急。熊卓华提起长刀，夺走了整个团队五条人命。云空已经不记得他是如何下手的了，也许那场景太过血腥，让他选择了忘记。

刘三海奄奄一息，向帐篷外爬去，不断哀求熊卓华留条性命。而杀红了眼的熊卓华，已经无法收手了，他走向刘三海，要彻底结果他。

这时，小云跑了过来，哭泣着哀求他，要他清醒过来，放弃寻宝，还要他去自首。

"那个熊卓华，已经变成一个魔鬼了，谁也劝不回来。"云空悲伤地说道。

是的，即使是小云的哀求，也没有让他收手，反而是小云的阻拦点燃了他的怒火，刀刃竟伸向了小云的胸膛……

第二天早上，熊发现自己躺在地上，陪伴他的是六具孤独冰冷的身躯。

他痛苦，他后悔，他自责，但都无法再挽回，搂着小云的尸体，他痛不欲生。

他想过一死了之，但他做不到。他也想过一走了之，但他将永远背负这洗不掉的罪恶。

最后，他所想到的，只能是弥补，用一辈子来赎罪。

他收拾了几人尸首，带着小云的尸体去了香格里拉一处秘境，他曾听说在那里有一处冰窟，有着神奇的冰棺，可以让尸体千年不腐。经过一番波折，他终于到了那里。

看着安详躺在冰棺里的小云，熊卓华只有一个念头，就是穷尽一切手段，让小云复活。

他悄悄归还了铜鼓，然后隐姓埋名，来到四川峨眉山，削发为僧，法号云空，名字里留着对小云的思念。

无尽的内疚和复活小云的执念让他的世界观渐渐变得扭曲，但出家人的身份又使他必须将之深藏于心。他常常向南凝望，在心中呼唤小云，也常常夜间一个人在山间发狂，对着森林忏悔。

只有他的师父法融大师看透了他的内心，循循善诱，希望能感化他，可这执念就像是挥之不去的阴影，始终伴随着他，甚至让他去做下荒谬之事。

他在浩如烟海的古籍里找寻方法，利用佛协监院的身份，四处寻访，他征求过现代医学界专家，也向民间医术高人讨教，但路走得越远，他的思想就越偏离正常的轨道。他最终在古籍中找到了一条线索，并对此深信不疑，决定不惜一切代价去寻找。

那就是开明王鳖灵的传说。

古蜀是四川最早有历史记载的时期，它从华夏文明的曙光开始，独立发展，历经夏商周三代，度过春秋战国，在秦国统一中华的步伐中终结，这是一段具有神秘气质的历史。

古蜀国的最后一个王朝史称开明，他的第一任国王就是开明王鳖灵。他是一个富有韬略的能人，他在乐山建城，发展自己的势力，并成功治理了蜀地一次特大洪灾，最终夺取了王位。而乐山作为其发家的地方，被称作"开明故治"。

古蜀因为年代久远，且处于蛮夷边远山区，有关的记载非常稀少，但关于鳖灵却有一个不可思议的传说被文字记载了下来。

扬雄的《蜀王本纪》里记载，楚地有一男子叫鳖灵，他死后沿着江水逆流而上，到了蜀地过后，居然死而复生，古蜀杜宇王钦佩他，就拜他为相。

《华阳国志》也记载："荆人鳖灵死，尸化西上，死而复生，后为蜀帝。"

"也许只有傻子才会相信这种传说。"云空叹道，"可是我比傻子还傻，开始四处找寻相关线索。"

云空查阅了很多资料，并四处搜集奇书异典，其中不乏已经失传的古籍，终于发现线索。原来，当时鳖灵因楚地王族之争而死，鳖灵的随从们按照指引，来到了古嘉州的一处圣地，采取了一系列秘不可宣的操作，才将他还魂。

尽管鳖灵与神灵定下续命的契约，但人终有一死。鳖灵死后，他的墓并没有建在成都，而是在嘉州的这处圣地之中，鳖灵复活的秘密就藏在他的棺材里面。有人推测，那是一套祭祀仪轨，也有人说，那其实是一种丹药。但到底是什么，谁也说不清楚。

为了找到鳖灵的墓，云空踏遍了乐山的山川。他因与嘉定武馆交好，便可依托武馆的资源，了解更多关于鳖灵的情报。

后来，他总算摸清鳖灵的墓可能就藏在玉莲渊内，并认识了一个盗墓团伙，他们的目的是盗取开明王的宝贝，云空对宝贝不感兴趣，他一心想要的只是复生的秘密。不管怎样，他和盗墓团伙合作了，他们计划在凌云山上作案。

可是世上没有不透风的墙，他们的计划被警方侦破，就在盗掘凌云古墓的时候，警方合围，虽然几人都足够狡猾，逃之夭夭，但盗墓行动就以失败告终了。

直到红劫发生，嘉定武馆决定寻找玉莲渊，云空又看到了希望，认为这是一次绝好的机会，这便有了后来接触李欧，一同探寻玉莲渊的奥秘。

"藏在我心里几十年的秘密，今天都讲出来了。"云空眼帘低垂，内心反而十分平静，"我是一个罪人，我以一己私欲参与这次行动，对不起大家。"

云空的一番话让几人颇受震动，无言以对。唐沏眼里有泪，不知是被云空的执着之爱所感动，还是因云空欺瞒大家多年，掩埋罪恶之心的行为所震惊，也许兼而有之。

"你念佛修行几十年，怎么还……"李欧想要说两句，但话到嘴边却说不出口了，他无法体会云空内心的伤痛。

"是的，我是佛门的耻辱，我更是愚昧到了极点。"云空忏悔道，"我想要制止自己，但总是做不到。从峨眉下来过后，我一直很纠结，法融大师圆寂前一番肺腑之言，几乎就要感化我。我无颜面对大家，所以我选择了逃避，我想只要远离玉莲渊的事情，就不会陷入执念。"

"所以峨眉之后，你便不再联系我们。"唐沏明白了。

云空微微点头，"但是我仍心有不甘，就一个人来到乌尤，心想反正也找不到玉莲渊，让自己白费一番功夫，以便让自己死心。哪知道机缘不灭，我还是碰到了你们，而你们有了重要进展，这让我又燃起了希望。"

"这可能是你必须要经过的历练。"李欧叹道，"最终的结果就是鳖灵的秘密永远沉入了这个地下湖。而你，也就彻底死心了。"

云空长叹一声，眼神恍惚，几十年的追寻，付出的努力化为了泡影，人生无法重来，他已经完败。他其实并不是一个愚昧的人，他的聪明才学被人们所尊崇，但他却成了执念的俘虏，他必须走完探寻开明秘密的全过程，才能了却这如影随形的心事。

"神父，我们法国有句话，小麦能变成面包，反之未然。过去的事就让它过去吧，回不了头，也无法重来。虽然这个棺木丢了我也感到可惜得很，但总归是件好事，至少你解脱了啊。"贝尔勒倒是会安慰人。

云空没有回答他，只是说想静一静，就坐在岸边，呆呆望着湖面，一言不发了。

李欧虽然能理解云空现在复杂的心情，但现在不是感伤的时候，便对贝尔勒和唐沏说道："他需要静一下，剩下的，我们还得继续。"

三人打起精神，继续开始调查。

这个浅滩呈月牙形，两端向远处的黑暗延伸。几人沿着浅滩继续前进，不久，就看见岸边上，浮动着两个黑乎乎的汽车外胎。

这不是别的，正是之前几人"冲浪"用的轮胎，没想到鬼使神差地，又跑到这里来了。

"水道下面一定是通的，真够神奇的。"贝尔勒笑道。

又往前走了一会儿，岸边一个黑影出现了，好像是块人形的岩石。

大家提高了警惕，都拿好了武器，慢慢走近了，才看清那是一尊古老的佛像。是在一块巨岩上面直接雕刻而成的。

佛像面朝湖心，呈端坐姿势，面容古朴，眉眼早已风化模糊，左手施印，右手向胸前延伸，似乎要接纳什么。

这佛像年代已经非常久远，身上的衣衫纹路和那水蚀纹理混在一起，不再清晰，脚下更是侵蚀严重，已经和岩石不分彼此了。

"好古老的佛像，看样子比乐山大佛还要老。"唐沏说道。

"他这个动作是什么意思。"贝尔勒模仿佛像，朝着湖水伸出手掌。

"快看，水雾开了。"李欧指向湖中央。

那水雾本就飘忽不定，现在正好散开，几人的手电光总算穿透过去，照射到湖中的东西上，闪闪发亮。

没想到，这湖水的中央，从上垂下一个锥形的巨大岩石，是从洞顶往下延伸的。无数细小的水流沿着岩石下淌，水流溶解了岩石中的碳酸钙，在巨石上形成了千姿百态的溶岩造型，有的如蟠龙，有的似猛虎，有的像跌宕而下的瀑布，晶莹闪烁。

最为奇特的是，岩石的顶部正对着漩涡中心，上面竟然绽放了一朵晶莹剔透的石钟乳花朵，大如房舍，内外数层，大自然的鬼斧神工让人惊叹。

"莲花，天啊，不是亲眼所见，打死我也不信，这就是玉莲渊的由来吗？"贝尔勒兴奋得发颤。

"这佛像就是那个隐藏起来的过去佛吗，不过这到底有什么含义？"唐沨惊疑道。

这时，云空的嗓音传了过来："此情此景，正寓意借花献佛！"

回身看去，云空在手电亮光中徐徐走来，尽管身体依然虚弱无力，但眼里已恢复了往日的神采。

"借花献佛？"唐沨对云空的回归感到欣慰，经他一点，意识到了什么，"这个成语的来源和过去佛燃灯古佛有关，对吧？"

云空点了点头，又简略地讲起了这个佛教典故……

"佛教传入嘉州是在汉朝，看来那时候便有高僧进入此处圣地，见这万年形成的玉莲晶石，心生宏愿，便按照借花献佛的典故在岸边雕刻了燃灯古佛。怪不得有传说讲，玉莲渊是上古时期佛祖静思、感悟宇宙真谛的神圣之地。所以到了李先师的时代，便有了过去、现在、未来三佛，他才受到启发，创造了三佛图的玄机。"云空据理分析道。

"原来这样啊。那经文不是说这里有什么李冰留下的阴阳大堰吗，怎么影子都没见到过。"李欧环顾四周，除了这尊地标性质的佛像，并无其他人工设施。

"不会在水底下吧？"唐沨盯着这个充满神秘气息的海眼漩涡。

"快看，岩石上面还有洞子。"贝尔勒眼尖，发现上面的巨型石锥上面，从上至下有着一些孔洞，犹如窗户。

经他一提醒，大家很快又发现，这些孔洞竟然按照螺旋线样式有序排列着，似乎表明石锥还蕴藏着更多的机密。

"这是一座倒悬石塔！"云空掩饰不住内心的激动。

第四十二章

石塔迷途

"那就是说，这个岩石早已被人改造过了？一定有路可以进去的。"唐沌指着巨石说道。

贝尔勒激动起来，往左往右来回跑动，换着角度去观察这岩石："说得没错，那些孔洞是窗户，里面是空的。这石塔里面，一定有什么……"

"你要的宝藏对吧。"李欧嘲讽道，"你的希望跟打不死的小强一样。"

"你看，佛像，莲花，石塔，唯一的储藏间，别跟我说这是摆设！"贝尔勒此刻不知道如何表达。

"你干脆说这是 ATM 机，就等着取钞票了。你先把进去的路找出来再说。"李欧说道，其实心里也有了决断，必须要进入石塔一探究竟，李冰的工程秘密也许就藏在里面。

几人观察了一下，认为还得要回到洞顶去，道路应该在上面。

正要原路返回，却听身后传来一声吆喝："都别动！"

黑暗中的呼喊不禁让人心里直发毛，回头看去，不知什么时候，有几个人已经来到了岩壁下的黑影中，正举着枪对准大家。

"陈九里！"唐沌当即认出了站在中间的男人，左边一个方脸粗脖宽膀子的外国人，面无表情，眼窝很深，看打扮像是个特工，右边是美国人大块头欧文，黑背心、迷彩工装裤，背着硕大的背包，两人手里各端着一架美国鲁格 MP9 9mm 微型冲锋枪，乌黑的枪口趾高气扬地对准众人。

欧文背上还背着一把尼泊尔廓尔喀军用开山刀，那充满死亡气息的弧形线条让贝尔勒心头一颤。他法国老家也收藏了这样一把开山刀，这是他最喜欢的军刀之一。

唐沨下意识地将手往腰间移动。

"别动，手放在脑袋后面！"欧文大喝道，这些人都是训练有素的老江湖，根本不会给对手机会。

另一个人走过来，麻利地把手铐铐在四人的手腕上，这下是一网打尽了。

"几位精彩的表现，让人拍手叫好。"陈九里依然是一副貌似儒雅的表情。

"你们怎么知道的。"唐沨不敢相信，去乌尤的行动一直比较隐蔽，在武馆的时候也是没有外人参与的。

"亮个相，两位。"陈九里喊了一声。

从陈的身后，阴暗处走出另外两个人，一男一女，进入光亮的范围后，唐沨惊讶地僵住了。

是唐钺和他的情人琳达。

一时间，唐沨的脑海里闪现了千万种画面，她呆在了原地。

"小沨。"唐钺面容依然冷峻，似乎并没有任何改变，"我希望可以给你解释，但不知道你可以理解吗。"

"把准备好的台词吞回去吧。"李欧往前走了一步，冲锋枪不客气地瞄准了他的胸膛，他不得不停下，"我猜你想说你的宏图伟业是吧，和国际学术组织合作，把乱得一地鸡毛的武馆接管过来，然后千辛万苦终于找到玉莲渊。你想说你是多么多么地不容易，早就看不惯武馆的老旧做派，把愤懑藏在心中，终于今天要带大家飞，飞向更美好的未来……"

"唐钺！你知道带这些人进来会有什么后果吗，你知道他们的底细吗？"唐沨打断了李欧的诘问，厉声问道。

"伽蓝使的千年使命，早该终结了，应该让这一切大白于天下。合作并非不好，只是父亲不给任何人空间，他的时代已经过去了。"唐钺话里带着一些愤慨。

"是啊，钺哥心里的世界可是宽广得很，你这个妹妹应该最能理解了。"琳达的声音让唐沏的怒意越发升腾。

"滚开！瓜婆娘，离我哥远一点！"唐沏指着她骂道。

琳达嘴角浮出得意的笑，头更是靠向了唐钺。

"原来你们早就有计划了。"云空叹道，"陈博士以美国地理协会研究员身份接触武馆，打着文化交流的旗号，其实是想借助武馆打听玉莲渊的秘密，这一点我早就该料到了。不过，唐钺，你到底想要做什么呢，你的选择明智吗？"

"云空法师，你认为玉莲渊有什么呢？"唐钺看着他说出耐人寻味的话，"一个流传千年的传说，古老的那一套有的人信，有的人不信。它对人的意义，就在于人心，你觉得它里面有什么，它就有什么，你觉得它一文不值，它便一文不值。"

"精辟。"陈九里笑道，"所以我老说一句话，真相是什么，真相只有一个吗，不，真相取决于人心。"

"对我来说，这里啥也不是，仅仅是一个冠以圣地称呼的洞窟。但陈博士他们觉得有价值，与其阻拦，不如本着科学精神开放并共享这里的一切。"唐钺继续说道。

"哥你在说什么，哪来的什么科学精神，一个境外特务组织，会用一千个谎言来粉饰他们的行为！你这个猪头！"唐沏骂道。

"骂得好！"李欧说道，"这家伙被美色蛊惑了，智商也成了负数。"

"大家别废话啦，道不同不相为谋，我只想说，揭开玉莲渊的秘密，这对全人类未尝不是一件好事。"陈九里有些严肃地说，然后不等辩驳，给左右使了个眼色，两个人端着枪走过来。

"现在我们可以一起完成最后的任务啦。"陈九里狡黠地一笑，"李欧，你是灵魂人物，听说只有你才能解开玉莲渊的秘密。这样吧，你和法师合作一下，当个光荣的先遣队，先进塔探险，我就当你们的后援了。嗯，贝兄弟和唐姑娘在外静候佳音。另外。我再让得力干将 Big G 支援你们。"

李欧冷笑一声，这家伙够精的，把大家分成两组。让人先去踩雷，又能防止互相串通造反。李欧和贝尔勒平时搭配最好，必须要分开，唐沩武功好必须控制在眼皮底下，假若李欧有反抗之意，也可以将唐沩和贝尔勒作为人质要挟。

"刚才下来之前，我看洞顶似乎有路。你们可以试试。"陈九里说道，说完下巴朝旁边一抬，那个黑衣特工站了出来，他要跟随和监督两人的行动。

李欧和云空不得不原路返回，现在暂时也没招。唐沩再厉害，一人难敌多人，再说还有武功极高的唐钺坐镇。贝尔勒更掀不起什么风浪。

"李欧，云空法师，千万小心。"唐沩嘱咐道。

"帮我看看宝藏多不多，你可别独吞啊。"贝尔勒朝李欧开着玩笑，眨巴了一下眼睛，意思是万一有机会，大家里应外合。

李欧苦笑一声，和云空走向了岩壁。

三人锁好上升器，往岩壁上面攀登过去，李欧和云空爬在前面，特工跟在后面，爬了好一会儿，这才退回到开明王墓道的出口处。

李欧仔细观察了一番，原来，中央石塔底部并不均匀，有一侧是一个三角形的石体，一直延伸到洞顶边缘，而一条难以察觉的鸟道，可以到达那个石体边缘，那里应该有路进入石塔。

李欧小心翼翼沿着岩石纹路爬了几米，总算踩到了鸟道边缘。然后背靠岩壁，弓着身子，沿着鸟道缓缓移动。

几千年风化过后的鸟道，更是惊险异常，如果没有绳子，谁也不敢在这里活动，稍有不慎就会掉入漩涡，死得无影无踪。

云空顺着李欧的轨迹，也慢慢移动过来。进入鸟道，一边喘气一边移动。

"李欧，这些人到底有什么目的，他们到底想要干什么？"云空小声问道。

"我刚才也一直在想这个问题。从我们一路走来，这里面并没有发现什么惊异的地方，宝藏吗，也没见到，古墓里是空的，就连棺材也丢了。这玉莲渊，除了一个大漩涡，也没啥了，他们图的是什么呢？"李欧边走边说。

两人沉默了一会，云空又说："唐钺是怎么回事，唉，这孩子，怎么这么糊涂啊。"

李欧笑道："我看他一点也不糊涂，他很清楚自己想要的是什么。"

"你是说借助陈九里背后的势力，让他掌管武馆？"

"还不止哦，我和他接触不多，但我感觉他是那种人狠话不多的，他心里想的可能不只是掌握武馆，估计还有什么大计划，具体我也说不上来。"

"啊，我忽然想到一点，唐之焕被害，不会，不会唐钺也参与了吧。不可能，他怎么可能这么干……"云空话音打战了。

"没有什么不可能，如果唐之焕是他们计划上的一个障碍，如果不得不除去这个障碍。"李欧冷冷地说道。

"你们少废话！"后面的特工 Big G 吆喝着，打断了两人的对话。

不一会儿，李欧来到了石塔延伸体的末端，那里有一个缝隙，看样子是可以进去的。

李欧伸腿试了一试，缝隙里面可以落脚，于是跨了进去，来到了石体内部。

狭窄的甬道向前延伸，看那通道的石壁并无开凿痕迹，似乎天然形成。

李欧从背包里取出一截静力绳，一头系着自己，另一头系着云空。他打头，先走过去，云空暂且原地待命。采用分段前进方式，前面这段如果安全，便通知后面的人过来，然后再继续单人前进探索。

假如前面出现问题，后面的人要迅速做出判断，是拉扯绳索还是立即割断自保。李欧已经做好了最坏的准备，如果遇到夺命机关，至少要留一个活口出去。

尽管两人先争执了一下谁在前谁在后，但李欧不肯多说，自己一马当先走了出去，毕竟从灵活性和体能来说，还是他占优。

李欧沿着这条直直的甬道，小心翼翼地往前走去，仿佛每踏出一步，都是在做一种赌博。他自来就不喜欢赌，在问题面前，他只会用自己的逻辑去做出判断，而不是随意押在命运上。不过现在这种局面，已经无法选择。

这条甬道很长，是一直通到石塔的底部中央，也就是整个湖水的半径长度。李欧和云空一前一后走了大概有一百多米，才来到了中央。这时候，甬道往旁边一拐，就往下行了。地面上露出一截楼梯台阶，粗糙简陋，是依据地形粗略开凿的。

看到台阶，就可以确认这里有人工痕迹了，而且李欧还发现了墙壁上每隔一段距离，就有一个简陋的灯台，里面还残留着一些油脂和灯芯。

李欧拿出火机，试着点燃，由于湿气很重，绳头伴随着噼噼啪啪的响声，烧了好一会儿，才跳出一束微弱的火苗，一点一点地长大变亮起来。

云空走了过来，看着这星星之火，说道："一两千年过去了，这灯还能点燃，让人心里宽慰了些。"

李欧点了点头，往后瞅了一眼，见那个特工跟在十来米开外，像个幽灵一样飘了过来。

李欧继续往下走去，楼梯呈螺旋形往下延伸，沿途果然出现了一些窗口，都是在石壁上粗略凿出的，看来这修路人一点也不讲究。

李欧不断点亮灯台，那昏黄的光线从窗口透出去，让石塔渐渐有了生气。

对讲机响了起来，是陈九里的声音："不错，我看你们是点亮了灯台，是吧，不要急，兄弟们，走稳了啊，安全第一。"

李欧唾了一口，继续顺着这螺旋楼梯，慢慢前进。

石塔内部也早已被水流侵蚀，墙壁上不断有水流淌下来，一人多高的甬道顶上，悬挂着无数个石钟乳。看起来像是野兽的獠牙，闪烁着青光，似乎会在某个时刻猛然合拢，把几人咬成碎肉。

这种惊悚的感觉像心电图一样，伴随着李欧的步伐，忽高忽低地缠绕着他。他忽然想起了，在非洲部落的时候，叛军为了筹措军饷，让李欧所在的小分队去海崖边的一处古墓寻宝。那是个月黑风高之夜，他进入了一个地下洞穴，那里躺着很多白骨，有的身首异处，有的死相狰狞，每走一步都面临着死亡的考验,他的恐惧几乎达到了极限。黑暗中,他甚至产生了幻觉,就在叛军打开墓门的时候,他看见了那个心底最可怕的恶魔,向他走来,眼前一黑就失去了知觉。

李欧使劲摇了摇头,切断记忆的涌现。自责不该想起那恐怖的经历,忙自言自语地说,这里算不上什么,太小儿科了。

每走个十几二十米,就会出现一个平台,李欧也正好在此等候,等云空过来了再继续前进。

而此时塔外面的湖边上,氛围在悄然改变。

唐汋使劲地瞪着唐钺,她发现现在怎么看也无法看清唐钺的脸。

"为什么?你一直在欺骗大家,欺骗父亲,欺骗我。"她愤怒地说,"你说武馆的未来需要改变,我相信你的能力,但我不知道你选择了这样的路。"

"小汋,你别激动。"唐钺不得不看着她,她的眼神像要吞人一般,"我们要跳出自己的思维定式,陈博士是个学者,他是地理学方面的权威,他一直试图与父亲合作,但都被拒之门外,这不是一个包容友好的武馆的行为。"

"你知道父亲在医院给我说过什么吗?"唐汋说道,"他告诉我,无论如何要阻止这群人进入玉莲渊,因为玉莲渊对我们是个未知数,它关乎到蜀地的安危,就好比一枚定时炸弹,如果控制在我们手里,还有破解的希望,如果交到敌人的手里,那只会造成更大的灾难。"

"一派胡言!"唐钺怒道,"这老头成天想些啥啊?什么定时炸弹,什么蜀地安危,他以为自己是谁啊,救世主吗!可笑,他就是一个自私自利,守着一破武馆的过时货!"

"你说啥,你再说一遍!"唐汋质问道。

陈九里嘿嘿一笑,说道:"大家别激动啊。我也不隐瞒,我们之所以对玉莲渊这么好奇,只是因为它是地球上极其少见的地质奇观。它的成因、它的运行方式、它的特性都还是个谜,所以不管它有什么风险,都值得科学研究。我们不外乎是希望和武馆合作,找到玉莲渊,并展开研究,并且我们还希望在这里投资建造实验室，把成果贡献给全人类。"

"你是说，你们是开拓者，是先驱咯。"贝尔勒冒出一句，"那谋害老爷子也算是科学精神吗？"

这家伙看似单纯，却一针见血，一句话就问得别人哑口无言。

而唐沏经他提醒，这才以一种颇具压迫感的语气朝唐钺问道："我问你，谋杀父亲的计划，你参与了没有？"

"我、我当时在峨眉啊。再说警方不是查明是张副馆长下的手吗？"唐钺的神色有一丝不易察觉的变化。

"瞒得过外人，还瞒得过我们吗？"唐沏怒道，"你们想杀害我父亲，又嫁祸给张副馆长，太卑鄙了！"

"你这哪儿听来的说法，荒唐。"唐钺不屑地说。

"你们的如意算盘打得再好，可惜父亲命大，你们的阴谋失败了。我再问你一次，你到底参与了没有！"唐沏怒吼道。

唐钺不说话了。对于特务组织来说，这的确是一次失败的行动。本来老爷子一死，再嫁祸张郭仪，一切都是天衣无缝。

"你说啊！"唐沏逼问道。

"好了好了。"琳达插了个嘴，"都到这份上了，大家都开门见山吧。你哥做事是有魄力的，有时候亲情并非你想象的那么美好，反而是道枷锁呀。"

"畜生，你这个畜生！"唐沏只感到一股怒火自胸中蹿起，烧得她脑袋煳成一团，她朝唐钺冲了过去，现在的她只有一个想法，就是手刃这群混蛋。即使自己的手被锁住了，还有脚，脚不行那就用牙咬，用头撞！

枪托重重地敲在她的后脖子上，唐沏眼前一黑，伴随着惯性一头栽了下去……

李欧几人走了许久，还是这千篇一律的楼道，并没有什么异常，李欧意识到这里似乎根本就没有什么机关。就从这建造特点来看，除了灯台，也没有什么雕刻、壁画之类，简陋得太不正常了。如果建造者如此不用心，又怎么会去设计更加复杂的杀人机关呢？

不过仍旧不可大意，就怕那设计者不按套路出牌。

走了不知道多久，石塔外部可见从上到下的窗户都透出了黄光，应该是快要到底了。

后头那个特工正在用英语向陈九里报告："博士，我们看来快到底部了，目前一切正常。"

话音刚落，李欧就发现前方黑暗中有个活动的东西在闪光。

"云空！"李欧大喊一声，提醒后面的人立即警戒。

云空一听转头就撤，跑了几步绷直了绳索。他察觉到绳子在上下微微摆动，过了一会儿便停止了，绳子的拉力似乎忽然消失了。

云空用力一拉，绳子竟然被他毫不费力地拉了回来。

"李欧！你没事吧！"云空察觉到不妙，忙大声呼喊。前方却没有任何回音，只有一条空荡荡的绳头出现在眼前。

云空大惊失色，忙朝身后的特工求救。

Big G用蹩脚的中文朝对讲机里呼唤着："李欧，收到回答，李欧，收到回答！"

没有任何回音。前方到底发生了什么？一时间情况变得异常紧急。未知的恐怖笼罩着每一个人，谁也不敢贸然前进。

陈九里收到报告，立马做出指示："Big G，迅速前进查明原因！"

虽然特工不希望白白送命，但老大的命令也不能不从。于是硬着头皮，走到云空身旁，用枪口抵着云空的后背，吆喝着他一同前去查看。

两人一前一后紧挨着往下行走，每一步都走得异常艰难。云空战战兢兢地，也不知道哪根筋短路了，这时候聊起了家常："兄弟，你、你叫什么名字，我看你，看你不像美国人……"

那人没理会云空，只是推推搡搡，让云空快走。但和尚的脚都在打战了，嘴里还依旧啰唆："你该是欧洲人，我猜是英国的，我有个亲戚也在英国，他是大学老师，教生物学的，哦你知道吗，他也信佛教的，哎，你知道这人啊，总是面临生与死的问题……"

"Fuck you! Shut up!"特工怒骂了一句,看这和尚吓得语无伦次,是个不中用的家伙,于是把云空往身后一撂,自己走到前面去了。

又缓行了数米,前方的路似乎忽然变宽了。Big G察觉到了这点,忙用手电光四处照射,忽然,眼角余光扫到有个东西在闪烁着亮光,心中一惊,下意识地抬起了枪口。

只见眼前黑影一闪,脖子被什么东西一勒,还来不及惨叫一声就失去了知觉。

石塔里,一种诡异的氛围蔓延开来,随后是一片死寂……

湖边的陈九里神情严肃,不断朝对讲机里呼叫着:"Big G,回话!Big G,回话!""云空,回话!云空,回话!"

呼喊了几遍,依然毫无回音。

陈九里几人脸色大变,看来先遣队遭遇不测,目前事态紧急,必须尽快救援。

"用射绳枪!"陈九里喊道。

大块头欧文"嗯"了一声,从背包里取出一套黑色的装备,那是一种锚钩发射器,是根据空气动力学原理,利用绳枪下部气瓶的高压空气做动力,将枪口的锚钩弹射到远处,专门用于户外攀登。

欧文走到湖边上,瞄准了几十米远的石塔窗口,只听"噗"的一声,锚钩向上方高速射去,正好穿进窗口,再一拉,就稳稳地卡在岩石上了。

接着,欧文拿出地钉,在湖边锤击几下,固死在泥石中,再将绳索绷直,锁进地钉的锁口上,把一个自动升降器安装到绳索上,这样人就可以沿着绳索逆行向上。

欧文回头向陈九里示意安装完毕,余光扫了扫在场的几人。唐沏昏迷不醒,贝尔勒呆坐在地上不知道在想些什么。

这时,唐钺不等陈九里做决定,已经迈步走向了绳索。

"我去检查一下!"他打开肩灯,双手抓住了上升器的把手。

"千万小心!"陈九里知道他的身手,他是最好的人选,但也是最不能出事的选手。

唐钺已经沿着绳索滑了出去，这种上升器是用电池的，功率不高，搭载一个壮硕的成人，动起来并不快，但这也比直接走李欧的老路要省事很多。现在事态紧急，只能迅速进入塔里调查了。

不多时唐钺就到了石塔窗口，他悬挂在窗口仔细观察了一下，这才翻身一跃，跨进了石塔。从他这个位置，离最下面出事的地方还有个二十几米的路程。

唐钺手上握着峨眉柳叶短剑，这武器他用着得心应手。

唐钺一边谨慎前行，一边用对讲机呼叫李欧、云空等人，都不见回应。甚至是对讲机的回响也没有听见，好像整个消失了一样，不由得有些心慌。

这二十几米感觉像是走了个五公里，唐钺虽然骁勇，但面对这未知的敌人，也是难以镇定自若。前面的道路渐渐变宽了，在弧线楼道的尽头，似乎有一个较大的空间。

唐钺握紧了手上的短剑，双眼凝视前方，耳朵认真聆听每一个细微的声响，他听见了水滴落的声音，听见了呼吸声在楼道里的回响。

忽然一个人影骤然出现，血肉模糊的一张脸，张开的嘴吐着血红的舌头，伸着手臂朝他猛扑过来。

如果是普通人，早就吓得灵魂出窍了，但唐钺毕竟不是普通角色，他的身子反射般往后一弹，同时利剑一推，稳稳地扎入了那家伙的胸膛，让他停止了行动。

聚睛一看，这家伙正是Big G，已经断了气，脖子上有道明显的勒痕。

唐钺倒抽了一口冷气，正想拔剑退离，忽听后背有突袭风声，头一埋，身一侧，眼睛余光瞄见有人正从背后偷袭，幸好自己反应敏捷躲过一劫。

刹那间，又扭身侧踢，正好踢中来人小腹，令其弹到对面墙壁上。

唐钺行动密不透风，立即执剑进击，直取要害，可那人手一抬，用黑乎乎的东西挡住了唐钺的袭击。只听当的一声，铁碰铁，击出火花。

两人稍一分开，唐钺正要攻，却听那人喊了一声：唐钺！

他愣了一下，就着肩灯的光亮，这才看清那人正是云空，手里端着的却是Big G带的冲锋枪。

"怎么回事！"唐钺厉声问道。

云空冷笑了一声，说："不送他下地狱，我们也脱不了身。"

原来，之前李欧和云空在途中就暗自商量对策，在下楼梯的时候，每经过一个平台，两人就会一次面，然后就趁机串上几句，把反击计划搞好了。

李欧来到最下面的楼道时，发现前面有闪光，本来是吓了一跳，但仔细一看，才发现前面其实是有堵石钟乳组成的墙，而一些水流正在流动，在不规则的形体上产生的反光看起来就像是某种带着光芒的活物。而那些石钟乳后面，还藏着一扇石门。

李欧拿起对讲机想告知云空，却发现对讲机无法沟通，已经失灵了，似乎是受到了某种干扰。于是灵机一动，忙提醒云空开始行动。他解开绳索，让云空演出惊慌失措的一幕，引诱特工下来调查。

这时，云空再装出一副被吓得语无伦次、失魂落魄的样子，让特工放松警惕，把他撂在后面。等到了石钟乳门前，特工自然也会被亮光惊吓，然后云空从背后突然袭击，用绳索勒住脖子，李欧则趁机夺枪，重击其脑门，结果了他。

这两人在关键时候，配合得也算是默契。

这些细节云空并没有详细说给唐钺听，只是说两人配合打倒了特工，但还是没办法打过唐钺。

唐钺回头一看，忙问李欧去哪里了，是否已经进门了。

云空站了起来，对唐钺说道："不管你有什么目的和打算，我想现在都不应该去干扰李欧。"

"什么意思？"唐钺问他。

"门后面就是玉莲渊的秘密所在，其实也不是什么秘密，只不过，对李欧来说，这是属于他的世界。"云空说道，"我们都知道李欧的特质，这一切看来还是要通过他才会有意义，现在谁也不该去打扰他。"

唐钺此时跟云空是敌对状态，哪有工夫去听他说的废话，回身跨过Big G的尸体，就直往那丛石钟乳走去。

那堆石钟乳下面有一个缝隙，正好可供人通过，而那石门半掩着，里面有亮光透出。

唐钺推开石门，光芒闪耀，眼前的一幕让他目瞪口呆，竟惊得他不知所措……

第四十三章

全面激战

湖边，几人焦急等候着石塔里面的消息。

贝尔勒呆了半天，这时候"哎"了一声，朝陈九里走去。欧文立刻上前一步，枪口对准了他。

"陈博士，我想来想去，觉得自己还是太贪心了。"贝尔勒对陈说道，"这样吧，遇见宝藏，咱们四六分，哦，你六，我四，怎么样。"

陈九里抬眼看了一眼这小子，似乎是觉得这么一个小白脸法国佬，能耍什么花招。

"那么三七分，可以吧。我说过，我是比较享受探险的乐趣的，但中国话讲贼不走空，多少还得留点纪念品吧。至于唐沏他们，已经是你的囚徒了，就不参与咱们的协议了啊。"贝尔勒怪笑道。

"别忘了，你的手也被铐着。"一旁的琳达冷笑道。

贝尔勒出人意料地把恢复自由的手从身后拿了出来，竟然已经解锁了。欧文立刻推枪直指贝尔勒下巴，小贝自觉地举起了手。

"我们家古堡的门特别多，我从小就喜欢练手，所以这个手铐太像玩具啦。"贝尔勒嘿嘿一笑，刚才他在发呆的时候手可没闲着，袖子里藏的开锁钩针发挥了作用。

"别耍花招！"欧文叫嚣着。

贝尔勒苦着脸说道："我也是诚心谈话的，美法两国是永远的合作伙伴，法国人也不是吃素的啊。况且我这里有重要情报。"

琳达扑哧一笑："帅哥，你也有情报啊，你是说你的户外用品店要出新品了吗？"

贝尔勒正色道："之前的开明墓你们都看见了吧，地面塌陷的地方本是开明王棺材所在，坑道里石钟乳挺多的，使棺材没有马上掉下去，我们在危急之中开启了棺材，拿到了一件重要的东西。"

"什么东西？"陈九里走了过来，他之前就发现古墓里面的棺材不见了，疑惑不解。

"一块龟甲。带铭文的龟甲。"贝尔勒说道，现在不得不抛出点干货，不然没人听他讲话。

"拿来我看看。"

"在李欧身上，这小子可精了，就不肯给别人。"

"上面有些什么东西？"

"云空解读了一下，大概是说，这个石塔是天然的宝库，里面可以存放最宝贵的神器。另外，你看到那边那个佛像了吧，那是燃灯古佛，他面朝石塔，目的是什么，就是守护那里面的宝藏呗。我看啊，李欧他们遇到的麻烦，可能就是佛陀在施法了啊，哈哈。"贝尔勒一通胡言乱语，竟也说得有模有样。

"那你的意思是什么？"陈九里眯着眼睛。

"让我进石塔，把事情弄清楚，再拿回龟甲。"贝尔勒认真地说。

陈九里拿起对讲机："呼叫唐钺，情况怎么样。"对讲机里传来杂音，就是听不到回复。看来，唐钺也遇到麻烦了。

陈九里不禁冷笑，就目前这个局面，连唐钺都生死未卜，贝尔勒这样的"水货"进去就等于是送死。不过，现在弄不清里面的状况，也是没辙，再让人进去恐怕没人敢接这活，这贝尔勒不怕死又何必阻拦他。

"去吧，英雄，希望你能找到宝藏，咱们美法两国从来是朋友，合作愉快嘛。"陈九里套话说得响亮，手一挥，让欧文带着贝尔勒去了升降器那边。

小贝搭上上升器，回头说道："那就等我的好消息。"说完启动上升器，往石塔滑去。

这时，唐沏苏醒了过来，看着贝尔勒的身影，忙大喊："贝尔勒！你干什么啊！"

小贝朝她做了个飞吻，说道："女侠，别忘了推广咱峨眉功夫鞋啊。"

唐沏眼睁睁看着贝尔勒进入了石塔，不知道他究竟怎么想的，除了贝尔勒要设计新产品的时候和她有过一些交流，她对他其实知之甚少。平时，贝尔勒总是乐天派一个，阳光、爽朗，充满自信，但他内心的故事从未向她透露过。

事到如今，外面只剩唐沏一个人，她要如何面对这几个家伙，或许只能拼死一搏了。

唐沏站起来，朝几人走了过去。

琳达抄着手站在她的面前挡住了她，四目相对。

"小沏，你又想做什么。"琳达盯着她。

"女人，如果你不是废物一个，就和我单挑！"唐沏冷冷说道。

琳达冷笑一声，媚眼如丝，"你是想和我比试一下，还是想教训我一下呢？"

"你敢吗？"唐沏怒目而视，一个只会蛊惑男人的花瓶，一碰就碎。

谁知琳达竟说出"未尝不可"，示意欧文解开唐沏的手铐。

欧文嘿嘿笑了一声，似乎并没有觉得有什么不妥，反而还挺有兴致。

于是拿出钥匙，打开唐沏的手铐。对琳达说道："霹雳娇娃对战，该往哪边下注呢？"

唐沏揉了揉发疼的手腕，心想机会难得，这一次一定要全面击溃敌人。

顷刻间，已经跨步出击，以迅雷之势冲向了琳达。

跃起，空中一掌拍向琳达脑门，一旦击中，不死也站不起来了。

可让唐沏没料到的是，琳达身子像忽然失去了重量，一歪一倒，躲过了唐沏的飞掌。接着琳达在半空身子打旋，使出一记旋空踢，直取唐沏下肋。

唐沩没有思想准备，只能硬用手臂去接招，只听啪的一声，被一股力道推了回去，唐沩迅速调整身姿站稳脚跟，只觉得手臂被踢得生疼。心里怒中带疑，没想到这个女人是个隐藏的高手。

"和你哥在一起，没有两把刷子怎么行？"琳达改变姿势，双手握拳，摆出格斗的造型。

"你受过训练？"唐沩有些诧异。

"健身课程，仅是一点防身之术。"琳达没义务给她答案，只是浅笑了一声，她也早看唐沩不顺眼，干脆干上一架。

既然对方不是菜鸟，唐沩也不得冷静下来认真对待，摆出架势，使出峨眉玉女派的看家拳法，向琳达展开进攻……

另一头，石塔内部。唐钺站在石门旁边，看着眼前的景象发愣。

这里是石塔最下层空间，正好处于那个石钟乳莲花上方。空间足有三十平见方，这里寒光闪耀，镜像万千，洞壁犹如钻石切面，反射着火彩。

而那些无数个平整的镜面却并非人工打造的玻璃，而是水晶一般的存在。两米多高的洞顶上，镶嵌有无数块璀璨的水晶、玉石和稀有的宝石，犹如万千繁星，在灯光中熠熠生辉，美不胜收。

唐钺当时第一眼就认为这是一个巨大的水晶石内部，但仔细一看又否定了自己的想法。

那些镜面之间，流动着无数条细微水流，而"水晶"的质地和外面的钟乳石一样，只是更加光滑，更加平整，好像被某种利器切削了一样完美。但他不敢相信，世上还有什么工具，可以把这些钟乳石打磨到水晶的镜面状。

而在这镜面石钟乳中央，有一个圆形石台，台上坐着一人，正是李欧。

他盘膝端坐，双手触地，闭目凝神，像是石化了一般。

唐钺往前走了一步，想要问李欧。这时云空在身后唤道："别过去，他的感应开始了。"

在进入石塔之前，人们有无数个猜想，到底石塔里藏着什么秘密，是如山的宝藏，还是一座古墓，或者是什么佛家的藏经处，或者有什么诡异的控制台……

但最终，这些想法都不成立，这里仅仅有一个地质奇观，一个钟乳石水晶洞，一个看起来超现代，但又来自远古的奇特房间，其他空无一物。

经书中提到的那些情况似乎和现实对不上号，云空也十分不解。难道经书的内容有杜撰的成分？

刚到水晶洞的时候，李欧忽然头脑发涨，一股噪声穿透大脑。这告诉他，这个地方和大慈寺下面一样，属于一个超感应现象的发生点，而和大慈寺不同的是，玉莲渊下面的海眼翻涌，似乎能让这种感应力达到巅峰。

"大地要告诉我什么……"李欧说道，"我必须接受它，获得它的一切信息。"

李欧走上了那个圆台，坐了下来，他用唐沕教给他的禅坐方法，调整呼吸，努力平息自己的内心，让意识主动接触这种感应力。

处于风暴中心，反而获得了平静。

李欧的头疼消失了，他忽然感到自己被一股莫名之力拉进了一个黑洞，意识忽然变得不再属于自己，身体也无法控制。

他感觉自己的意识在一个狭长而无尽头的通道里飞行，速度越来越快，通道的周边展现出各种各样的花纹，又出现了越来越多的支路，他的意识在胡乱地飞行着，进入一个通道，又从另一个通道出来，他一直在飞行，却一直没有找到出口。

就这样经过了很久，李欧也没有苏醒过来……

"这是属于他的世界。我们只有等待。阻止红劫的办法也许就在这里。"云空对唐钺说道，目前，只有李欧能够破解玉莲渊的秘密。

唐钺退了出来，他也不知道如何是好，唯有等待李欧的反应。

红劫这个传言，他本来就嗤之以鼻，那属于千年前的老遗物了，被唐之焕强行带入当下，显得格格不入。他更倾向于陈九里的观念，海眼与超感应者之间发生奇特的超自然现象，他们需要研究这种现象的成因、特质以及可能造成的后果。

而大洪灾预言的真与伪，他始终认为，那不属于现代科学研究的范畴。

这时，却听贝尔勒的声音传了过来，"神父，你还好吗，唐老二呢，在不在！"

云空看了唐钺一眼，喊道："我还好，你怎么进来了。"

贝尔勒说："我来拯救你们啊。李欧怎么样了，前面的路有危险吗？"

"过来吧，暂且安全。"云空回答道。

不一会儿，贝尔勒蹑手蹑脚地来到了水晶房间，他眼睛也瞪圆了，被眼前的景象所震撼。

"靠，这什么，豪华装修的KTV包间？"他的幽默感总是不经意间流露出来，"宝藏呢，在哪里？李冰古迹呢，在哪里？"

"宝藏？从一开始我就不相信有这种东西，你看到了吧，这里空无一物。"云空说道。

"嗨，你这不客观啊，你看洞子顶上的宝石可不少哇，你说要是都挖回去，也是价值连城了！"贝尔勒的眼睛被上面的水晶宝石晃得忽闪忽闪的。

"别忘了感应的条件！"云空着急地要打消他这个念头，"吸纳性极高的宝石对宇宙射线的汇聚作用，促进感应发生。大慈寺下的七星宝石你忘了吗，何况这里布满了浑天二十八星宿，可见这里的重要性。"

"我知道啊，之前景教授也解释了。我只是嘴痒，说说而已。"贝尔勒无奈地笑了笑。

正在这时，却听外面传来一声怪叫，同之前在暗河那里听到的一样，紧接着传来了枪声。

几人迅速跑出去，从窗口往下看去。

只见那海眼的巨大漩涡中，竟然浮起一个黑影，似鱼非鱼，似兽非兽。

那东西竟然在漩涡中斗浪逆行，基本保持了原地不动，激起的浪花足有十几米高，发出轰轰的响声。

它正缓缓朝浅滩移动，岸上的几人成了它的目标。

唐沥与琳达正在过招，本来打得难解难分，经这湖中异响的打扰，有些乱了方寸。而唐沥毕竟武学基础扎实，心弦并未大动，就在琳达分神的刹那，已经跨步上前，鬼魅般地使出一招"雨燕追风"，扫腿一击踢中琳达胸口，让她一个踉跄摔倒在地，哼了一声，差点呕出一口鲜血。

唐沏正要追击，就听一旁冲锋枪响了，出于本能她一个翻滚躲避而去，却发现欧文打的不是她，而是湖里的东西。哒哒哒，子弹的作用微乎其微，反而是激怒了怪物，它怒吼着，加速冲向浅滩。

那家伙忽然摆起巨尾，扫向岸边岩石。砸碎的岩石带着极强的冲击力袭向众人，大家只好纷纷躲避，狼狈不堪。

唐沏行动迅速，已经找到了一块较大的岩石，躲在了后面。琳达、陈九里和特工也各自寻路，以求自保。

那怪物游到岸边，忽地往前一跃，就如巨石一般砸到了岸上。岸边的卤素灯照射到它身上，显出惊悚的一幕。

那是一头长有硕大双角，形状似龙似蛇的巨兽，通体如同鱼鳞一般闪烁着光辉。身形有十几米之长，双眼暗红，虎视眈眈。它有左右两排船桨般的巨鳍，腹部是无数钩爪，在水里可以高速游弋，在陆地也能靠腹部钩爪快速移动，真是一台限量版的杀人机器。

再仔细一看，怪物的侧面鳃部插着一根截断的铁棍，一股股暗红的血水正沿着铁棍往外流着。原来这正是被三位伽蓝使围攻、打退的那只江底巨怪。

唐钺听手下向他描述过那一场战斗，据说惊心动魄，让人叹为观止。

"这、这就是传说中的江底妖龙吗，太吓人了……"云空不得不发出感叹来。

"只是个鱼怪而已，之前已经被伽蓝使打伤了，没想到又跑进这里捣乱，得干掉他。"唐钺目光如炬，如果任由它在下面乱来，会造成不小的麻烦。在巨大的威胁面前，双方有了共同的敌人。

这时，怪物朝着陈九里的岩石堆爬了过去，它似乎对人类已经产生了极深的仇恨，一定要报仇。

它猛地跳了起来，往陈九里身上扑过去。陈博士看似羸弱，行动起来却一点也不慢，他冷静地一个翻滚，避过袭击，同时拔出美军制式的 M17

模块化手枪，砰砰数枪，打在鱼怪的头上。

鱼怪浑身被硬甲包裹，这子弹只是打碎了几片老鳞，等于挠了个痒。

鱼怪咆哮一声，摆起巨尾一扫，一阵沙石冲击，让陈九里慌忙躲避到土坑里面。

那边，欧文换上弹夹，又是一阵扫射，鱼怪经不住密集火力，赶紧往旁边一蹦，又爬向了藏在石堆后面的琳达。

琳达身上并没有什么武器，但她也不会坐以待毙，忙缩小强光手电光圈，朝着水怪的眼睛直射过去。水怪被白光一晃，摇头摆尾，胡乱地撞过去，琳达趁机抽身离去。

"什么玩意儿，谁有办法弄死它？"陈九里朝大家喊道。

欧文扬了扬手中的枪："普通武器效果有限，建议用炸药。"

"怪物行动灵活，我们的C4炸药必须要固定使用，不好使，他娘的，这真是个活阎罗。"陈九里并不赞同。

"除非把炸药装在它身上。"琳达出了个馊主意，瞅了一眼欧文。

"欧文！把炸药挂到它身上的铁管上，或者贴在身上！"陈九里受到启发，忙给大块头下达任务。

欧文朝琳达骂了一声，他知道这个计划风险很大，可是现在也没有其他办法，只能拼死一试。

欧文赶忙取出一块C4塑胶炸药，安装好雷管和控制器，他必须把炸药弄到鱼怪身上去，才能通过手机遥控，激活雷管，引爆炸药。

欧文咬了咬牙，关闭头灯光亮，朝着水怪的侧面悄然接近。

此刻，收拾水怪成了首要目标。琳达和唐沨动作迅速，一边吸引水怪的注意力，一边四处躲藏，把它惹得恼怒异常。

欧文蹑手蹑脚地来到了水怪身旁，见这个家伙根本就不停歇，想要接近都异常困难，一时间不知所措。

大块头忽略了怪物的感知力，那家伙本来就生活在水下阴暗环境，对身边的任何微小动静都很敏感，它忽然一扭头，就发现了欧文。

欧文大吃一惊，水怪张开血盆大口，怒吼一声，一口咬了过去。

欧文慌忙抽身躲避，可自己在速度方面并不见长。怪物的牙齿挂住了他的背部，一合一扯，当即把背包和背后一块皮肉撕了下来。炸药也滚在地上，被怪物碾压在身下。

欧文惨叫一声，一阵翻滚，要是常人早就挂掉半条命了。但他毕竟经受过各种严酷的考验，右手托起MP9，朝着尾随而至的水怪面部就是一阵猛射。

那厮猝不及防，近距离被子弹打了一脸，经不住疼，嘶叫着往旁边一歪，疯狂甩动脑袋。

欧文必须抓住这瞬间的机遇，他强忍剧痛，翻身站立，加速奔跑，顺手一下抄起掉在地上的尼泊尔开山刀。

然后一个飞跃，凌空双手握刀，朝着那厮的脸下部全力一斩。

欧文本来就力量巨大，瞄准的又是怪物铠甲相对薄弱的面颊，只听"喀嚓嚓"一声，水怪面颊鳞甲飞溅开来，被开山刀破开一条大口子。

欧文见行动奏效，没有丝毫犹豫，立刻又要补刀，想扩大伤口。

可那怪物岂能允许被人这样欺凌，头一甩，用硬如钢铁的前颚朝欧文用力一顶，把他顶得飞出老远，重重摔倒在地，当即背过气去。

受伤的水怪疯狂地咆哮着，舞动着鳍，制造出阵阵气流，它在朝四周示威，好像自己无可匹敌。

岸上的几人更加慌乱，寻思着怎么才能摆平这棘手的怪物，看来难度系数真的太大了。

石塔上的唐钺站不住了，再这样耗下去，岸边的几人都要被生吞活剥了。他赶紧握好了绳索升降器，往岸边滑行过来，紧急驰援。

那怪兽听到半空有声音传来，一扭头就发现了正在降落的唐钺，它咆哮一声，张开大嘴迎了过去，想要守株待兔吞了唐钺。

"钺哥小心！"琳达惊呼起来，当即往欧文掉落的MP9冲过去，抄起冲锋枪就往怪兽后背招呼。

唐钺不是等闲之辈，他眼看怪兽大嘴将至，身子猛地一摆一缩，脱离滑翔器，凌空飞起。怪兽嘴一合，只听"铿"的一声，咬了个空。唐钺一个翻滚，双脚正好踏在怪物鼻梁上方，再借力一跃，腾起三米多高，此刻双手竖握峨眉柳叶剑，使出一招"猛龙坠云"，借着重力往下聚力刺去。

凭借着多年习武功底，唐钺知道如何将力量集中在一起，发挥最大杀伤力。只见他像一只金刚钻，一下钻入了怪物脑门。那柳叶剑本就修长尖利，瞬间刺破了怪物额上的鳞甲，顿时血水四溅，怪物惨叫一声摔倒下去。

唐钺颇有经验，知道不能急攻冒进，立刻双脚一蹬，跳离怪兽。那怪物果然硬鳍乱摆，差一点就碰及唐钺，要是再晚一点脱离，恐怕就要被那硬鳍切成肉段。

怪物被这一刺弄得头昏脑涨，它用尽浑身的力气，掀起岸边的岩石块，砸向几人。一时间飞石如雨，让大家只能埋头躲藏。而那怪物也像是喝醉了一般，跌跌撞撞，倒向了海眼漩涡，水花飞溅，它的身子没入漩涡，消失了。

第四十四章
无限镜像

　　而此刻的石塔中央，李欧的意识已经不知飞到哪里去了……

　　一个人孤独地行走在诡异莫名的意识通道里，他怎么也走不出这个意识的迷宫，心中越发地慌乱起来，担心自己会永远漂泊在这无尽通道中。他感到自己上当了，被什么经书、诗句哄骗到这个空无一物的洞穴之中，却掉进了思维的陷阱，难道这辈子就这样了？

　　他想起了在成都的地下迷宫那里，凭着温差的感知，寻找到了正确的路径，难不成在这个意识的迷宫，也要凭什么类似的感应方式？可他无法感知到任何环境的变化，这是个虚空世界，并无实物。

　　李欧胡思乱想起来，想象各种可能性，他一贯认为自己推理能力不俗，但面对这非现实世界似乎失去了作用。

　　意识的水管、潘神的迷宫、游戏世界，或者一个超维度的空间。哦，维度？他忽然想到了一个关于维度的科普，一只蚂蚁在一个平面上，它想从 A 点爬到另一边的 B 点，如果就沿着平面这个二维空间直接爬过去，那就是比较长的距离，但如果把平面卷起来成为一个圆筒状，那 A 点跟 B 点就会靠在一起，蚂蚁要到达目的地不过就一步之遥。

　　科普文章用此说明维度的提升是怎么改变时空关系的。当然，类推到高维度的时候，李欧还是感觉过于烧脑，就没注意细看。

也许自己不需要走那么远呢，说不定出口就在身旁？只是该如何改变这里的维度呢？他干脆坐了下来，寻找更好的办法。

他想起了贝尔勒这家伙，尽管藏着一些心底的小秘密，但和他在一起的时候，的确显得很单纯。"朋友嘛，最关键是要信任。"贝尔勒老是把信任这词挂在嘴边，反而更像是个信仰。

啊，信任，单纯地相信别人，或者说就是认定了什么，自以为世界会按他的想象变化呢，这么唯心的做法，说说就行了。在非洲的时候，信任别人就是对自己的不负责，因为周围一切没有什么值得去托付的。

李欧有自己的经验积累和心得体会，这就是每个人处事态度的不同。

比如，我相信马上就会走出迷宫，我相信前面拐角有个出口，那又能怎样？

李欧表情忽然变得严肃了，他似乎感觉到一种似曾相识的体验。他目视着前方，感觉那里似乎有一个出口。

他站了起来，怀着这个想法，他走了过去，十步、二十步、三十步，旁边有一条岔路，他顿了顿，走进了岔路，又是数十步，前面隐约有什么光亮传来？

"哈，真是出口啊！"李欧都快跳起来了，越走光线越亮。直到他发现自己被一片白光吞没。

眼睛一睁开，世界影像凝固了，他发现自己正坐在那个水晶宫中。

"出来了！"他有些兴奋，忙站了起来，虽然一无所获，但好歹把命捞回来了。现在的目标就是赶紧离开这个坑人的地方。

"云空！在哪呢？"他呼喊着，却无人应答。他走出水晶宫，拿起自己的背包，顺着石塔原路返回。从窗口望下去，河边上只有两盏孤独的卤素灯散出的黄色光晕，一个人影也没有。难不成那些家伙见李欧醒不过来了，干脆先撤退了，反正这里根本不值得再停留。

李欧走出石塔，沿着绳索攀爬到河岸边，孤零零地站在漩涡旁边，不知何去何从。自己应该从古墓道那里出去吗，可那地方的确极难攀登，该如何是好。

"一定还有路出去！"李欧得出这个结论。走到那个佛像岩石旁边，四处观察，果然，在不远的岩壁下面，隐约有一个涵洞。

走到涵洞那里的时候，他笑了，这些人也算留了点良知，给他留了条充气小船。

跳上小船，拿起船桨，他便朝着那洞中的水道划去。好在水流并不湍急，他渐渐有了速度。

划了好一会儿，又遇到拐弯，然后是弯弯曲曲的地下暗河道。

不知过了多久，李欧都快筋疲力尽了，前面总算有了光亮。

"桃花源旅行该结束了，回去好好洗个澡睡一觉！"李欧暗喜，加速划船，从一道裂口划了出去。

外面是宽阔的江水，回头一看，正是凌云山的巨岩。没想到，这个玉莲渊竟然可以直接通往岷江。

江面上空无一物，除了依旧湍急的江水在轰轰作响。李欧收起桨，干脆顺着水流漂流，反正能靠岸就行，到时候打个车回市区休息。

水流带着他加速流去，那个方向，应该会经过乐山大佛的脚下。说到底，这次回川以来，明明是参与有关大佛的任务，却连大佛的正脸都还没瞧过。李欧自嘲了一句，大佛老爷不待见你哦。

正说着，船已经漂至大佛身前水道。李欧抬头望去，心想那大佛的容颜在这个距离看一定极为壮观吧。

可眼前的一幕让他彻底呆在了原地，惊得无法言语。

那原本巍峨雄伟的乐山大佛整个身子都不见了，居然只剩一个脑袋悬在半空。不对，那佛头是刚刚破岩凿出的，外面横七竖八地打好了建筑脚手架，绳索、木板、起降架、滑轮到处都是，一大群人正在支架上面忙碌着，有的运送物料，有的锤击凿像，有的拉线测量。那岩壁上只听得一阵叮叮咚咚，不断有石块从上方掉落下来。

这，这就是个巨像修建工地啊，那大佛怎么回事，被人炸毁了，重建了？

也不对，李欧极目远眺，那些工人们衣着简朴，头有发髻，竟然都是古人装扮，那些建佛凿像的工具，也都是古代的用具。李欧大惑不解，这难道是乐山大佛建造之初的情景，难道自己已经穿越时空，回到了过去？

李欧无法接受这个事实，他希望这只是一场梦而已，他捶打自己，扯自己、掐自己，疼痛却异常真实。他只得继续划桨，往大佛岸边靠过去。

这时候，凌云山巨岩下面的工棚里，走出两个人来，他们抬头看着那佛头，不时交谈几句。

李欧呆住了，其中一人身姿挺拔，头戴幞头纱帽，身着圆领袍衫，目光炯炯，面相俊朗，左手端一铺纸木板，右手拿着竹笔，一边指示着佛头，一边向另一人做着解释。

另一人，身着灰色僧袍，戴八角僧帽，长须浓眉，清癯纤瘦，胸前挂一串紫檀佛珠，正仔细地听他讲话。

李欧不傻，立即就猜出那僧人正是乐山大佛项目的发起人海通法师，而另外那人，看样子是个工程师，应该就是李沐不假。

这一瞬间看见了两位先人，李欧既兴奋又恐慌，都不知道该不该过去打声招呼。

船越靠越近，到了岸边，李欧急忙提步上前，渐渐听见两人的对话。

李沐说："按烧火凿石的古法，可以加快工程进度，只不过难以掌握力道，若有出入，则易损形体之圆滑。"

海通法师点点头："慢工出细活，吾所期之巨像乃世界罕有之精品，虽庞而细腻，不必急攻。"

李沐抚摸着下巴的胡须，又问："薪资筹措可有进展？"

海通答道："上月有洪雅、犍为三帮五会捐赠银款，又联络官府拨款，应能解近渴。先生且全力造像，筹措之事我定当全力以赴。"

李沐向海通鞠了一躬，又道："请大师再行各地，言此工程之伟大，邀达官显贵来此观摩，诸公必为此佛所震撼，如此方可筹措银两，进而招纳匠人共图大业。"

李欧想难得好机会，正好可以询问一下李沐藏下了什么样的秘密，于是走上前去，朝海通法师喊了一声："你好啊，海通大师！"

可对方似乎当他不存在一样，抬头望向佛头，若有所思。

李欧又往前走了几步，想再喊他一声。忽然，身边一工匠带着铁凿子疾奔过来，不小心撞上了李欧，将他带着往侧后方一倒，失去了平衡，一下子掉进了江水里。

　　"扑通"一声，李欧眼前一片混沌，他挣扎着，好不容易从水下爬了上来。

　　眼前不知怎么地忽然变了样，什么大佛、凌云山、工匠统统不见了，他居然正坐在玉莲渊的石塔晶水宫里，回到了原点。

　　李欧不禁大喊了一声，被这奇异的事情弄得惊讶莫名。

　　时空，又变化了？我居然回来了，这是什么意思啊？

　　李欧赶忙离开水晶宫，还是一样的石塔，从窗口望出去，岸边上依然空无一人。李欧心急火燎，赶紧走出石塔，从岩壁攀登下来，走到河滩上面，朝佛像跑过去，有了上次的经验，一眼就望见了那个涵洞。

　　果然，小船还在里面。李欧登上小船，奋力划桨，沿着暗河漂流，不久，他便看见了那个泛着白光的裂口。

　　李欧穿出裂口，眼睛渐渐适应强光，发现自己正站在雨中的街道上面，回头一看，那洞口根本不存在，他浑身都惊得颤抖，这是怎么回事，梦境吗？可为什么所有的感官，都是那么真实，自己的思维也依然可控，这到底是怎么了？

　　正想着，对面的一间诊所里出来了几个人，先是两个警察，后面又跟着两个警察，押解着一名穿白衬衫的男子。

　　李欧忽然认出了这个地方，这个他难以启齿一直不肯告人的地方。而那个白衣男子正是他本人。

　　我看见了我的过去？

　　门前忽然跑过来一群人，他们手里拿着一些包装盒和药品之类的东西，把那个李欧团团围住。

　　"你个狗日的，搞传销骗我们，啥子高僧秘药，骗鬼哟，把老子们的钱还回来！"

　　"我妈好不容易积攒的钱都让你们这帮畜生给骗走了，你让她怎么活啊！"

"还钱！不还弄死你狗日的！"

群众的愤怒让警察也很难阻止，只能一边说着等法律制裁的话，一边拉扯着李欧出去。

那些人追在后面，把那些药物盒子朝他身上砸去。那盒子上还有几个字"峨眉秘传养生金丹"。

这边的李欧闭上了眼睛，这一幕让他心如刀割，这是他最不想回忆的经历。

"李欧，你误会了，公司被人诬告了，你要相信我。"那个熟悉的声音穿透了他的身体，他睁开了眼，面前站着的是曾经的恋人黄勤。

"黄勤！你，你还敢站在我面前说这些！"李欧几年未见她的脸，那张被名贵化妆品精心修饰的脸，刚开始他很喜欢，后来他只觉得厌恶。

"你别激动，过段时间就好了，我爸说了你是他最看重的人，不出一年半载，你会得到不敢想象的财富。"她缓缓伸出手来，要去触摸他的面孔。

"滚吧！"李欧不客气地拍掉她的手，"当时我和你一刀两断，现在我也会！"

女人显出很委屈的表情，"可我对你的感情是真的啊，你是个优秀的导游，我是仰慕你……"

"住口！"李欧愤怒地打断她，"你们这些歹毒的传销分子，根本就没有底线，根本就不值得半点信任！"

女人脸上浮出诡异的笑来，"所以你就参加了什么反传销组织，大义凛然的样子，到处去破坏别人的好事？"

李欧怒目而视，"好事？如果这世上能少一些骗局，就没有那么多怨恨了！"

女人哈哈大笑着，转身离开了："你还真当自己是个英雄啊，你不过是想发泄对我的怨恨罢了……"

李欧心中五味杂陈，他忽然明白了，他记忆深处的东西正在以某种超越梦境的方式向他展现。

可这一切到底有什么意义，到底要让他做什么啊！

他闭上眼，希望能尽快醒来。

再睁开眼的时候，他站在了一个房间的门口，房间里四个人围在桌子面前，桌上铺满了一堆资料。其中有一人正是他自己。

"白小雨，你说说看，对方是胆小怯懦的人，你咋个做？"国字脸，梳着偏分头的男人，嗓音浑厚，讲重庆话。

那个李欧身旁的短发女孩认真地点点头，说道："胆小怯懦的人，要从法律程度或者官方出面劝导，可以加上视频、新闻等媒体信息辅助。"

"那赌徒心理的人呢？"

"那就要强调对比、损失、概率。"

"好奇心重的人你怎么做？"

"嗯，可以用赚钱分钱内幕去做引导。"

"大老粗、脾气暴躁的，对别人总是习惯居高临下的怎样？"

"这种人需要适当吹捧，给足了面子后面的话才能听进去。"

国字脸微微点头，又转头问另一边的男人，那人岁数有三十好几了，衣衫不整，不修边幅，就像是那种急于谋个生计，但又无能为力的角色。

"老张，一个熟人陷入传销，家里人劝说他，油盐不进，那你要咋个才能和他交流？"国字脸提出另一个问题。

那男人"哦"了一声，眨巴眼睛想了一下，回答道："我遇到过啊，很犟的，谁的话都不听。那就要引诱他交流了。比如我会体现出我的欲望，我的需求，比如说'听说你最近找到了赚钱的项目'，他说当然有，我就得两眼发光，继续追问，等他说出具体项目，我不会急着去说问题，而是适当地相信一些，否定或者怀疑一些，这样就制造出交流的氛围了……"

"很好。反传销行动，需要斗智斗勇的，基本技巧是需要掌握的，但情况千变万化，你们的知识储备必须不断更新。"国字脸说道。

"我们来分析一下案例。看这个，云联会，网络传销，依托重庆一家互联网公司，以消费全返为幌子，采取拉人头、交纳会费、积分返利等方式引诱人员加入，骗取财物。今年3月份，公司某老总以业务培训为由，叫来达州一位何姓女子，在房间里进行猥亵，何女士找机会逃离时不小心坠楼身亡。"国字脸的目光停在一份简报上。

"狗日的。"桌边的李欧不禁骂了出来,"这天下的骗子跟癌细胞一样,死不完!"

"所以我们的任务很重,加入这个团体,就意味着无止境的斗争,并且还要承担身体伤亡和精神陷落的双重风险。你真的准备好了吗?"他带着疑惑盯着李欧。

"陈主任,我的态度很坚决!"李欧目光如炬。

国字脸看着眼前这个年轻人,他阅人无数,他能察觉到李欧的执着,而这份执着定是来自于切身承受的伤害。他说道:"我相信你的信念,不过,咱们组织不是一个泄愤的工具,也不是弥补悔恨的地方,你要明白,每一个诈骗团伙,都有他们的秘密,你们的任务,就是破解迷局,揭露丑恶,让人们看清真相!"

几人都纷纷点头。

"所以,对于那些传销团伙来说,我们也是他们的癌细胞,慢慢侵蚀,慢慢扩散,最终击溃他们。"陈主任沉沉地说道,话里的力量很坚实。

"陈主任!我记得你的话,你的话让我……"门口的李欧无法自控,他伸出手,呼喊着,走了进去。可眼前忽然黑了下去,一切都消失不见了。

再次见到亮光的时候,他发现自己又坐在那个水晶宫里了。

他有些恼怒了,他跑出石塔,走下河滩,他朝漩涡怒吼:"你到底想要怎样!"

怒吼解决不了问题,等待也不是办法。李欧只得继续乘坐那条小船,离开这里,穿越那道裂口。

白光过后,又将是什么呢?

他看到了在非洲那一幕,为叛军做菜以求生存,那个独眼的老大十分赏识他,给他一个单间住,他在那里计划脱逃,但终究没有成功。

他又看到了自己更年轻的时候,在大学校园里面,和几个好兄弟打赌,看谁能最先要到校花的微信号。

他反复地奔跑在石塔、河滩、涵洞之中,无论走了多少次,无论在自己的记忆画面中做了什么事，这个该死的循环都依然存在。

难道自己会永远经历这样的无尽循环?！那简直比死还痛苦！

李欧站在玉莲渊岸边上，陷入沉思，这迷局真的让人抓狂，唯有冷静才可能寻得出路。

他忽然想起了峨眉山洗象池，法融大师对他说过的话："见缘起则见法，见法则见佛。佛陀的法身，就是诸法的实相，也就是缘起性空，若能知缘起而知一切法虚幻不实，即能见到诸法的空性。"

法融大师还曾用拳头和手掌向他开示，何谓缘起，何谓性空，何谓色，何谓空……

当时李欧根本没听进去，在心底还嘲笑老和尚故弄玄虚，嘲笑佛法就是个高级骗术。可如今，自己身处困境，忽然发现冥冥之中透着某种道理，这才认真回想起法融的一番话来。

想当初佛祖释迦牟尼用了六年时间才顿悟佛法，自己这个庸人是不可能在这一时半会儿就能觉悟的，他知道这是虚妄，但也许可以从这"法"中求得一点方法指引。

什么是虚，什么是实，什么是色，什么是空？

佛说色即是空，空即是色。

李欧琢磨了半天，也是一头雾水。这一切，更像是一场终极的试炼，是藏在玉莲渊里的终极谜题。此前的种种谜题，都在大家的共同努力下，逐一攻克，而现在这个谜题，却只能凭一己之力，想法儿破解。

他似乎听见了某种声音，他站了起来，又再次坐上了那艘小船，往暗河里面漂流。

穿越白光弥漫的裂口，他出现在一片森林之中。

高大的针叶林，棕黄色的泥土湿润柔软，枯叶散发出一阵阵带着某种异香的腐味，风从树林间隙穿越，发出细碎的声响，附近河流的水声依稀可闻。

这里是？李欧忽然想起了什么。果然，前方的灌木丛中，有两人正趴在那里。

他看见了父亲和那个年少的自己。

这是曾经父亲带他打猎的地方，在川西一处藏民的猎场中。

一头雄鹿进入了两人的视野，它时而低头吃东西，时而四处张望，充满警惕性。它的嘴唇白白的像是节日期间涂着颜料，背毛棕色，腹色土黄，个头不算太大该是刚刚成年，头上一对鹿茸是漂亮的树枝状。

"李欧，好机会，仔细瞄准，认真观察，朝头部打。"父亲把机会让给李欧，悄悄把挎包取下来垫在李欧枪筒底下，给他摆好了射击角度。

虽然是对小李欧说的，这边大李欧同样十分感动，他也蹲了下来，就在两人身后几米远的地方。他不敢再前进了，他怕他的干扰破坏了这个"梦境"。

小李欧认真地用瞄准镜去观察着，他握紧了枪身，瞄准镜的十字在鹿头上颤动着，这是他第一次打猎，一切都是那么地刺激、令人兴奋。

"放松，没关系的。"父亲把手搭在他的肩上，让他紧张的内心渐渐安宁下来。

大李欧也屏住了呼吸，他知道后来发生了什么，那鹿会被一头野兽杀掉，而那野兽的出现一直困扰了他多年，直到后来他渐渐忘记了这一幕。

那头鹿似乎有所察觉，向四周张望了一下，开始迈步离开了原来位置，直到隐入了一棵巨大的松树后面。

小李欧焦急地等待它再次出现，但雄鹿却像是消失了一样，不见踪影。父亲忽然皱起了眉头，他低沉地说："鹿似乎感觉到某种危机，可能并不是来自我们。你说鹿死谁手呢？"

小李欧直直地盯着那棵巨松，等待着鹿的出现。大李欧依然还记得当时的想法，在他的想象中，鹿遭遇了一匹饿狼的袭击，而那狼异常恐怖，个头巨大，凶恶无比。

不一会儿，那鹿发出一声闷哼。那树后的草丛在晃动着，忽然，一个影子走了出来。

曾经的他，看见了同想象中一模一样的东西———一匹饿狼，那也成为了他长期的梦魇……

大李欧心跳加速，浑身血液几乎都要沸腾了，他担心会再一次见到那个恶魔。

　　那个影子晃了一晃，显露真容，让他难以置信的是，那根本不是一匹狼！那只是原来那只白唇鹿，它察觉到了人类的威胁，一转身，逃窜去了。

　　小李欧的肩头在颤抖，他的身躯是麻木的，他的指头无法动弹，就这样眼睁睁地，看着这只鹿，或者狼，跑进树丛，消失在视野中。

　　父亲似乎察觉到了什么，抚摸着他的后背，让他渐渐平息下来。

　　大李欧目瞪口呆地站在后面，那个梦魇般的饿狼在这梦境般的时空中，竟然没有出现。这难道说，曾经的所见只是虚影？

　　李欧无法回答自己，就算那个时候，父亲也没有明确地告诉他，那到底是鹿还是狼。他现在想抓紧机会再问一问他，他朝他喊了一声："爸爸！"

　　那人似乎听到了什么，带着疑惑的表情渐渐地转向了他这边。

　　他伸出手去，想要去抓住父亲的胳膊，整个世界就忽然不见了，他只看见前面那永恒的漩涡，在无情旋转。

　　又回到玉莲渊了！

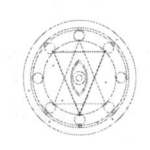

第四十五章

捕风捉影

就在李欧几人在玉莲渊中寻求最终的真相的时候，冯潜这个刑警队长也没歇着，他必须完成他的任务。

天蒙蒙亮，冯潜进入县道，车流减少了许多，冯潜一边查看导航，一边小心地观察路况。

乐山的地形很复杂，中心是一小块的平原，周围是丘陵和山地的混合体，也有落差达到两千米的峡谷地带，金口河大峡谷更是名声在外。

平羌小三峡，又称嘉州小三峡，位于乐山市北郊悦来乡。虽然没有金口河大峡谷那么雄浑霸气，但也幽深壮丽。宋代称为湖襄峡，明代始称平羌三峡。

为什么叫它三峡，是因为这里由犁头峡、背峨峡和平羌峡连贯而成，全长十二公里，峡谷中一条河流迂回蜿蜒，行舟其间，颇有长江三峡的味道。

冯潜车子拐进了山道，地势不断爬升，路上没有一个行人车辆，只剩他在山间弯弯绕绕。

雨势丝毫没有减弱的迹象，云雾遮蔽着高山，路上不时有滚落的巨石。冯潜清楚，这种天气最好别去这些地方，会有遭遇泥石流的危险。但他信奉一条，有价值的东西是需要冒险才能获得的。于是倍加小心地行驶着。

车子总算到达小三峡外的山体，俯瞰下去，见一条江流贴着岩壁蜿蜒前行，在强降雨影响下，水位高涨，波急浪汹，在晨光中的江水竟呈绛红色，一层灰色的雨雾弥漫江上，让它显出几分神秘和几分可怖。

　　接着是几段下坡路，按导航指示，即将到达这里的村子。如果张郭仪来过这里，肯定会经过村子。

　　很快到达村子，冯潜把车停在了一家小卖部外面，穿上深灰色的雨衣，下了车。

　　他在加油站和几家餐馆逐一问话，把张郭仪的照片给对方看，但大家都摇头称并未见过。

　　微信里，手下弟兄们都报告了小三峡几个出入口的布防情况，他们逐一检查了进出车辆，均未发现疑犯。

　　冯潜站在一棵高大的杨树下，点起一支烟，他在揣测张为什么要来这里，他想要做什么？

　　如果要藏匿自己，这里并不是一个合适的地方。

　　村子并不大，主街也就四五百米，走到尽头有两条岔路，一条往山里面去，另一条延伸到江边。

　　岔路旁边有一家面馆，门口停了两辆摩托车，这么早已经在营业了。冯潜望了一望，朝那家面馆走去。

　　这是家普通的面馆，主营臊子面、牛肉面、杂酱面，门面旁还有个卤菜柜，里面挂着红澄澄的乐山甜皮鸭。

　　冯潜拨开塑料挡帘，走进面馆，里面稀稀拉拉仅有两三名顾客，正在吃早餐。

　　"要吃啥子面？"掌柜是个中年女子，习惯性地问了一声，然后低头看着手机。

　　冯潜走到柜台前，看了看墙上贴着的菜谱，"来碗干臊。"

　　"几两？"

　　"二两。"

　　"二两干臊！"女掌柜回头往操作间喊了一声。

冯潜环视了一下，问道："老板最近生意怎么样啊？"

"哎，哪儿来的生意，遇上这鬼雨，落这么大，人都不来耍了。"老板娘实话实说。

"哦，是的，本来我们单位还说组织起过来游玩的，看来是恼火了。"

老板娘鼻子里"嗯"了一声，低头又看手机去了。

冯潜又问道："昨天我一个同事来找老同学，说是住在这哪儿，让我也来玩。但现在不知道咋个的手机也打不通了，你帮我看看有没有见过他。"

说完拿出手机，把张郭仪的照片亮给女人看。

女人扫了一眼，脱口而出："没见过哦。"

冯潜点点头，又补了一句："他开的是灰色的越野车。"

女人顿了一下，像按了暂停键，抬眼道："越野车？啥子牌子的。"

"大众的，途观SUV。"冯潜说仔细了。

女人似乎想起了什么："哦，你说途观我就晓得了，我男人也开的途观，昨天他停车在我这儿吃了面，因为他的车和我男人的一模一样，所以我有点印象。"

冯潜精神一振："哦，你再看看是他吗？"

这次女人才认真地看了看照片，点了点头："对头，是他。"

"他走的时候去哪条路了？"冯潜忙问。

女人往外指了指："哦，走底下那条路。"

"哦，那条路通向哪里？"

"那就是个赶船的路，到码头的，他可能是要到对岸的村子去哦。"女人说道。

这时候面条上来了。冯潜连忙扒了两口，就往自己汽车跑过去了。

汽车拐下了小路，往江边驶去。

道路非常泥泞，轮胎有几次打滑。越是临近江流，越是感到江水的湍急与无情。江边上不少地势低的农舍和菜地都已被淹没。

远远望去，前面一个简易的码头几乎快成孤岛了。码头边停靠着几艘木渔船和三艘小型机动船。竖着的电杆上，挂着一个牌子：游人码头。

到这里来的游客都是要坐一回船的，手摇船游小三峡是这里的特色项目之一。

一个戴着斗笠，穿着黑色雨衣的渔夫，正把渔船重新捆绑在木桩上。

汽车无法再开了，冯潜油门一轰，把车开进高一些的林地。开门下车，走向老人。

"老师傅。"冯潜招呼道："这儿是坐游船的地方吗？"

渔夫一边收拾打渔的物件，一边摇头："停摆了停摆了，这么大的水，鱼也不好打。"

冯潜微微笑道："老师傅，我问一哈，这对岸还有什么地方住人的吗？"

渔夫扶着斗笠，抬头瞅了一眼冯潜，说："少哦，是有几户人家的，基本上也就是旺季办农家乐的，平时很少住人了。你做咋子？"

冯潜这才看见这个渔夫的正脸，饱经风霜的脸上爬满皱纹，一双眼睛神色有些恍惚，岁数看起来有五十多岁。

这人脸色有些蜡黄，冯潜看他似乎是抱病在身。

冯潜道："我想过去找个人，能带我去吗？"

渔夫家急忙摆手："走不了，你还是等天气好点儿再来吧。"

冯潜见状是说不通了，于是递上一支烟，给老师傅点上，又拿出警官证，表明身份，"我在抓一个逃犯，老人家肯帮忙不？"

老师傅略一思忖，就点头道："既然这个样子，我就带你一程，不过有个条件。"

"啥子条件。"冯潜估算着花费。

"你必须把这狗日的逮住哈！"老师傅说完开始解绳索。

两人上了船，船公巧妙地避开湍急江水的牵制，把渔船行入江中。

江水无情拍打着船身，摇摇晃晃的渔船发出咯吱咯吱的响声，冯潜有些紧张地抓着扶手，他真担心这船会忽然散架。

"你具体想去哪儿嘛？"船公问道。

"带我去那些住户待的地方，我再着手调查。"冯潜道。

小船很快驶入平羌小三峡的第一个峡——犁头峡。进入犁头峡第一河湾"大佛沱"，只见两岸重峦叠嶂，延绵起伏，雾气氤氲。临江崖壁上布满了石洞，小如拳头，大如铁锅。

"这些洞是什么？"冯潜问道。

"等下你就明白了。"船公卖了个关子。

不一会儿，在一片陡峭的岩石上，一尊佛像出现在视线中，那是观音菩萨雕像。岩壁石龛上还刻有"芙蓉关江，嘉阳风水"八字楹联。

"这个岩石叫做观音岩，那些石洞，里面都刻着东西的。"船公说道。

冯潜自然明白了，因为雨雾原因，视线不好，先前没有看清楚石洞里的情况，现在再看过去，洞内的那些佛像依稀可辨。

"这和川北的千佛岩有点类似，也是刻在江边岩石上面。"冯潜说道。

"是哦，这平羌小三峡古时候有很多故事的，只不过时间久了渐渐被人忘记了。传说过去行经此地的商船，常常因为水流过深翻船，当地人就在岩石上雕刻了观音菩萨，保佑大家的平安。这些商船经过这里，都要烧香拜上几拜的。"船公说起这里的故事再熟悉不过了。

"有意思，这小三峡以前肯定很有名气。"冯潜不禁联想到古代商船途经此处，香火缭绕的场景。

"李白的诗写得好哦：峨眉山月半轮秋，影入平羌江水流，夜发清溪向三峡，思君不见下渝州。"船公用略带沙哑的嗓音，诵读出李白的诗，加上壮丽的背景，颇有些气势。

"李白的《峨眉山月歌》，千古绝唱，原来平羌江水说的就是这个地方啊。"冯潜看向远处的山峦，有所感悟，这船公说不定是个世外高人呢。

又走了约三四公里，船驶入了背峨峡，此时江面渐宽，水也平缓了许多，对岸青山绿野，竹林瓦屋，阡陌纵横，果然是个上佳的休闲去处。

"从这里进入，就能找到那几户农家了，我可以在这等你。"船公将船渐渐驶向彼岸。

冯潜站了起来，思绪忽然如江水般涌动起来。

唐之焕的指示，伽蓝使的争执，武馆的矛盾，境外组织的涉入，张郭仪的紧急逃离，这一切编织成一张网，看似纷繁复杂，但一定都围绕着同一件事，那就是寻找大佛身后的玉莲渊。

张郭仪素来被称为嘉定武馆的师爷，前往平羌小三峡，定是因为这里有着他必须要去找寻的东西。小三峡底蕴深厚，就刚刚所见只是冰山一角，而且这里和佛似乎有着不可割裂的联系，张的目的也许是和解开大佛的秘密有关。

"等一等，师傅。"冯潜叫住了船公，"这里面有没有和乐山大佛有关的什么事物，古迹什么的？"

船公扶了扶帽檐，"古迹是挺多的，和乐山大佛有关啊……哦，还真有啊，就在前面。"

"是什么地方？"冯潜忙问。

"哦，说得好听，叫做平羌大佛，实际上根本没完工，只有一个佛头的雏形。"船公望着远方说道。

"平羌大佛？"冯潜有所听闻，"有人说是想仿造乐山大佛，结果因某个原因工程停止了。"

"这个就不晓得了。也有可能只是一块岩石长得有点像人头吧，现在人最喜欢逮住一样就巴起说。"船公说道，他的意思是现在不少旅游景区对于神话、历史的附会太多。

"快引我去看看。"冯潜意识到了什么，多年的警察工作，使他养成了较高的职业敏锐度。

船公似乎有些犹豫，但经不住冯潜的再三请求，只好摆动渔船，继续往平羌峡驶去。

冯潜坐的船很快进入平羌峡，这里河道狭窄，山峦复又高耸起来，头顶一片乌蒙蒙的雨雾遮蔽着，让人感到越发压抑。天色虽亮了起来，却也仅能供人分辨得出周围不远处的景象。

冯潜不敢大意，睁大眼睛四处观察，不放过任何可疑事物。

船公见他谨慎，也不多说，只是冯问他的时候才答应一下。

"平羌大佛的由来是什么？"冯潜道。

船公说："有一个传说要听吗？"

"说来听听。"

船公说："相传修建乐山大佛的海通和尚当年路过平羌小三峡啊，见这里水势凶猛，也常有水患，于是动了念头，想在这里也造座大佛，但由于没有给土地神供奉，土地神就不怎么高兴了。就只准许他用一个晚上的时间造佛，以鸡叫为准。哪个晓得海通神通广大，率领弟子们不到一个时辰就把佛头造完了。土地老儿一看慌了神，于是赶紧施法，让这里岩石上的石公鸡活过来，要它提前开叫。这下子，鸡一叫，海通就不得不停工了，所以只造出了一个佛头啊。"

冯潜听罢呵呵一笑，说这传说简直荒谬，最多当小朋友的睡前故事。

"哈哈，对头啊，这儿好多年前就想开发旅游资源，但没有做得起来，你看这传说都听起来哈戳戳的。"船公也嘲笑道。

"不过这个平羌大佛和海通，和乐山大佛之间，不知道是真有联系还是假有联系。"冯潜若有所思。

正说着，船公举起木桨，朝前方山崖指去："喏，那儿就是的。"

前方山崖出现一片巨岩，十分突兀，接近山顶的一处断崖上，出现了一个形如人头的岩石。

冯潜起身远眺，见那岩石上宽下窄，凹凸有致，果然好似人的面庞，只是距离太远看不清楚具体模样。

正观察着这东西有什么特别之处，忽见岩石旁边有光闪烁，阴冷的光晕在岩石上晃动着，显得有些诡异。

冯潜警觉起来，当即判断那是手电筒的光照，有人正在攀登巨岩。

"老师傅我们赶快靠边，注意隐蔽。"冯潜话音一落，船公已经扭转船头，加速划船，让渔船驶入了山崖下面的浅滩，停靠在一棵大树下面。

这里是视线死角，岩石上的人看不见。

冯潜让船公在此等候接应，自己要悄声接近，希望能生擒嫌犯，假如遭遇不测，船公就立即撤离并报警。

说完把一包"玉溪"交给了老人家："老同志，现在你是我最可靠的助手。"

"你尽管去，把那狗日的揪过来！"老师傅推辞了一下，只抽出两根烟，放进口袋里了。

冯潜跳下船，压低身形，蹚水踩泥，穿过河滩边的灌木，往巨岩下面走去。

走到巨岩下面，抬头望去，见这岩石果然壮观，质地似乎和乐山大佛那里差不多，突出的岩体像是一个巨型的印章，浮在山体上面。岩体旁边已经被人打上了岩钉，挂起了一个绳梯。摇曳的光亮从上面传来，果然，一个人正在绳梯上攀爬，一边爬，一边用手电筒照射着岩石的根部，似乎在找寻着什么。

冯潜躲在江边一块巨石后面，小心观察着，见那人身披藏青色雨衣，在上面摆弄了一会儿，又继续往岩石顶上爬去，最后上了顶层，再看不见了。

冯潜犹豫了片刻，还是迅速跟了过去，他拉了拉绳梯，确认稳固，然后悄悄往上爬去。

第四十六章
佛首雏形

冯潜沿着绳梯往上爬了一段，越往上，越能清晰地看到岩石的细节。那岩石果然五官兼具，凹陷的眼窝，挺立的鼻梁，弧线的嘴唇，尽管已经风化得相当厉害，仍能看出绝非自然成形。

来不及细看，冯潜继续爬了上去。到顶的时候，探头望去，见那人正蹲在地上，背对着他，不知在做些什么。

冯潜当机立断，跨过空隙，一脚踏上岩顶，另一只手就伸进雨衣，从腰间摸出了一把92式警用手枪。

大雨稀里哗啦地下着，那个人丝毫没有察觉冯潜的动静。

冯潜悄声走到了那人身后，手枪指住他的后脑。

"别动，警察！"冯潜轻喝一声，那人肩头一抖，手电筒掉在地上，光线来回摇晃着。

"张郭仪，你涉嫌谋杀，举起手，站起来！"冯潜喝道。

那人缓缓站了起来，双手举在头两边，身下是一个小皮箱子，上面用塑料布挡着雨。

嫌犯缓缓转过身来，正对着冯潜，面容也出现在他眼前。

果然，他正是逃跑的张郭仪，圆圆的眼镜上面布满雨滴，乌色的嘴唇因为惊讶而半张着。

"冯队长,你怎么……"张郭仪没有想到,自己的行踪竟然被识破了。

"老张,你可是武馆的老同志啊,没想到你居然会对唐馆长下毒手,让人震惊。"冯潜仔细看着面前的凶手,希望读懂他的每一个表情。

"冯队,如果我说我是清白的,你可能不会相信吧。"张郭仪说道。

"先别说这些,跟我回警局去慢慢说。"冯潜左手伸向腰间,取出准备好的手铐,准备往老张手上铐去。

"现在还不是时候,冯队。"老张说道,身子往后退了半步,"要事在身,我还不能跟你走。"

"这由不得你。"冯潜往前进了一步。

老张却丝毫没有畏惧的神情,反而是嘴角露出一丝不易察觉的笑意。

这时,一个声音从冯潜身后响起,"冯队长,你也别乱动,我这把老枪容易走火。"

冯潜暗自一惊,这声音,没错,是他。

冯潜侧脸往身后看去,只见那个船公不知什么时候已经来到了自己身后,手里还端着一把54式手枪。

"老师傅,你干什么?"轮到冯潜吃惊了。

"我们不是你要找的人,你来错地方了。"船公肯定地说。

"捉拿案犯是我的职责,你们这样子是越走越偏,后果非常严重。"冯潜想要拿出套话。

但船公显然不按他的节奏走,他的枪顶住了冯潜后脑勺,语气重了起来,"别耍花招,把枪放地上!"

冯潜无奈,只好蹲下来,把手枪放在地面,再缓缓站起来。

张郭仪趁机夺过他的92式,现在两把枪对着冯潜,他暗自叫苦,没想到被人摆了一道。

"好了,你是谁,你们的目的是什么?"冯潜举起了手,尴尬地问道。

船公绕到冯潜身前,和张郭仪站在一起,嘿嘿笑了一下,也不隐瞒:"我的名字是李宁天。"

这个名字让他始料未及,"李……李宁天,李欧的父亲?水文勘测局的李教授，你不是……不是……"

船公微微点头，"我就是失踪了，又没死。"

冯潜突然有一连串问题要问，但却问不出口，只得重新打量眼前这个看起来就像个乡野村夫的船公，没想到他伪装得这么好，使得经验老到的自己也没看出异样。

船公忽然咳嗽了几声，身体有疾这点冯潜倒是没看错。

"冯队长，我负责任地告诉你，你要找的凶手另有其人，可以好好说话吗，我们谁也别乱动手。"张郭仪用商谈的口吻说道。

冯潜无奈，枪在别人那里，也就没了主动权，只好点头答应。

两人把枪收了起来，气氛稍微缓和了些。

"解释一下吧。"冯潜说道。

张郭仪看了一眼李宁天，不知道该怎么开口。

李宁天沉着地说："张郭仪不是凶手，只是有人偷走他使用的峨眉刺，模仿他的行为特点，杀害唐之焕，然后嫁祸给他。"

冯潜道："这点我也是想过，但是很多的线索都指向他，他和唐的矛盾大家都晓得。"

"如果解决争吵的方式就是杀人，那这人世间可能早就是地狱了。"李宁天不屑一笑。

冯潜道："所以我有疑虑，才会多想一步，查看了交通监控，跟踪你们到了这里。"

"我和唐之焕共事多年，大家心知肚明，吵归吵，这也是协助他做出决策的方式，没有哪个决策者是完美的。"张郭仪说道。

"那么矛盾的原因到底是什么？"冯潜问道。

张郭仪皱皱眉，说："我想是来自于外部，只是别人手法太高明，把外部矛盾引入内部，造成我们窝里斗，也许对他们才有好处。"

冯潜在仔细思考着。

李宁天接话道："我最近在暗中观察武馆，发现有一伙人跟我一样，也偷偷摸摸的。上次他们想要盗窃武馆的东西，被我搅了乱。"

"你不会是想说那几个搞文化交流的吧。"冯潜盯着李宁天,对这人颇感兴趣。

"正是,那几人接触武馆的真正目的,并非中外武术交流这么简单,他们盯住的是大佛的秘密。"李宁天的嗓音有些沙哑。

"又是所谓的玉莲渊吗?"冯潜哼了一声,"先不管这个地方存不存在。我目前关心的是,为什么他们要对馆长下手。"

"因为馆长成了他们最大的障碍。"张郭仪有些愤懑。

"懂了,只有除掉唐之焕,才可以方便他们在武馆找寻想要的东西。然后又假扮成你的样子,用峨眉刺杀害唐之焕,再顺理成章地嫁祸于人。"冯潜的思路有些清晰了起来。

"差不多。"张郭仪苦笑道,"但这些人如意算盘再好,却没有料到偷袭不成功,唐馆长还活着,并及时提醒了我。"

"看来我的猜测没错,你们两人面上不和,底下却配合得不错。"冯潜确认了自己的判断。

"也幸亏李教授的及时帮助,让我不至于现在坐在警局里面苦苦辩解。"张郭仪看了看李宁天。

李宁天说道:"我也是偶然遇见武馆突发变故,才决定在这紧要关头做点什么。"

冯潜微微点头,基本弄明白了事情的缘由,又转问李宁天,"那么李教授,你身上有太多的疑问,我也想多问一下。"

"恐怕没有太多时间去解释。"李宁天说道,随即咳嗽几声,脸色很差。

"你从哪里过来,又想要做什么?"冯潜不想放过了解真相的机会。

李宁天喘息了几下,才说:"说来话长,我的确是在川西考察的时候遇到麻烦了,不过现在好不容易争取到了一点时间回川中来。目的就是帮助武馆,找到破解灾难的办法。"

"是那个所谓的妖龙苏醒、祸害人间的训示?真搞不懂你们怎么都信这一套。"

"不,那不过是神话的外衣,真相是一个有关蜀地大洪灾的预言。已经有种种迹象表明，这个预言实现的可能性越来越大了。只怕这预言是真的，那将是一场人间浩劫。所以我们必须去求证预言的可能性，假如能找到确证，那我们就必须发出警示，让人们做好避难准备。"李宁天望向远处的江水，他的话让冯潜感到震惊。

冯潜试着理解他的话，但他始终觉得很玄乎，他不想继续为这个话题耗费精神，又问道："你不想和你的儿子重聚吗？他一定非常想念你。"

李宁天长叹了一声，"本来我是想过和他见面，但是，哎，现在看来不是最好的时机。"

"我还是想问为什么。"

"李欧……他做得很好，我相信他会成功的，我现在出现反而会起反作用。"李宁天有些无可奈何，冯潜还想追问，却被截住了。

"好了，冯队长，我们没有时间了，现在要做正事。"

冯潜不知道他们要做什么，只见李宁天拉了张郭仪一把，两人走到皮箱子跟前，蹲下去，张郭仪打着手电，照射到箱子里面的笔记本上面，向他解释着刚才的发现。

"四道一逆、三路两合，这一定是有目的的……"李宁天说着冯潜听不懂的话，他只能呆呆地看着两人。

"这只是表层排水系统，内部渗透系统的运行才是关键……"李宁天嘀咕着。

"总不至于把这个佛头打开吧。"张郭仪道。

"不、不需要，我们找到暗示就行。"李宁天捡起电筒，四下找寻着。

冯潜忍不住问道："嘿，两位专家，你们到底搞哪样？"

李宁天低头说道："这个岩石是个雏形，是当年修筑乐山大佛的大工匠李沐所造，其目的是为修筑大佛进行试验和技术积累。"

"大佛的雏形？"冯潜低下头看着脚下的黄色岩石，高低起伏，早已没了原本的外形。不过经李宁天一解释，他才注意到，岩石上面有许多条纵横交错的沟槽，如同城市交通道路。

"这些槽是什么？"

"对，这就是乐山大佛的精妙之处，这些是排水系统，如果不是这些东西，大佛早就被雨水和淤泥糟蹋了。"李宁天说道，他一边走，一边在怀中笔记本上记着什么，唯恐被雨淋湿。

大雨不停地滴落在岩石顶上，流入那些槽里面，不断汇合、分支、再汇合，最后往四面八方流去，从岩石边流出，掉入悬崖。

"好吧，我相信这个牛逼的佛像能够保存千年是有技术含量的。那你们要做什么？"冯潜的问题不断出现。

"你听过石匠的传说吧，在乐山应该流传很广。"李宁天头也没抬。

"听过一些，怎么开凿大佛，怎么打退水底的怪物。"

"对，传说来源于事实，那个叫石青的工匠，他的真名叫做李沭，他是修筑大佛的总工程师。"李宁天停了下来，看着冯潜。

"当年海通聘用大工匠李沭，不仅是这人能力超群，而且也是李沭自己的选择，他急于把自己推荐给海通，还有一个重要的原因，就是要在修建大佛的时候，藏下他的秘密。"李宁天说到重点了。

"什么秘密，就这些排水的坑道吗？"冯潜摇摇头。

"不，这只是藏密的外在形式。解铃还须系铃人，只有了解李沭自己的手段，我们才能解开大佛的秘密。"

刚说完，张郭仪就朝他喊道："李教授，快来看！"

李宁天走了过去，见佛头靠近岩壁的地方，在水道之中有一些阵列式的孔洞，直径大概钱币大小，有的被泥沙封堵，如果不仔细查看，根本看不出来。

"李教授，这应该就是你要找的渗流孔。"张郭仪说道。

李宁天仔细检查了一番，不断点头："非常好，这些才是内部排水系统的通道口。这是上入口，我们赶紧找到下出口和其他分支口。"

这些说法冯潜闻所未闻，只能看着两人走到悬梯那里，一前一后爬了下去。

两人来到佛头腮帮和下巴脖子的地方，仔细调查那里的岩石。

雨哗啦啦下着，让人看不清周围，江上迷雾又起，笼罩着诡秘的气息。

过了有十来分钟，张郭仪才走了上来，径直走向上入口的位置，朝下面喊道："教授我准备好了！"

只见张郭仪将一根木棍折成数段，削成一样粗细，然后有章法地往那些孔洞里插进去，每插一次就通知下面的李宁天，似乎他也在做着同样的事情。

时间一分一秒地过去，大雨中的岩石上，两人在忙碌，一人在踱步，这古老的石像到底能告诉人们什么。

终于李宁天喊了一嗓子，好了！

冯潜也不知道什么好了，走到张郭仪跟前，见那犹如微型巨石阵的地方，有几股水流忽然从未插棍子的孔里面溢了出来。

"水道逆流，真的做到了。"张郭仪有些兴奋，过一会儿，只听得脚下隐约咕噜咕噜作响，接着李宁天喊道："我佛慈悲，悲天之泣！成功了！"

"悲天之泣？"冯潜没听明白。这时，张郭仪已经跑向了绳梯。

冯潜急忙也跟了过去，随着张郭仪爬下去，李宁天已经站在石像下巴边上的突出石道上，朝石像的脸上看去。

石道非常狭窄，是紧贴石像开凿出来的一条石埂，可能是当年便于建造石像所留，也说明这只是个雏形，因为正式建造大佛的时候是没有这种石道的，靠的全是建筑支架。

两人一前一后，小心翼翼贴着石壁走了过去，到了李宁天那里，正好处于石像的颧骨位置。

从这里往李宁天所指的方向，也就是石像双眼的地方看过去，只见那个巨大的梭形眼窝中，有一缕水流正往下流淌。

出水的位置，正好就是眼角泪腺，远看起来犹如石像无声的哭泣。

"内部水道的阵列一旦按照设定好的方式进行闭合，就能让水流从双目泪腺流出。看来古籍记载的'非雨不得开启'是有道理的，没有这场大雨，大佛的水道系统也无法运行。"李宁天指着那股"佛泪"说道，作为资深水文专家，他的话很有可信度。

"真没想到佛眼还能流泪，那乐山大佛也有这种设计吗？"冯潜有些讶异，感到不可思议。

"应该是的。泪腺也就拳头大小，对于乐山大佛这个庞然大物来说忽略不计，所以几乎没有人发现过。"李宁天说道。

"泪腺里该不会有什么东西吧。"张郭仪对大佛已经十分熟悉，却没想到还有这个设计。

李宁天试着往佛眼位置移动，千年前的石像早已明显风化，黄色的岩层被磨得光滑，那个石埂已到尽头。李宁天开始徒手攀爬，手指扣在岩石的孔槽和缝隙里面，双脚找着力点，试探着往上攀爬。

没有系任何保险绳，太冒险了。但李宁天毕竟久经山野，摸爬滚打不在话下。终于他的双手够着了下眼睑的位置，那里有一条凹槽可以提供支撑。

他缓缓移动着身躯，接近了泪腺的位置。李宁天仔细看去，见那泪腺有碗口大小，上面本来是有封土的，目前封土已经被水流冲开，怪不得乐山大佛在无数次"体检"中都无人发现。

他伸出手来，往泪腺里面探过去，冰凉的水流冲刷着他的手臂，引到他的腋下、身体上、腿上，他不禁打了个哆嗦。

进入一尺多长的距离，他触摸到一个摆动的盘子，再试探了几下，确认是一个木质的圆盘，在浮力的作用下，浮到一定高度，正好能让手臂够到。而那个盘子里还有一截绳索。

李宁天挽到了那截绳索，拉了一下，发现有股力牵着，于是果断往外一扯，绷直的绳子带动了未知的部件，咔嗒响了一声。

下面的张郭仪和冯潜都屏息观望着，这时候只听见佛像头顶上传来卡啦卡啦的声音，像是石头在互相摩擦。

"在石像头顶上，快！"李宁天缩回手来说道。

几人原路返回，重新回到石像头顶。只见石像头部与山壁相接的地方，赫然出现了一个28寸旅行箱大小的方形石窟，石门被外力移动到一旁，却因机关年久失灵，仅抵开了一半。

李宁天和张郭仪十分欣喜，忙赶过去合力搬开石门，里面的情景展现在眼前。

冯潜之前猜测了无数遍，宝藏？遗物？武器？却没想到里面啥也没有，仅有一个石碑。

"上面有字啊！"张郭仪惊喜道，有时候文字比任何宝藏都更珍贵。

石碑乃一花岗岩，保存尚好，上面用刻刀刻下了一些文字，遒劲古朴，从右至左分了几段。

三人把手电光集中起来，往那石刻照去，从头到尾认真研读起来。文字是在记录事情，类似于日志，并没有采用什么艰深的笔法，因此可读性较强，连冯潜都能基本看懂它的意思。

三人一边读一边露出惊讶的神情，读完之后，都感叹不已。

"原来如此，李沭追随海通，竟然有这种执念……"李宁天叹道。

"玉莲渊的确存在，这是我们最终的目的地，我想一切的谜题都会在那里被解开……"张郭仪叹道。

冯潜一言不发，双眉紧蹙，面色凝重，不知在思考什么。

忽然，他趁人不备，从张郭仪腰间夺回手枪，往后一撤，指住了李宁天。

"都别动！游戏该结束了！"冯潜的喊声让两人都僵在了原地。

"冯队长，你这是……"李宁天想要转过身来和他交谈。

"别动，手抱住后脑勺！"冯潜的声音变得严厉。

两人不得不照做了，冯潜趁机夺回张郭仪的手枪，别在皮带里。

"冯队长，石刻的内容你也知道了，这是一个重要的信息，我们必须把它告诉武馆！"张郭仪言辞恳切。

冯潜丝毫不买账，"行动？我不管你们什么拯救大地的剧本写得多好，想要打乐山大佛的主意，没门！"

"我们只是想帮助大家，希望你能理解……"李宁天诚恳地说。

冯潜严厉地说："都跟我回警局，闹剧该收场了！"

张郭仪转过身来，眼里透着一种坚毅的光，"不好意思，冯队，不能因为你的愚昧阻止我们。"

说完向前走了两步。

"停住，我警告你！"冯潜喊道。

张郭仪停住了，却出其不意伸手擒住冯潜的手腕，动作快如飞箭，另一只手迅速拍过来，想要打掉手枪。

可冯潜作为一名警队精英，身手非一般人可比。

他腾出一只手，接下张郭仪的袭击，脚上一个勾踢反攻，张郭仪也变换站位，躲过下盘攻击，手上发力要抢夺枪支。

两人就这样扭打起来了，张郭仪素来是武馆的师爷，靠脑袋吃饭，但功夫上也是很有造诣的，三下两下，就把手枪打落在地，跟上一脚，把枪踢飞，掉进了汹涌的江水。

冯潜发怒了，双手握拳，使出擒拿格斗招数，就向张郭仪招呼过去。

两人一来一回，一分一合，就在这几平方的石像头顶，展开对攻。

李宁天想要插手却没有办法，何况自己抱恙在身，哪有精力去干涉。只得让着两人，以免波及自己。

冯潜瞄准张郭仪的空当，简单利落的一记侧踹，袭向他的腹部，眼看这击力敌千钧，张郭仪会吃个大亏。谁知他身子一旋，用了峨眉拳法的"让"法，就让冯潜的硬攻偏了方向，擦着他的身子滑了过去。

张郭仪使出一招"顺水推舟"，借着冯潜的力道再往前一送，便让他收不住身子，往前倾倒。

冯潜"啊"了一声，无力回天，身子朝着悬崖外面飞了出去。

只听"啪"的一声，手腕被人扣住，身子悬挂在了石像外面。

冯潜低头一看身下那湍急的江水，就算水性再好，掉下去也够受的。

"冯队，咱不是警匪关系，用不着拼个你死我活。"张郭仪拉扯着他，把他拖了上来。

冯潜半蹲在地，喘着粗气，心中不是滋味。

李宁天走过来，对他说："别打了，你打不过张师，看起来你对武馆有怨恨啊，到底怎么回事？"

冯潜努力平复自己的情绪，虽然怒气难平，但经过刚才的一顿"发泄"，心里总归是舒坦了一些。

他叹了口气，说道："张馆长，你见过一个叫孙炼的年轻警察吗？"

"孙炼？"张郭仪有点印象，"哦，你是说去年来武馆处理一起打架事件的那个警察？他好久没出现过了，他怎么了？"

冯潜闭上眼睛，视频监控里的那一幕再次重现。

"他发现了一条盗掘古墓的线索，蹲守了好几天，终于跟上了那几个家伙。其中，就有你们武馆的常驻佛学讲师，云空。"

"云空？不会吧，他一向正直行善，怎么会干出这种事？"张郭仪讶异道。

冯潜有些神经质地笑了起来，说道："孙炼在追踪他们的时候，盗墓用的炸药意外发生爆炸，也可能是有人算计好的，那场爆炸夺走了他的生命，他才22岁……"

张郭仪和李宁天相视一眼，面色凝重，不知说什么好。

"他的父母都在贫苦山区，我见他是个好苗子，就把他带进警队，就像我的亲弟弟一样。他的父母对他寄予厚望，老两口还眼巴巴盼着儿子哪天回家团聚，我到现在也不敢跟他们说……"

"他是个英雄，可惜了……"张郭仪不知说什么好。

"屁话！如果你们不这样穷凶极恶，如果你们不这么贪，这世上不要英雄也罢，警察不要功勋也罢，都不重要！我宁愿是我倒下，也不愿意是他……"冯潜怒视着张郭仪，眼里布满了血丝。

原来，冯潜因孙炼的死，满腔愤恨，渐渐变得偏执。他盯上了云空，再把整个武馆纳入监控范围，找寻着一切蛛丝马迹，后来将云空唐沏寻访李欧的事情，曲解为盗取大佛宝藏的行为，希望借助李欧的辅助，最终端掉这个"隐藏极深"的盗宝集团。

"冯队长，我能理解你的心情。"李宁天蹲了下来，"我也希望那些重担能一个人扛着，让身边的亲人和朋友，都安宁地生活，让他们都岁月静好。但是命运不允许我们这么任性，在它面前，我们都很幼稚。"

冯潜闭上眼睛，不知道有没有听进去。

"我以一名三十几年老党员的身份，向你保证，唐之焕、张郭仪都是有责任有担当的人。张师现在还有要事要办，他必须要离开了。"李宁天一脸严肃地说。

冯潜不置可否，但他明白李宁天的分量，他也十分尊敬他。

张郭仪向李宁天会意地看了一眼，奔跑几步，纵身一跃，跳了出去，像只黑色的鱼鹰一下扎进江中。

冯潜赶忙绕过李宁天，走到岩石边上，往下看去，殷红的江流嘈杂地响着，已经看不见张郭仪的身影，只有汹涌的雾气在漫无目的地飘动。

李宁天走到他的身旁，重重地咳嗽了几声，说道："我还有话要对你说，也许你作为整个迷局的旁观者，是件好事……"

第四十七章

千年迷局

此刻的玉莲渊，时间仿若停止了一般。李欧的意识仍然被困于超维感应空间中，此时，他坐在漩涡旁边，闭目、盘腿、禅坐，犹如坐化的石像一般。

经过数十次的重复，依然无法逃离那个虚影空间。盲目的行动解决不了问题，最后他会在这里绝望而死。

现在能做的，就是冷静下来，认真思索，找到解谜办法。

有人传言玉莲渊中有大地之瞳，是恶魔之眼，也许指的就是这个海眼漩涡。李欧已经切身感受到了，它不仅是一个水体现象，它所蕴藏的东西足够让人恐惧。

天人地合一的共振感应，缺一不可。而这个人，特指的是李欧这样少见的个体，是拥有超越五官感知的极少数人。虽然并不清楚这里面的玄机，但李欧已经能感觉到，自己仿佛是一台超乎想象的接收仪器，只是不知道到底能接收到什么讯号，这些讯号中有哪些是有用的，哪些是无用的，抑或，根本就毫无意义。

宇宙分为很多层级，从微小的基本粒子，到元素，到无机物、有机物，再到风水石和动植物，再到星体，最后到无垠的宇宙。不同层级之间又有很多的相似性，无论是人体还是天体，冥冥之中都有着共通的数理规律。

人通过五官来感知世界，但世界并非仅由五感来定义和构成，五官的感知范围实在狭窄得可怜。超越五感的东西并非不存在。但人这个狭隘的家伙，总以为看不见摸不着的就叫不存在。

比如，山、花、风、鸟这些事物，是因为人们能感知到它们，才得以下了定义，这些属于"真实存在"。

但看不见的电波、磁场、暗物质、黑洞，这些都无法用人的感官反映，在漫长的历史中，人们根本不知道它们存在，即使有人提到过，也只是属于"虚无"。但随着现代科技的发展，用仪器却能"看见"它们，这些本来虚无的东西却变成了真实存在。

这不是一个很荒谬的结论吗？

假如有一个外星人，他的器官只能分辨超声波、红外线和暗物质，却看不见山、花、风、鸟，那么这些对他来讲也许就是不存在。

存在与不存在，原来都是相对的，是可以相互转化的。

那匹饿狼哪里去了，也许它只存在于李欧打猎的那一瞬间，也许只是因为当时他深信可以看见它，它便显现出来了。

那是幻觉吗，也许是的，但幻觉是通过李欧大脑这个"仪器"显现出来的，所以对这个怪异的大脑来说，它是存在的。而对于一个正常人的大脑来说，那匹狼根本就不存在。那到底狼是存在还是不存在？

即便是一朵花，在每一次的观察中，它都是不一样的，人体的细胞，每时每刻都在死亡与新生，没有一件事物是永恒不变的，它的"色"取决于太多的因素，包括观测因素，所以，"色"也是相对的，一切皆空。李欧似乎有些明白"色即是空，空即是色"的深奥道理了。

而他与常人的不同在于，能看见别人看不见的"色"，感知别人无法感知的"空"。

那个狡猾的陈九里，说过一句话，真相往往取决于人心。的确，人们往往只能在特定的条件下定义真相。

李欧睁开了眼睛，他感到心境开阔了起来，一切都是相对可变的，何况乎生与死呢。

他走向了那个凶猛的漩涡，冰冷的江水让他开始打战。

"都给老子恢复正常吧！"李欧骂了一声，向漩涡飞扑过去。顷刻间，他消失在那高速旋转的水流之中。

黑暗，并非永恒的黑暗，光明总会到来，只是谁也不知道它的时间表。

李欧忽然浮出水面，他张开嘴，大口喘气，这又是哪里？

此刻他正处于一条河流之中，四周都是漂浮的尸体。

这是他之前从琥珀里感知到的影像！

他拼命地划着水，想往岸边游过去，可那洪水滔天，四周的村子和树林都被淹没了，哪里来的岸边。

一双手忽然抓住了他的脚，往下死命拽去，李欧吓得差点喊出了声，往下一看，见那水下面有张惨白的女人的脸，正朝着他看。

李欧还是"啊"地惊呼了起来，忽然眼前一闪，自己正站在一间屋子里，窗外是一个庭院，庭院里有一棵巨大的银杏树。刚才那画面仿佛只是一个梦境。

这屋子里堆满了各种雕刻的艺术品，有假山，有房舍，有石雕佛像，有木雕动物。工作台上，凌乱地摆放着许多雕刻工具。显然，这是一个工匠的操作间。

"夫君，你怎么了？"一个妇人的声音从旁边传来，

转头一看，那女人似曾相识，清丽的面容，素雅的布裙。她的肚子微凸，看来已有身孕。

一个声音从胸中发出，"我看见一场洪水，还有你和丹儿……"

这声音不正是李欧此前听过的李沐的声音？

"洪水？我和丹儿怎么了？"

"哦，这、这也没啥。"胸中的声音欲言又止，似乎不愿说出那悲惨的状况。

"爹爹。"一个稚气的声音传来，小儿子正跑进房间，手里抓着一只木公鸡。

"爹爹，它的腿受伤了。"小儿子显得很伤心，这是李沐亲自雕好送给

他的生日礼物。

李沭抚摸着他的头，笑道："丹儿，不打紧，我再给你雕一只就是了。"

"我、我就要这个嘛！"小儿子还有点执拗，眼泪马上要下来了。

李沭忽然想到了什么，从旁边那一堆雕塑样品中翻寻了一会儿。翻出一个黄杨木雕的站姿佛像，惟妙惟肖，非常精美。

"喏，这个佛像给你了，你得好好收好。"李沭把他递给小儿。

可他才不要这个着装古怪的人像呢。

李沭严肃了一些，教导他说："这是佛祖释迦牟尼。你知道吗丹儿，爹小的时候家里穷，只能乞讨，后来天降大雪，我便病倒了，那时候，是佛祖的子民，寺里的僧人们救治了我，给我药喝，给我饭吃，为父才捡回一条命来。所以啊，我们要虔诚礼佛，对佛尊敬，他便会关照我们，让我们交上好运。"

丹儿歪着头，还不太理解父亲的话，但他至少明白了这是一个神圣的东西。他问道："那这人像可以战胜妖魔吗？"

李沭哈哈大笑，回答道："当然可以，丹儿，见像则见佛，佛像是具有神力的，他会保佑你的平安的，还有母亲和你未来的小弟弟的平安。"一边说一边看着妇人的肚子。

"为什么一定是小弟弟呢，小妹妹也挺好的。"妇人也笑了出来。

"那是那是，都挺好。"

丹儿喜笑颜开，这才如获至宝地打量着佛像……

画面毫无征兆地忽然一闪，此刻李欧发现自己坐在一间房舍中，檀香的青烟飘过，对面盘坐着一位老僧，身披袈裟，白发须眉，正用异样的目光盯着自己。

"吾看到那灾害的一幕，实在揪心，难道这是佛祖的暗示，我是否应告知世人……"李沭又在述说着什么。

老僧缓缓摇头，道："汝之警觉源于内心恐慌，天象尚佳，何来噩兆？施主若将幻觉当作真相，此乃荒唐，若告知世人，宣扬大灾将至，岂非散布谣言，惑乱众生？"

李沭叹道："吾把心中疑惑告知长老，亦希得到佛祖开示，吾只是有所担心……"

老僧伸手一挥，打断了他的说话："沭，你曾被吾寺收留，助你渡过难关，那时，你也常听佛经，感悟佛法，上天之示，天下之运，佛祖自有安排，你只须聆听之，笃行之，常有善行，常讲善言，便是积德积福了，切不可因虚妄空幻之事，乱了心智。"

李沭深深做了个揖，道："谢长老训示，吾明白了。"

画面一转，李欧发现自己正处于村口的小路上。四周鸟叫蝉鸣，绿野幽幽，一派仲夏气息迎面而来。

回过身去，村口的参天老树下，刚才那清丽妇人，正牵着扎独角辫的小儿，朝自己挥手。两个白发老人相互搀扶，目送自己。

"夫君，早日归来。"妇人的声音如同风铃摇曳。

"此去京城繁忙，家中勿念，安心做好朝中之事。"老头子喊了一声。

再回首，迈步前行，心中充满了兴奋与希望，却隐隐有些不安。

他想起了之前看见的洪水和水中的尸体，那恐怖的画面挥之不去，心中满是纠结。可最后他还是选择了离去，心中有个声音响起：长老已告知，预言该是幻象，岂能当真，不必乱心，况且丹儿有佛像庇佑，佛祖大慈大悲，定可逢凶化吉。

于是他跨步向前，走向了那"光明"的前程……

白光一闪，画面骤变。此刻又处于朝堂之中。面前的座椅上，坐着一名朝廷大员，他一脸怨怒地望着自己。

"荒谬之言，不得再提。"那人严厉地说，"京城水道之事，不可耽搁，此乃皇城兴建之首要，汝等应速速谋划，需改进之处尽数上报，不得有误！"

李欧之前见过这一幕，他当时不知道发生了什么，导致李沭辞官不做。现在只听李沭内心有话在讲：吾错矣！蜀地大水，洪灾果然如预言一般凶猛异常，家乡已成泽国，家中杳无音信，我恨，我恨！命运为何如此捉弄，我恨这命运无常，我恨这乾坤无情！

怨恨与自责从心中生出，李欧真想捶打自己的胸口。

说完，李沐脱下帽子，双手捧着，搁于地面，而面前那官员的脸色被气得铁青。

接着自己不由自主地就转身，往外走去。推门而出，眼前一亮，画面再次骤变。

此刻正位于一艘木船上面，在翻滚的洪水中艰难前行。

村庄已被洪水摧毁，四处是残垣断壁，一片凄凉。不时有人畜的尸体从船身旁流过，除了天上盘旋啄食腐肉的飞鸟，周遭毫无生气。

恐惧、内疚、凄凉的感觉再次袭来，令李欧无法承受。

前面的石墙下面，漂浮着两具尸体，船划近一看，是一个淹亡的妇女，身体已经浮肿变形，尤其是肚子鼓成一个圆球形，双手中还紧紧抱着一具孩童的身躯……

而那孩童的手中，还紧紧握着那个木雕的佛像……

放眼望去，不远处一段粗壮的横梁上，悬挂着十几具尸体，死后依然被风雨摧残。那是自杀的村民们。

"不！"

李沐放声痛哭起来，这种痛楚，远非常人所能承受。这种痛楚中有太多的内疚和悔恨。此时此刻，李欧终于明白了，原来琥珀里见到的杂乱无章的画面，这一次连贯了起来。李沐的遭遇实在令人动容，一场特大洪水令他家破人亡。

而最揪心的是，明明他因为自己的特异体质，早已预见了灾难的发生，但他却服从了寺院长老的告诫，把家族的安危交给了佛祖，把未来寄托给"具备神力"的佛像，最终大灾降临，一切尽毁。

最大的痛苦不是死亡，而是眼睁睁看着至亲至爱之人死去，徒留自己孤身一人。

"吾恨，吾恨这命运不公，吾恨这天道不仁，吾一心向佛，佛却害我全家，你竟如此残暴，吾恨你！吾与佛势不两立！"李沐朝着苍天，呐喊出自己的满腔愤怒。

李欧想要放声痛哭，但此时的他，却无法体现"自我"的存在。

　　画面一闪，世界再次变化。李沐跪在一堆书简之中，披头散发，四周跳动着零星的烛光，映照出一间古老的藏书阁。

　　哈哈哈，李沐拿起一份泛黄的书简，有些疯癫地笑着。

　　死而复生，原来如此……就在凌云乌尤，玉莲之渊，开明王鳖灵之墓，原来在这里……

　　李欧明白了，李沐拼命地找寻让人复活的办法，终于从古籍中发现了线索。和云空一样，他轻信了这种显而易见的谎言。内心已被执念扭曲。

　　眼前一黑，伴随着阵阵喘息声，他睁开了眼。此刻四周晶光闪烁，原来是一间四面布满晶石的房间，貌似就是玉莲渊中石塔底层，那些石钟乳有着钻石般的切面。

　　李沐大口大口喘着粗气，他自言自语道："我看到了，看到了，未来之世必有一场毁天灭地的大洪灾！太可怕了！吾、吾不愿信之，却又不得不信，此乃天机，不可违之命运！没想到，人间将经历如此浩劫……"

　　李欧心里一番感触一闪而过。他意识到了，李沐虽然进入了玉莲渊，但那所谓开明王死而复生的传说终究是传说，他的希望再次破灭。走投无路的他，进入了石塔，然后发生了超级感应，预见了未来的大洪灾。他的内心在纠结着，是否应该把这个重大预言告知天下。

　　忽然，李沐竟神经质地笑了起来，那笑声很诡异，又很凄惨，很癫狂，又很阴狠。

　　他有些疯癫地说着："世人之生死，与我何干！我将永远埋藏这天机，不告之天下！吾要世人，亦感受吾之绝望、吾之伤痛！吾要看佛祖究竟有何能耐，能保全世人性命！来自虚无之佛，终回虚无之地！"

　　说完他不停地狂笑起来，在这地下世界显得犹如罗刹般恐怖。

　　李欧被深深震惊了，如果这一切是真实事件存下的影像，那李沐的心智已经扭曲。

　　李沐曾受恩于寺院，听闻佛法，笃信佛理。他虽然预感到了水灾的到来，但寺院长老却告知他不要担心，也不允许他告诉百姓，以免"惑乱众生"，但灾难最终还是到来，无情地吞没了整个村子的生命。

世上没有无缘无故的恨，他承受了这样的果，就把因归给了传播佛法的那些人。

所以当他第二次预见大洪灾后，他选择了缄默。

李沐站了起来，跌跌撞撞往石塔外面走去，走着走着，眼前一黑。等再次亮起来的时候，却又正站在乐山大佛的修建工地上面。

前面站着的正是那位戴着八角僧帽的高僧——海通。李沐伸手在空中一抹，扬言道："这大佛即使雕好了，今日神采焕然，在这露天日晒雨淋之下，不出十年就会面目全非。"

海通颜色一变，谦虚请教："先生有何高见？"

李沐颇有经验地说道："办法说起来也很简单。大佛需要一套完善的引流排水工程，要巧妙地嵌入大佛身体，不过你请的这些师傅们，就只会雕像而已。"

海通缓缓点头，双手合十，向他鞠了一躬："先生所言甚是，就烦请先生举荐高明的工匠师傅。"

李沐双手抱拳，说道："鄙人姓李，名沐，先祖是蜀守李冰，听说大师要建造镇水的大佛，小人心生仰慕。先祖李冰靠治水来拯救百姓，现在大师要建大佛来镇压水怪，都是造福苍生，我愿意参与大佛的建造。"

海通听了大喜："如此甚好！令先祖匠心巧运，修筑都江堰，为后代造福，流芳百世，相信先生一定能继承李家遗风，再造一人间奇迹。先生，请到工房议事。"

说完，便请李沐进入工棚，要和他商讨修筑之事。

这一段，在经书里也有记载，并无多少差异。李沐是李冰后人，凭本事进入了造佛团队。

李欧却迷惑了起来，刚才李沐还说要和佛祖势不两立呢，怎么现在又自告奋勇去造大佛了？

正疑惑着，眼前就黑了下来，耳边传来铿锵碎石的声音。

眼下正处于一个逼仄狭长的隧道中，一盏油灯带出惨淡的光晕，剥开层层黑暗，映照着李沭的侧脸，显出一副诡谲的面容来。

李沭手里拿着镐锤，不断凿击石壁，火花飞溅，石块应声而破，窸窸窣窣往下滚落着。

他这是要往哪儿打洞？是大佛身上吗？怎么会有这么深的隧道呢？

李沭停了下来，喘息了几声，自言自语着："还有数十丈，趁大和尚筹金远游，我全力攻之，必通破此岩，到时，大佛的脊背便与玉莲古道连为一体，哼，待那海眼发作，洪水狂涌时，便是大佛毁灭之日。"

"呵呵哈哈，万民敬仰的佛祖大像，祈求镇水退灾的神灵，却被洪灾毁于一旦，这佛的信仰也将土崩瓦解……大佛，便是吾送给世人的一份大礼，只不过，带给众生的却是绝望……"

李沭诡异的笑声沿着隧道往深处游去，那黑暗中藏着的魔鬼似乎也在回应着他的狞笑。

李欧万万没有想到，李沭这家伙参与大佛修筑，原来早就存下歪念。他借修建排水系统为由，做了手脚。他悄悄在大佛背后挖凿隧道，直通玉莲渊，一旦海眼暴发，洪水将涌入隧道，直抵大佛身躯。

李欧不禁暗自估算了一下，凭借高强水压，水道忽然变窄后会产生高速水流，产生的冲量及压强将异常恐怖，足以将大佛冲出一个大窟窿，甚至造成崩塌。到那时候，万民敬仰的弥勒大佛，为治水而生的神像，却在眼前被洪水摧毁，那真是打了整个佛教界的脸。

这是挖空心思、精心设计的复仇计划！大佛真正成为了一颗定时炸弹！

李沭啊，他要把他的痛苦与悔恨，借由大佛这个永恒丰碑，传播给他人。

这番怨念之深，让人浑身直打冷战！

李欧呐喊着，他感到自己被李沭的记忆裹挟了，这样的疯子，谁知道他还会干出什么事来，说不好李欧的意识也终将被他吞噬。

李欧大骂着，挣扎着，希望能离开这种影像回放。

可是他的意识，犹如大海中的一片浪花，无力形成波涛，也无法脱离海洋。

不过他的挣扎还是有些效用，影像变得闪烁了，像是在时间轴上跳跃着前进，画面一个接一个地涌上心头，让他眼花缭乱。

眼前一闪动，环境又切换了。

此时位于一木屋房舍之内，李沭正与海通饮茶交谈。

海通放下手里的茶盏，对李沭说道："你我二人一拍即合，组建伽蓝使吾早已有意，只待大佛完工之日，组织便可发挥作用。"

李沭微微点头，说道："嘉州大佛乃旷世之作，海通禅师耗尽心血，这番宏德壮举，享誉八方。吾等当竭力守护大佛，成立伽蓝使也是广大僧人和工匠们的心声。"

"先生不必赞我。伽蓝使当立，不仅护卫大佛，亦能弘扬佛法，为苍生谋得福祉。"海通点头笑道。

画面闪动，景象变迁，时空转换。

眼前是一张床，床上躺着奄奄一息的海通和尚。他的眼睛被青色的眼罩包裹着。

"大佛伟业未成，贫僧先行一步……先生，一切后事拜托了……伽蓝使将听你调遣，后世之安危系于先生，咳咳，咳……"海通油尽灯枯，声色惨淡。

"大师，吾定当鞠躬尽瘁！为苍生谋求生机！"李沭声泪俱下，握着海通的手在颤抖着。

骗子！李欧内心在骂着。

画面一闪，李沭正站在一座桥上，桥的周围，呈现出空旷而幽深的氛围。他的胡须有些花白了，面容衰颓。

李欧一眼认出了这里，正是大慈寺下，李冰的地下桥上方。

李沭手里握着一枚黄色的东西，那是凌云寺的镇寺之宝——佛影琥珀。他走到桥中间祭坛上，那里有一根石柱，石柱顶端是一个古铜色的爪形金属座。李沭把琥珀放进那个金属中，然后席地而坐，渐渐放慢自己的呼吸和心跳。

李欧明白了，这是李沭要借助古桥环境，把那个该死的"三佛图"录入佛影琥珀。这家伙是个高手不假，但其行为的确让人难以理解。

这时，耳边传来了隆隆水声，画面抖动了几下切换了，此时的李沭正站在一悬崖边，身下是湍急的翡翠绿的江水，身后是郁郁葱葱的树林。

这里是凌云还是乌尤？哦不对，看这地形地势，还有远方江中的三角堤坝。啊，这里不就是都江堰？李沭跑这里来干什么？

这时，只见李沭搬起了身边的一块石碑，他咬紧牙关，拼尽全力，把那石碑抛向了悬崖之外，石碑扑通一声掉入江水，很快，江流恢复了常态，似乎一切都未发生过。

"吾刻下预言……总有一天会被人挖起来的，乃出于圣祖先见之明，世人莫不信之……"李沭自语了一番。

李欧看得越久，越感到震惊，也感到十分荒谬。这些情形让此前的一切都联系了起来，原来这一切都是李沭编织的迷局！

李欧还在暗自思忖，世界突然闪烁着崩解了、消失了，他此刻回归了本我，回到了最开始的那个迷宫世界。

周围是不断变化着的意识通道，李欧找回了自我，能继续行动了。他朝着通道远处破口大骂，骂李沭、骂命运、骂所有人，也骂自己。

一切都是李沭精心设计的圈套。他将自己经历的苦难，归咎于上天，归咎于命运，归咎于佛祖，形成了顽固不化的怨念，当他得知大洪灾的预言后，就荒唐地想要把这种绝望传递给后世，让世人承受希望破灭的哀伤，让所谓的镇水安民的大佛最终成为被洪水摧毁的笑话。

他借李冰的威名，很快走进海通的团队，开始按照自己的设想打造千年迷局。他挖通大佛隧道，给玉莲海眼的暴发留下死亡通道。他欺骗海通，一起合作，把那进入玉莲渊密道的秘密藏入琥珀与经文之内，埋入大佛藏脏洞，便可永久保存，不致遗失。他又到都江堰去，假托李冰之名，刻下预言石碑投入江中，以至于后世见到石碑的时候，对洪灾的恐慌更甚一步。

他还按照自己的意志，创立伽蓝使这个组织，立下有关训示和规矩，让伽蓝使成为了传承迷局的载体。直至今日红劫发生，就会启动他设计好的迷局，让世人满怀希望，去找寻玉莲渊中所谓的佛祖指引和李冰大堰，到头来却发现这里空无一物，洪灾依旧到来，夺取世人生命，大佛毁于一旦，希望化为绝望，佛法化为尘土，没有谁能救这个世界，只有绝望伴随人间！

这迷局如同他手里设计的那些器物，有着精巧的结构，精致的外观，巧妙地运作着，一丝不苟地推进着。就如他设计的嵌入乐山大佛的排水系统一样，远处看不见，走近了才知巧夺天工。

一个有才华的疯子，其影响力竟可以跨越千年！

李欧惊诧得浑身颤抖，他见识过许多骗局，但在李沐面前，那些都不值一提，这人，真乃千古一绝，他的复仇竟可以穿越千年时光，依然噬魂啮骨。

此时的李欧感到前所未有的害怕与恐慌，他不顾一切想要逃离这儿。

他开始加快步伐，沿着这通道朝前奔去，前面竟然出现了亮光，李欧开始全力奔跑，直到那亮光笼罩了自己。

此刻的他，正坐在一个巨湖的边儿上！

第四十八章
预示之象

收拾了怪物，岸上的几人惊魂未定，陈九里对唐钺的神勇大为赞赏，夸赞了一番，忙问塔里的情况。

唐钺说道："塔里什么也没有。李欧进了一个铺满水晶的房间，进入了感应状态。"

"感应开始了？"陈九里惊讶道，"看来伽蓝使说得没错，这最终的秘密，都要靠李欧这小子给出答案了。"

"只能守着他了。"唐钺说道。

陈九里眯着眼笑道："天人合一的境界看来并非古代玄话，这个玉莲渊的价值光通过地质研究还不足以呈现啦，还必须要有ESP人士的参与才行。玉莲渊和李欧，都是我们要的。"

这时，唐沏眼含怒意，走向了唐钺。

"做个了断吧！"唐沏横下心来。

唐钺知道她的脾气，嫉恶如仇，此刻再多的话也没用，干脆破釜沉舟，扫清障碍。

"小沏，你还是不懂我吗……"唐钺不得不做好应战准备，摆出火龙拳的起式。

"懂你？我以为自己懂，其实我根本就看不清真相，看不清你的嘴脸！

是我错了!"唐沏怒火中烧,身子迅猛地突击,疾风般袭向唐钺。

唐钺目光一凝,也不退让,直面唐沏的凌厉攻势。

两人拳脚相向,展开了对攻。唐沏拳脚如电,一阵疾风劲雨的快攻,一上来就毫不客气,全是实招。而唐钺只能格挡化解,虽没有处于下风,但也展不开攻势。

玉女拳以快取胜,以柔破刚,身形步伐都以轻盈、迅捷为要,能够在瞬息之间找到对方的弱点和破绽,加以击破。除了身子快,还要脑子快,反应力超群。

玉女拳更像是刺杀系拳法,出其不意攻其不备,在对方没有准备的情况下,往往一招制胜,不过正面应战唐钺,就必须花费更多力气。

每一次手臂的碰撞,每一次脚步的抵挡,唐钺都感到是那么熟悉,唐沏的打法在他看来,就像是曾经的一场武术对练,而不是带着杀气的招数。

"小沏,你还是这样,急火攻心对我起不了作用。"唐钺游刃有余,镇定自若。

这句话似曾相识,瞬间,把唐沏拉回到过去的一幕……

数年前,青年武术大赛,白天,两人纵横武场,晚上,便找地方对练,一边打一边研,互相促进,共同进步。

那天,两人在青岛崂山脚下住了一间民宿,那里环境优雅安宁,还带一个院落,夜间金桂飘香,沁人心脾。

唐钺和唐沏两人展开练习对战,唐沏急于进攻,却难以攻破唐钺的防御。唐钺同样也责备她操之过急,乱了拳法。

"注意你的拳风,不能太过锋利。"唐钺在身后紧贴着她,一只手握住她的手腕往后轻移,另一只手拍着她的胯骨:"太僵硬,卸一点力。玉女拳不该随着怒意而变成打架拳,它的柔美灵巧才是你该掌握的。"

"可那样搔首弄姿的,哪能战胜对手。"唐沏的话语带着一丝娇嗔。

"以柔克刚,滴水穿石不懂吗?"唐钺用力捏了下她的手腕,以示责备,"何况这是武术比赛,拳法的表现性和观赏性同样重要。"

"哎呀,那别人把我打倒了怎么办?还观赏个鬼。"她摆脱唐钺的管束,

"怎么会呢，玉女拳的无接身法就是配合这种柔性而来，足够高的敏捷，让你更难被击败。"唐钺一脸认真地解释，浑然不觉唐汭的偷瞄。

"说得你好像都懂一样，那干脆你来打玉女拳算了。我悟性不够。"唐汭脸上露出小孩般的不爽。

"哈哈，那我就成羞羞的铁拳了。"唐钺不禁笑道。

可她并不是说笑，忙正色道："哥，我问你，玉女拳能不能别光好看，我想让它变得凶猛，能痛打眼前的敌人，可以吗？"

唐钺看着她，月光在眼里缩成一团白点，他察觉到她的心思，并未反对："我觉得可行，但那要修改许多内容。只要你别怕老爹的责骂……"

"跟你学呗，当面一套，背后一套。呵呵。"唐汭狡黠地笑了出来。

唐钺眉头一沉，摇了摇头，"先赢了这场武术比赛再说。"

两人继续对练了起来。

那一夜，桂香正浓，月华如水……

唐汭忽然想起来了，就是在那段旅程中，唐钺学会了峨眉刺的用法，竟也使得得心应手。

那说明善使峨眉刺的人，除了张郭仪、唐汭，还有唐钺，只不过这成了唐汭和他之间的小秘密，其他人并不知晓，而这更增加了唐钺刺杀老爷子的可能性。

唐汭骂了一声"畜生！"裹着一团怒火冲向了唐钺……

两人打得难解难分，一旁的陈九里不想观战，他还有事情要做。他走到绳索边上，抓紧上升器往石塔而去。他知道，既然石塔没有什么危险，他必须赶紧去石塔里面，亲自调查有关的情报，防止上面的人又生出什么变数来。

"欧文，你和琳达把场子看好了，别出差错！"陈九里朝欧文甩下一句话来。两人手里都有枪，虽然对二唐的决斗插不上手，但决不允许唐汭做出其他出格之举。

陈九里进入石塔，立足未稳，黑暗中猛地蹿出一个人来，当头就是一棒。

那正是躲在暗处的贝尔勒，先下手为强，他必须干掉他，没什么可犹豫的。

贝尔勒用了蛮力，那甩棍是要敲死人的，谁知，陈九里敢独自上来，就不是省油的灯。他身子轻轻一让，就避开了袭击。反手揪住贝尔勒前襟，顺势一扭一推，就把一米八几的大个子掀翻在地。

贝尔勒"哎呀"了一声，坐在地上赶忙胡乱挥舞甩棍，但丝毫不起作用，陈九里抬脚一踢，就把棍子踢飞掉了。

老狐狸陈九里能当这个特务团队的一把手，靠的不仅是头脑的灵光，还是有几下真把式的。他刚到武馆的时候，打着文化交流的旗号，同唐之焕过了几招，便让唐之焕刮目相看，说明他的武术功底不弱。

陈九里根本没把贝尔勒放在眼里，准备上前一拳头结果了他。可小贝并非他想象中的小鸡仔，他猛地抽出腰带，出其不意地抽了过去。陈九里一惊，不得不让，皮带扣子打在石壁上，竟敲碎了一块石头。

小贝往后一撤，像中世纪武士耍流星锤一样，甩荡着皮带，没想到这还是他的独门兵器。

当初，贝尔勒为把琥珀藏在身上，专门找技术部门定制了这个皮带。皮带扣由高锰合金钢铸成，硬度极高，可破铁碎石，带身也具有相当的张力，挥舞起来犹如鞭子。琥珀自从拿出来获取密码之后，就被唐沏"回收"，锁进了房间的密码柜里，于是贝尔勒才可以任意挥击。

小贝知道最好的防守是进攻，挥舞皮带，不断向陈九里展开攻击。陈九里避其锋芒，也不免被皮带抽出一条血口。

陈没想到一个贝尔勒就让他如此棘手，便要动了真格。从腰间拔出一把战术匕首，迎击贝尔勒……

此刻的水晶穴中，李欧依然双眼紧闭，只不过脸上青筋毕露，肌肉紧绷，脸色惨白，身心承受了极大的压力。

石门口，云空也席地而坐，紧紧守住入口，他面色凝重，直视前方，那样子有点视死如归之感，好像是在表达"如果要进入石门，就先踩过我的尸体"那种态度。

刚才唐钺离开石塔的那阵子，贝尔勒和云空就已经商量好了，无论如何，都要死守石塔，让李欧完成历史的使命。

云空听见上面贝尔勒和陈九里在打斗的声音，不禁叹道："哎，李欧啊，真是不忍心让你扛起这么沉重的负担……你究竟看到了什么，到底有没有制止大洪灾的办法，你可是我们唯一的希望啊……"

而此时的李欧，意识进入了一种自锁状态……

他静静地坐在湖畔的石堆上，脸上写满落寞，落寞中还有几分悲郁。眼前是巨大的，广袤无垠的湖泊。

和此前进入过去的时光不同，意识仿佛忽然被加了道锁，锁住了"自我"表达，所有的感官，都完全跟随了这个世界中的李欧。唯有潜意识，还能游离出去。

他双眼无神，只是直直地盯着远方，没有焦点。

那湖水不知道有多宽、多深。远方烟波浩渺，水天相接，阴暗的云天与铅灰色的湖水混合在一起，分不清彼此。水面上雾气氤氲，不像是轻盈的晨雾，反倒像城市中浓重的雾霾，灰沉沉的，把远处的细节统统掩盖。

犹如混沌初开，天地中，空气、水、雾、风，以及所有的一切，都没有太多的区别，像是一张灰色的画布，等待画师赋予色彩。

天空中飘起了雪花，不知是从高空的云中坠落，还是从那雾霾深处钻出来，看起来沉甸甸的，没有雪花的轻盈，倒像焚化后的灰烬，灰扑扑的，打着旋往下飘落。

雪花飘到他的脸上，瞬间化为虚无，是冰还是烫，连触觉都还没有准确给出答案，便已消失不见。

李欧站了起来，从来没有见过这样的湖，更像是海，暴雨将至时的灰色大海，让人感到孤独、烦闷、压抑。但如果是海，那身旁的地形却又似曾相识，那棕红色的土壤，几棵小叶榕，那石头、那草，那……

不对啊，这植物不就是四川常见的吗，那小叶榕不是乐山广种的吗？

他往旁边望了一眼，岸滩朝着远方延伸，那地貌的走势，并不让他觉得陌生。甚至，在不远的山坡上，还矗立着一座移动信号基站。

那座基站足以说明这里依然在现代文明的范围之内。

李欧朝着湖水走去，冰冷的触感渐渐袭入内心，湖水哗啦的响声异常真实。他有些兴奋起来，这个困扰多日的画面，终于可以亲身去经历了，他必须尽快破解这里的玄机。

没走几步，水便没到了胸口，脚下有很多"石块"，它们古怪地重复着，像是小孩子堆的土堆凝固了，硌脚。

他低头看去，水中的倒影在晃动着，扩大着，渐渐地变成一个巨像，像是上空有一个庞然大物投下的残影。

李欧不禁打了个冷战。他的胸口开始剧烈地起伏着，他的目光神经质地颤动着。他意识到必须进入水下，才能找到答案。

他猛地奔跑了两步，就朝湖水扎了下去，出于本能，他闭上了眼睛，只是手脚并用，用尽全力往深处游去。

他游了一会儿，感到自己已经沉入了深深的水下。深处传来低沉的嗡鸣，仿佛有无数人在耳边低声地哭诉，令他窒息。

李欧睁开了双眼，天光尚能穿透湖水，让底下的世界能有所展现。

眼前是深不见底的水体，远处影影绰绰有一些东西，似乎从水底生长出来的，不像是岩石，也不是树，那种直直的、错落的造型，像极了建筑物！

李欧心中猛地一惊，划动手臂，让自己的身子调转向后。

眼前出现的一幕让李欧深受震撼，身体僵硬得无法动弹。

那是乐山大佛，这个庞然巨像竟然整体没入了水中！

之前坐的土堆，并非土堆，而是乐山大佛头顶露出水面的一部分！

更让人震惊的是，大佛的身体已经破裂，胸口竟然出现了一个巨大的窟窿，无数道裂痕以洞口为中心，往四周蔓延，一股股黑色的水流正从那窟窿向外流淌。

民间有传言说，如果水淹大佛的脚，乐山城就会发大水，那如果水淹了大佛的头，那将会发生什么?!

那是地狱，那是死亡，那是毁灭！这水下的一切，让李欧的他身都为之震颤，他快要发疯了！

啊！他呼喊着，感到正以极快的速度穿越那黑洞，时空畸变、扭曲、震荡。他穿梭在一个未知的通道中，他看见了很多不可名状的事物。有一种低光亮的物体像绳子一般缠绕着他，无情地穿透他的躯体。

这时他听见了一个声音，不知从何而来，却立刻分辨出来是李沐的声音。

"你终于看清楚了。"那声音说道，"你现在一定有很多的想法。"

李欧一听李沐在对他说话，气就不打一处来，这个歹毒的家伙，正想狠狠教训他一顿。

"我等了很久很久，恭喜你能到我这里来。现在你可以领取你的奖赏了。"李沐的声音渐渐清晰。

不断地有"绳子"穿透他的躯体，缠绕着他，他像是进入蜘蛛网的小虫，被蛛网缠成一个白蛹。

无数种触感传入脑中，刚开始像是雨水在敲打着湖面，渐渐地湖面浪涛崛起，起伏澎湃，暴风终至，掀起了惊涛骇浪。李欧感到自己就是那惊涛，就是那暴风，就是大海本身！

绳索以一种碎片状解体，逐渐消逝于虚空之中。

李欧感到自己的心跳变得不像是自己的了。他感到前所未有的自在，像是超脱于生死之外的，行走于时间长河的大自在！

他闭上眼，便能听见某种穿越亘古的声响，从四面八方汇聚过来，他的脑海中出现了一张流动着的巨网，好似迷宫一般，森罗繁复，但他却无端地觉着，那每条网线都好似自己所创造，他似乎可以看穿这一切。

这样无比奇异、无比畅快的感觉让他既兴奋又恐慌，难道这就是李沐所说的礼物？

睁开眼，一老者就站在不远处，一袭白衣，长发须眉，仙风道骨，正以平静如水的目光注视着他。

"是我，我是李沐。欢迎入网……"他的声音听上去和他的岁数不相符，却和李沭年轻时一模一样，而他话里的内容，却怎么听都觉得十分现代。

"啥子入网？"李欧刚刚想到这句话，那老人就笑了，"只有这样，我们才可以真正交流思想。"

"如果你就是李沭，我会杀了你！"李欧想起了之前看见的那些画面，这个疯子，还想玩什么花招！

"杀我？当然不可以，也不可能。"老人有些戏谑地说道，"你太希望这一切是阴谋了对吧，所以它就给你阴谋。"

"什么意思？它是谁？"李欧问道。

"网。呃，一点儿副作用。不过不要紧，我可以解释。你所看到的一些东西，只是比较符合你的胃口罢了。比如你比较喜欢阴谋论，它就为你量身定制了。"老者耸了耸肩膀，要不是衣着装扮，没人会觉得这是一位古人。

"别废话了！去你这该死的网！"李欧根本没心思对话了，他握紧拳头，迈开步子，朝着那老头冲了过去。

"你看到预示之象了吗？"老人的话制止了李欧行动，"那个淹没在水中的大佛，哦，是海中。"

李欧想起了刚才那震撼人心的一幕。他不知道这究竟意味着什么。

老者缓缓说道："海眼是人与大地交流的接口，而只有巫极才能在这种交流中看到最终的象。其实，很简单，就是西海重现，你明白了吗？那就是李冰老先人预言的终极之象……"

"什么，西、西海重现……"李欧一时间尚未反应过来，他不知道李沭嘴里轻飘飘地吐出的这几个词带有多大的分量，等他回过神来的时候，不禁心悸胆寒起来。

西海重现，那已经不是一场大洪灾的事儿了，那是整个巴蜀大地的重塑！

"对啊，四川盆地本是一片汪洋，后来人类从上神的手里租借了这块大地，神便带走了西海，不过，现在租期已满，该还给上神了。"李沭眼睛眯着，他饶有兴趣地看着这个来自千年之后的年轻人脸上的种种表情。

"你以为我会信吗？"李欧冷冷道。

"这看你了，反正我也不肯相信。不过我想要推翻这个预言，却做不到。"李沭背着手，说出一番话来，"这个预言据说来自李冰，它并非是由文字或者图本记录，而是通过意识之影像记录，解读预言的人必须是具有特殊感知力量的族人，呵呵，手法挺高级的吧。他为了传承这个预言之象，打造了地下那座石桥，并让他的族人代代相传，不过，他忽视了历史强大的破坏性，没多久这个传承就断了。直到我这个好事者，又拾起了接力棒，传给了后人。"

李欧不动声色地听着，李沭的每一句话，不，每一个字都足以让他惊讶。

"我可不想犯同样的失误，即使我要悄悄地传承这个秘密，也不会让它悄悄地退出历史舞台。所以，我利用大弥勒石像藏下了密码——这个旷世巨作，保存个一两千年应该是没问题吧。更重要的是，我并不是要雪藏这个秘密，而是希望有能力的后人去破解它。"李沭绕着李欧边走边说。

李欧脑海里无数个浪花滚动而来，史前西海，李冰预言，大佛，李沭藏密，西海重现，破解预言？可经文上写的，又和实际对不上号。

他已经无法去厘清这些线索之间的复杂关系，他也无法弄清哪些真哪些假，他甚至无法确定，他是否只是在梦境中自己编造了一切，他捂住了自己的头，大喊着："我不信，我不信！都是假象！"

李沭坐了下来，似乎身后有个无形的椅子，他跷着个二郎腿，眯着眼看着李欧，说道："真奇怪，你应该是巫极了，怎么还这么像个平庸之辈呢。其实啊李冰那座桥，就是个海选台，但怎么选出来这样的家伙呢。"

"海选台？"李欧听不懂。

"啊对，嘉宾站到台上去，表演自己，如果能力足够强的话，评委会给你点赞。最终选出来的，就是巫极了。不过，你们这个年代好像独子比较多吧。你连个竞争对手都没有，真是幸运。"李沭的话非常前卫，根本不是一个古人说得出来的。

李欧捂住了自己的脑袋，他意识到这一切都是自己脑海中生造出来的，都是按照他的记忆、经验和个性设计的幻影。

"不用这么抗拒。我的行为的确有你的一部分，但也来自独立的信息流啊，我们是融合的。呵呵。"李沐笑道，依然喋喋不休，似乎上千年没跟人说过话了，不吐不快，"哎，我说，你应该是通过领悟佛法来升级的吧，你小子这算是走捷径了。那你应该明白，你虽然进入玉莲渊看见空无一物，但这个空却并非真空，这个无也并非真无。"

李欧不得不听他再啰唆下去。

"哎，当初建大佛的时候，我也没想明白，做这么大干什么，好大喜功对不对。后来，我渐渐意识到，这座大佛真的太难得了。它本为治水而生，它可以说是人类文明纪念碑或者灾害警示录、永生石什么的。有了它，我们该认识到自己的渺小，有了它，我们才知道自己不能太作，想要永远活在这个世上，就必须时刻警惕着，因为大自然随时可以一巴掌拍死你。

"所以呢，当我意识到这一点后，我就理解了李冰预言的作用。你觉得那是无稽之谈吗，可以，你大可以置之不理，直到有一天海眼暴发、西海重现，大不了以身喂鱼呗。但如果你真正重视它，那就得付出一切，去揭开预言所暗示的真相。

"所以，玉莲渊真正的宝贝，可不是李冰大堰，大佛宝藏什么的，而是获知天道的密码，自然的警讯，这才是最有用的无上的至宝！

"可是区区人类，想要解码天道，谈何容易，所以我也好，李冰也好，一直想要弄清西海重现的真相，如果真有其事，那它发生的具体时间、规模和方式又是什么。可惜，我们还是失败了，就不知道你这一代的巫极，能不能完成这个终极任务……"

李欧从刚开始极其抵抗，到渐渐地被李沐的一番话安抚下来，现在可以凝视着这个超乎想象的影子，听他说完这些啰里吧嗦的东西。

但他心中的疑问不断地撞击着仅剩的理智，他责问道："别说得这么冠冕堂皇，你编造这么大的骗局，无非是想带给世人绝望罢了，你的怨念延续了千年，够了，该结束了！"

李沐点了点头，站起身，伸出手来，对他说道："我并不是来给你讲大道理的，你还有一个极其重要的任务要去完成，这才是你进入玉莲渊的终极意义。来吧，我带你去一个地方，网的核心……"

　　李欧缓缓抬起眼来，看着李沐那难以名状的，深泉一样的目光，他犹豫着是否还要去接受更多的超乎想象的信息。

　　忽然，耳边传来巨大的轰鸣声，白光一闪，笼罩了李欧的整个身体，他竟失去了知觉……

第四十九章
诀别时刻

玉莲渊中的石塔突然被水中飞起的石块打破了。

就在刚才，海眼漩涡中水花又起，此前消失的水怪再次浮出水面，那怪物探出身子来，一口咬向了岸边的岩石。

岸上几人都吃了一惊，不知这家伙突然袭击，又是玩的哪一出。

那怪物嘴里含住了一个大石块，众人做好躲避的准备，却见那家伙头部猛地向上一甩，嘴里的石头像个炮弹一样，飞向了海眼上方的石塔。

这家伙定是被刚才从石塔出来的唐钺惹恼了，把"生产"敌人的石塔视为了眼中钉。先下手为强，破坏敌人"大本营"以绝后患。

轰隆一声，空气中一阵震颤，石头击中石塔下部的莲花，花瓣开裂、破碎，一大片石钟乳往下剥落，石塔被打开一个窟窿，正好就在水晶宫的位置。

岸上几人暗叫不好。烟尘散去，只见那窟窿中露出水晶宫的样貌来，李欧依然坐在中央石坛上，闭目不动。

李欧的意识，被这怪物的攻击打断，导致他失去了知觉。

那怪鱼咆哮着，它知道袭击奏效了，又往岸边游来，准备第二次进攻。

"保护石塔，他娘的！"陈九里慌忙跑到裂口边上，朝着岸上大喝道。

大块头欧文一边骂着，一边端着 MP9 朝着那怪物就是一阵扫射，干扰了它正要发起的进攻。

怪物之前被人摆了几道，有些惧怕，也不敢贸然上岸进攻，只是在漩涡中缓缓游动，它含起岸边石块，往人群喷吐，实施远程攻击。欧文的冲锋枪快没子弹了，不敢随便浪费。只得躲躲藏藏，不时举枪吓唬吓唬怪物，防止它袭击石塔。

而李欧在短暂的休克后，意识重新构建恢复。他重重地呼了口气，苏醒过来，浑身触电般疼痛。

"李欧，你还好吗？"云空的声音出现在耳旁，他扶起瘫倒在地的李欧。

李欧暂时缓不过劲来，他分不清现实与虚幻，只是眼神空洞地盯着云空的脸。

"很好，英雄终于回来啦！"陈九里阴险地笑着，将贝尔勒一把推进来，手上的手枪指着众人。

贝尔勒浑身是血，脸上尽是淤青，趴在李欧身边哀叫连连。他最终敌不过陈九里，被打成重伤。

"让我们出去，李欧他一定获得了指引，他可以拯救苍生啊。"云空几乎是要哀求了。

"拯救苍生？"陈九里笑了起来，"如果四川真的发生了史无前例的大洪灾，你觉得这是好事还是坏事？"

云空没有说话。

"对一个正要崛起的大国来说，一定是大坏事啦。"陈九里自己回答道，"但对西方世界来说，这种天灾，是遏制东方巨龙腾飞的最有力武器。简直不费一兵一卒，只要我们除掉所有的知情人就行……"

"阿弥陀佛。"云空明白眼前这个魔鬼的企图了，"海眼如果在人们不知情的情况下猛然暴发，那真的是场大灾难，太可怕了！"

陈九里笑得更加张狂了，他感到，整个局，自己都做得很高明。他并没有采取攻占与抢夺的策略，而是渗透与瓦解。他们接近武馆，获取关于玉莲渊的一切情报。为了扫清唐之焕这样的拦路虎，发展了唐钺作为"代理人"，鼓动唐沏和云空去寻找进入玉莲渊的线索。最终没有花费太多的

"成本",就悄悄潜入了玉莲渊,一旦除去这里的闲杂人等,那么,他就可以在武馆的掩护下,建立自己的据点,不断监测海眼,一方面输出科研成果,另一方面,掌握海眼暴发的时机,到时候就可以有预谋地向中国巨龙的后背插上致命的一刀。那样的话,西方世界,将会彻底击败这个东方的强大对手。

整个任务唯一的败笔,就是李欧从峨眉下来之后,他满以为"一人一书"都已经握在手中,没必要再对武馆客气了,便操之过急,意欲除掉唐之焕这个最大的障碍,并嫁祸给张郭仪。谁知,唐之焕命大,或者也可能是唐铖为父子情分所扰,心狠之余仍留有余地,唐老大没有死,这便留下了漏洞,令他们不得不临时调整计划。

不管如何,当前的任务都已经圆满完成了。

"你们的使命已经完成了。"陈九里说道,"感谢你们为科学探索付出的一切。"

枪口移向了云空,在他眼里,云空和贝尔勒已经毫无利用价值,应当立即从世界上消失。

"嘿,老怪物,老子还没打完呢。"贝尔勒撑起半边身体,有气无力地朝他挑衅着。

陈九里怪异地笑了出来,"你是说,你先来。"

枪口又移向了贝尔勒,扳机即将扣动。

这时,李欧沙哑的嗓音忽然响了起来,"一切都毫无意义。"

几人的目光都投到他脸上了,见他苏醒过来,眼神迷离。

"你说什么,李欧兄弟?"云空疑惑地看着他。

李欧半蹲着,不断摇头,失魂落魄地说:"这他妈就是一场骗局,拖扯了千年的骗局。"

贝尔勒说道:"你受什么刺激了吗,为什么这么说?"

"我看到了李沐的过去。"李欧有点语无伦次,"李沐这家伙,全家死于洪灾,于是他想要报复佛门,报复世人,就欺骗海通和尚,参与修建乐山大佛。他虚构了玉莲渊里的一切,什么李冰大堰,什么控制海眼的办法,都是假的，都他妈不存在！"

"你说什么，都不存在？"云空不敢相信李欧的话，千辛万苦来到这里，竟是竹篮打水一场空吗？

"他编造了一整套剧本，让所谓的救世希望传下来。等真的发生灾害了，人们跑进玉莲渊，才发现这里连鬼都没有一只，只剩下绝望。他还给乐山大佛动了手脚，只要洪灾发生，大佛就会被洪水毁灭，这就是个疯子玩的恶作剧！"

云空猛地揪住李欧的衣领，颤抖着说："不、不是这样的，你看到的东西只是历史影像的投射，你一定有什么误解。"

贝尔勒也激动了，"对啊，传承了千年的信息就只是开个玩笑？李沐的目的就是玩弄大家？不，不可能啊，打死我也不信！"

"他是一个疯子！有什么不可能的？总之，都他妈完蛋了！"李欧拼命摇头，他都快被整疯了。

陈九里哈哈大笑起来："看来大家都参演了一场荒谬的闹剧啊。不过，对你们无意义，对我还是意义重大啊。至少洪灾的预言十有八九会兑现啦！另外，李欧你的感应力很值得我们研究，下一步，我想聘请你担任我们的首席测试员。"

"滚吧！"李欧骂道，虽然不知道外面发生了什么，但他已经明白现在的处境非常危险。

"好了，不废话了，该走了。"陈九里枪口对准贝尔勒，准备扣动扳机。

云空忽然大喝一声，勇猛地朝陈九里扑了过去。陈早有准备，枪口一晃，朝着飞来的身影就开枪了。

砰，也不知道打中云空哪里了，他闷哼一声，身子一震摔倒在地，血流到地上，渐渐染红了周围。

"我操！"贝尔勒怒吼着，艰难地爬了起来，他要和陈九里拼命。

陈九里暗笑一声，手枪又对准了贝尔勒，扣动扳机。

这时，却见云空斜刺里冲向陈九里，两人撞在一起，陈身子一歪，枪响了，却打在洞顶上。云空死命地抱住陈的腰身，往水晶房外冲过去。

陈九里被云空的冲撞搞得有些慌乱，一边骂，一边用手肘捶打他的背部，却无法摆脱钳制。

外面是被水怪打开的缺口，云空脚步未停，径直向那缺口冲过去。

"疯子，滚开！"陈九里急了，近距离朝云空的背部开了枪，血花飞溅，却无法阻止他的玉石俱焚。

云空带着他冲出了缺口，画出一道血色弧线，掉向下面的海眼漩涡。

"云空！"李欧和贝尔勒慌张大喊，跟到缺口处，眼睁睁看着两人掉了下去。

在那短暂的一瞬间，云空笑了，他仿佛听见了小云的喊声，那银铃般的，散发着青春气息的笑声。

"你早该来了……"小云欢快地说道。

"我、我本想你回来的……"云空有些愧疚。

"你来我这边，不是更好……"小云笑了。

云空闭上了眼睛，缘是什么，果是什么，修行数十载，自己尚未彻悟。执念越深，越难以摆脱心中的枷锁。现在，终于释然了，解脱了。

不，这不算是解脱，顶多是赎罪吧。

云空和陈九里掉入了漩涡中央，瞬间踪影全无。

李欧跪倒在地，发出一声怒吼，整个瞳孔变得通红。他感到身体里有什么东西在搅动着，犹如另一个漩涡，就如身下的海眼一般，在飞速运转，在逐渐同步！

神奇的事情发生了，那水里的怪物也忽然发出一声吼叫，竟抬起身子朝向石塔，浑身的鳍不停摆动，身子也停在了原地，它微微点头，似乎在等待什么。

"好机会！"岸边琳达操起了射绳枪，把C4炸药捆绑在绳钩上面，跑到漩涡边上。

她直接点燃了炸药，仔细地瞄准怪物的嘴边。就在它张嘴鸣叫的刹那，绳钩射了过去，正好飞进怪物大嘴，再往后一拉，炸药正好卡在了利齿边上。

怪物竟并没有因此挣扎，依然保持原状，静立在原地，近乎虔诚地望着石塔。直到轰隆一声巨响，血花如同石塔的莲花一般，绽开在漩涡之上。

"耶！"欧文一边欢呼一边跑向岸边，观赏着那血花四散飞去。

扫除了怪兽的干扰，唐钺和唐沩将全心一战。

"小沩，你打不过我，别费工夫了。"唐钺不想再打，心里残留着对唐沩的一丝期望，"不如静下来想一想，武馆该怎么办才好。"

"就是啊。"旁边的琳达帮腔道，"咱们本就是一家人，大家好好说话嘛。"

"混蛋！父亲白养了你，你这个狼心狗肺的东西！"唐沩看着眼前这两个让人恶心的家伙，急火攻心，张嘴就骂。

一句话倒是戳中了唐钺的痛处，他眉头一挤，双臂聚力，猛地破风击出一拳，击中了唐沩的小腹，再续力一推，让她一个趔趄后退数步，半蹲在地，腹部传来一阵剧痛，一时间站不起来。

"恩情，我都回报了！"唐钺眼里是恶煞的光芒，一道一道扎进唐沩的内心，"可他从来没有认可我是他的儿子，我永远也进不了他划定的圈子，在他眼中，我只是在山边路上捡的一条狗！"

唐沩怒视着他，手捂腹部，喘着粗气。

"你这个畜生！"唐沩喉咙发哑，唾出一口血来，怒道，"白眼狼，武馆给了你一切，父亲、母亲为你付出了这么多，你居然，居然……"

唐钺狞笑起来，"给了我一切，幼稚！唐之焕算什么东西，我肯定能比他做得更好，他早就该下台了！"

唐钺的笑声里含着愤恨，唐沩的脑海里浮现出往日种种，她想要问一个为什么。

当年唐之焕收养了他，把他带回乐山，取了个名字叫唐钺。唐之焕本来并不打算去培养这个捡回的小孩，但这小子对武术产生了浓厚兴趣，跟着那些学徒一起习武，很快就展现了过人素质。唐沩的母亲觉得他是个好苗子，就让武馆拳师系统地教授他武术。

他进步很快，武馆不少人都是按课程一步步修习，而他却利用各种时间苦练，常常夜间独自一人在房间里练基本功，他的眼里有常人没有的锐气，以及一种说不出的味道。

"他的眼神像黑夜里的狼，绿油油的。"小时候的唐沨听别人这样说起过，但她不以为然。

父亲对他也是有所顾虑，总不肯传授峨眉武术的真章。为此，父母还吵过架。最后他还是获得了机会，开始修习峨眉的火龙拳分支。天资过人的他，很快成为学徒中的佼佼者，还收获了不少粉丝。幼小的唐沨时常偷看他打拳，对这位兄长十分爱敬。

15岁那年，武馆遭到仇家打击报复，那时候父亲和几个领头人正好出远门做交流，一伙黑帮冲进武馆，想要"给点教训"。唐钺不但不躲，还带着一群少年学徒，像个战士一样勇猛应敌，最终打跑了黑帮，但自己人也伤了一大片。

因为这件事，他后来被唐之焕严厉训斥，认为他心中戾气太重，又不守规矩，开始排斥他，不让他进入武馆核心圈子。但唐钺一战成名，武馆不少年轻人都十分崇拜他，私下里喊他"钺大侠"，后来又叫成"月神"。唐沨也对他更加青睐，后来两人一同参加各种联赛和交流会，感情也越来越深。

他和唐之焕的分歧也是从此开始的。唐钺并没有因此受挫，反而勤学苦练，自己钻研武学，在火龙拳基础上，添加了自己独创的打法。越是这样，唐之焕越是反感他，认为他破坏了武馆的传统。

但时代在变，传统武术的地位不断下降，那些老一套的所谓"正宗"，在新生代的冲击下逐渐式微。唐钺独自参加了不少武术比赛，都获得不俗的成绩，产生了广泛的影响力，加上武馆的年轻人也纷纷效仿，这让唐之焕不得不冷静地思考，对立他是没有意义的。他尝试着让唐钺在武馆担任新拳法的教头，让他的"明星效应"，给武馆带来更多的吸引力。唐钺又在众人的推举下，加入了峨眉武术的高级组织"伽蓝使"。

随着时间的推移，武馆的情况发生了很多变化，大哥唐旻，留学海外，唐之焕希望他继承家业，但唐旻却不太感冒，希望自己在外创业。然后唐之焕寄希望于唐汭身上，唐汭虽"比较听话"，武技过人，但她显然还达不到唐之焕的要求。

但唐之焕依然不愿意接纳唐钺，他对唐钺的内心世界保持着一种莫名的距离感，或者说，是一种恐惧。

唐钺的影响力日渐增大，自己也不免有些膨胀，他不断接受新鲜事物，不断思考，认为武馆的老模式必须进行改变，否则很快就会消亡。他尝试着与唐之焕沟通，但最终都被否定了，他知道即使自己做出再多努力，在唐之焕眼里，也只是一个不知哪里来的野孩子。

失落、气愤、无助，唐钺曾想离开武馆，自立门户，也想洗手不干，找份普通工作。那时候，武馆的派系之争也愈演愈烈，支持唐钺的一帮人在背后鼓动他，要他想办法控制武馆。其中就有最年轻的伽蓝使范隆。即便如此，唐钺也感到自己无能为力。于是他频繁地去出差，去外地义授武术，这样便可以远离武馆，远离这些纷争。不久，他便在川西遇见了琳达。

唐汭不知道他们是怎么很快就好上了的，她宁愿相信是琳达勾引了他，或者出于某种目的，两人不得不装出情侣的样子。她不相信唐钺会忽然之间背弃了那个诺言。

但他确实是和琳达交往上了。这女人似乎很有一套，总能抚平他心中的郁闷，并激起他重返武馆、掀起风浪的念头。

后来，他又遇见了来自国外的研究员陈九里和欧文。唐钺认为这两人"很讲义气""有眼界有能量"，背景资源丰厚，让他非常崇拜。

于是他频繁接触他们，渐渐混得很熟，陈九里把他当兄弟，也曾推心置腹地同他探讨武馆的未来，并承诺如果唐钺能接替武馆领头羊，就会全力辅佐，不断增强峨眉武术的世界影响力，直至成为世界武坛的焦点。这的确是一个诱人的蛋糕，勾画了武馆美好的未来。

唐钺最终是被洗脑了，抛弃了名声和荣耀，走向了极端。

红劫到来，千年历史传承的重要时刻也到来了，伽蓝使的使命重新提上议程。在这个关键的节点上，牵一发而动全身，唐钺鼓动唐汭去寻找玉莲渊，又暗中筹划着唐汭所不知道的计策。

"如果我能够成功完成这次任务，答应我一件事。"唐汭在临行前，竟谈起了条件。

"你说吧。"唐钺毫不犹豫地说。

"让那女人离开你。"唐汭的话波澜不惊，却字字锋芒。

唐钺盯着她，她也毫不退让地回视。

"这不是赌注。"他理智地告诉她。

"你舍不得她，算了。"唐汭转身离去。她只是想试探一下，她又怎可能拿历史使命当赌注呢。

"我永远只是你的妹妹，永远只是你的同事，对吧。"唐汭难以自控，又补上了一句。

"永远不只是这样……"唐钺说道，忽然把她拉转了回来，她额头印上了唐钺的嘴唇。

她呆住了，无法动弹。他的气息她很熟悉，但此刻却变得陌生，让她慌乱……

但在这关键时期，父亲却一而再再而三地阻挠陈九里他们，成了他们变革路上的绊脚石，也差点成了这条路上的牺牲品。唐钺忽然之间变了一个人，走向了对立面，但细细想来，没有无缘无故的果，孽缘早已种下。

"就算你有你的抱负，你的理想，就算别人都不理解你，你又受了什么委屈！但亲情从没有离开过你，友情也没有，你曾经被人保护过，被人崇拜过……这都是真实的宝贵的，你真的甘愿舍弃这一切，选择这条不归路？"唐汭倾其真心，希望能唤醒这个执迷不悟的人。

"亲情，对我来讲，是属于最脆弱的东西，很小的时候我就有过这样的觉悟。我的原生父母像对待畜生一样对待我，他们可以随意地抛弃我，那我也可以随时抛弃他们。"唐钺冷静地告诉唐汭。

唐钺这番话犹如毒蝎把它剧毒的尾针刺入唐汭的心间。她闭上了眼，她输了，她输给了自己，她审视过自己的内心，曾经的确是能看出一些端倪的，但因为崇拜与爱慕，她选择性地屏蔽了那些东西，并把唐钺的心思理解为他的个性与抱负。现在她必须放弃任何不切实际的幻想了，她认识的唐钺已经死在了过去，眼前的这个人，从此和她再无关系。

唐汭睁眼，眼神里不再有愤怒，而是决绝："唐钺，都结束了！"

她握紧了拳头，摆出了武姿，她的心中念起了"玉女强击法"的要诀，抛弃任何华而不实的东西，只为战胜对手！

她像一道闪电冲向了唐钺，她的拳头带着不容置疑的力量。唐钺也想要速战速决，强势地打出凶猛的拳风。

唐汭没有按照玉女拳的身法进行闪避，反而是以攻为守，以快抢先，手刀直插他的咽喉。

唐钺没想到她非但不躲，还以更快的速度反击过来，一时间收力闪避，却不可能全身而退，脖子被插出一条血口，而拳风的余力击在唐汭的胳膊上。

唐汭并没有被震退，扫腿而至，密不透风，唐钺左手一挽，擒住唐汭的摆腿，大力往侧一拽，把她带向了自己，然后拳头速击，直取唐汭腹部。

唐汭本应用玉女拳的"让法"，旋身摆脱擒制，但她却顺着唐钺拉扯的力道，用另一腿的膝盖顶向他的出拳手臂下方，逼迫他变拳为掌，拍向来袭膝盖。这时候，唐钺双手都没了余地，唐汭用额头狠命地撞击了唐钺，两人这才分开。唐钺趔趄后退数步，头上出现一块血斑，唐汭额上也不见得更好。

这一来一去闪电之间，两人都亮出了杀招，但唐汭的打法出乎意料，甚至是损兵一千，自损五百。唐钺知道，她要使出"玉女强击法"和他搏命。

唐钺自嘲了起来："小妹啊，你说过强击法只会用在敌人身上，没想到第一个敌人就是我。"

一边说着一边移动步子，潜意识里在调整攻击的策略了。

唐汭不等他准备好，便再次攻击而至，她所有的注意力，全部聚拢了。她怒吼一声，向唐钺冲锋过去。凌空摆腿，直向面门。

唐钺喝了一声，双拳并击，气若泰山，这一招"双龙焚云"，无可抵挡。

可唐沏那身形，却暗藏拳法，左拳悄然击向唐钺的下肋。唐钺一眼识破，这是玉女"藏"字诀，藏其锋芒，击其不意。唐钺凭借双拳的气势，可以无视这种扰袭。

"不对！"唐钺暗叫不好，这"藏"法看似虚招，但凌厉晦涩，那扫腿看似全力一击，却如花瓣飘零，瞬间变向。

到底哪个是实招，哪个是虚招。或者是实中有虚，虚里带实。

这是玉女拳最高技巧"错"字诀！而且是被玉女强击法强化过的"错"字诀！

玉女拳有云：拳不接手，一错也；颠倒所用，次非其时，又错也。有此错中之错，则真假无虞，探骗之术无益矣。藏手与错法，乃看家拳中看家拳。

"藏""错"二字诀，是玉女拳的终极技巧，而玉女强击法，在这二字基础上进行了修正，摒弃了打为看的花拳绣腿，只为击倒敌人。

只见唐沏身影一变，所有的招式都改变了角度，唐钺击出的火龙拳虽威力巨大不可抵挡，但却并非毫无破绽。而唐沏的强击"错"字诀，刚好能在千钧一发之际，发现对方破绽空当，虚实转换，攻击弱点。

唐沏左拳击中了唐钺腋下盲区，败了他的拳峰，紧接着扫腿一收，竟用膝盖顶向了唐钺下颌，而用毫无遮挡的胸口接下了火龙拳。

唐钺念头中蹦出一个"不"字，尽最大限度拉住双拳的冲力，否则唐沏必将香消玉殒。他做不到对她痛下杀手！

两人同时发出一声呻吟，往后弹飞，摔倒在地。

唐沏侧身，喷出一口鲜血。而唐钺顿时失去了知觉。

"该死！"琳达拿起冲锋枪，对准了唐沏。可她此刻浑身犹如散架一般，有心也无力。

"带他走！"琳达喊了一声。大块头明白了，走过去扛起唐钺，就往岩壁跑去。

他用绳索把唐钺绑在背上，然后沿着原来的路线，往古墓的坑道口攀去。

石塔中，李欧见唐沏重伤，急着要走，贝尔勒忙过去捡起李欧的背包：

"东西都不要了啊。"于是替他背上。

两人跑向绳钩位置，拿到升降器，李欧先走，等他降落到岸边，又送回升降器，贝尔勒再滑翔下来。

李欧抄起手里的匕首，慢慢走向了琳达。

"放下枪，你们已经失败了！"李欧朝她喊道。

琳达媚笑道："李先师的后人，果然有魄力，大家都围着你转呢。不知道你会带给我们什么呢？"

"我说放下枪！你没有退路！"李欧喝道，但也只是吼得凶，毕竟有枪才有话语权。

琳达依然在冷笑着，她看见欧文已经带着唐钺走上了开明墓坑道口，那里他们设置了上升器，可以很方便就升到墓里面去。

于是，她就放下了冲锋枪，扔到地上。

"算了，再打也没意义了，看来我还是要认输啊。"琳达叹了一声，"要不，大家好好说话，先带小汭姑娘出去治疗最好了。"

李欧没想到这家伙还真放下枪了，赶紧跑过去，把冲锋枪捡了起来，再奔向了唐汭。

他扶起她，见她脸色惨白，气息微弱，面色暗淡，顿生怜悯，忙用袖子擦去唐汭嘴角的血迹。

"花木兰，你别吓我，振作一点。"

唐汭艰难地睁开眼睛，嘴角浮起依然倔强的笑意："我打败他了，对吗？"

李欧赞道："你用了超炫的必杀技，把他干翻了。"

"那就好了。"唐汭咳嗽了两声，强打精神，"父亲的任务我也算完成了。"

"任务？啥子任务。"李欧诧异。

"任务完成就意味着诀别……"唐汭喃喃自语，话里尽是悲伤。

"哎，你在说些啥子，行了，你不仅赢了他，也赢了你自己。"李欧从没见过唐汭如此悲伤，不知该怎么安慰她才好。

贝尔勒走到琳达身旁，不怀好意地打量着她，"没想到你这女人还挺能打啊，跟咱回去，好好调教调教。"

琳达哼了一声，走到贝尔勒身边，媚眼低垂，"小贝，你的任务也该完成了吧？"

贝尔勒愣了一下，整张脸都变得僵硬起来。

琳达不等他说话，一伸手就把李欧的背包从贝尔勒身上抢了过来。

"东西在这里面是吧。"她迅速往后撤去，一边退，一边打开背包，见到了那个龟甲，这才露出满意的笑容，"很好，这才是真正的宝藏！"

李欧回头望去，电光石火间他听得有点蒙了。

贝尔勒朝琳达走了过去，伸出手来，嘶喊道："你拿到了东西，也该兑现承诺！"

"那是当然。"琳达狡黠地一笑，转身竟朝着那大漩涡飞奔而去。

贝尔勒一惊，迈开腿朝她追去。

琳达发出一阵惊悚的笑声，一个飞身鱼跃，跳入了漩涡之中。而贝尔勒竟然也没有留步，跟着她一起投身海眼。

两个人的身影转瞬间消失了。只剩下目瞪口呆的李欧，呆了好半天。

唐沕呻吟了一声，这才让他回过神来。

"都他妈深藏不露，是吧……"李欧扶起唐沕，搂着她往岩壁走去。

"都他妈的玩阴谋诡计，都不怕死，都牛！只有我最老实。别让我再碰见你们，否则，我一个一个往死里捶……"他狠狠说道，心中却是百感交集。

这时候只听那墓道口那里一声巨响，尘土飞扬，无数碎石滚落下来。该死的欧文，把墓道口炸毁了。

李欧破口大骂起来，难道这里要成为他和唐沕的坟墓吗？

李欧坐了下来，一时间感触良多。从巴黎被两人忽悠回川，本想找寻父亲的踪迹，却卷入一场千年大迷局当中。而自己身边的人，死的死，伤的伤，还有看起来那么好的朋友贝尔勒，居然也没有袒露过真正的想法。

这真是一个悲伤的故事，一个无聊的结尾。

他拍了拍脑袋，现在也不是怨天尤人的时候，得想办法出去才行。

从经书来说，大佛的密道是有两条的，一条是被封堵的主入口，一条是经过开明王墓室的密道。可是大佛身后的通道到底在哪儿，这事恐怕只有李沭晓得。

如今墓室那边的密道也被炸毁，这唯一的生路没了，该怎么办才好。

他呆呆地望着海眼漩涡。那仿佛是一颗永恒运转的眼球，静静地观看着短暂的人类历史之河中的每一朵浪花。

他想到，经书上说这个东西是大地的穴位，下有无数暗河交汇错陈，这些暗河不知从哪里来，又到哪里去。

不过，琳达能从容地跳入海眼，那她应该不是发疯，她一定掌握着海眼更深的秘密，有办法通过下面的暗河，离开这里。但贝尔勒随她而去，就不一定也能成功了。

琳达这女人，背景成谜，没人可以解读她。

不管如何，这海眼是地狱之门，也可能是求生之路。

李欧想起了在石塔意识空间中的奇遇，他最后似乎完成某种"升级"，那是李沭所谓的"礼物"。

可礼物到底是什么，还没有搞清楚，就被水怪破坏了。

不过，至少说，礼物已经收到了。

李欧的大脑中仍然残留着那突破次元世界的气息，这给予了他一种信心，只有具备完全的才能，才会拥有的信心。

他走到漩涡边上，盘膝坐下，闭上双眼，追溯自己身体里隐藏的力量。

身体没有辜负他的召唤。脑海中，萤火般的光芒出现了，逐渐地汇聚、拉伸、形成一张光网。

大地的影像逐渐浮现在这张网上，身下的海眼化作一颗巨大的眼球，地下水脉穿透视觉阻挡，变成了可见模式。

他的身体，似乎已经变成了一种先进的"仪器"，可以捕捉到大地的信息。

那些河流纵横交错，看似杂乱无章，却在他的审视下，"降维"成了儿童玩的迷宫。他感觉是如此地易如反掌，就如同自己的手指头一样，不需要去看去找，随便一伸就可以准确地摸到鼻头、眼睛、肚脐眼。

那些水脉如同人体经脉，此刻仿佛成为了李欧身体的一部分。它们从哪来，到哪去，在做什么，似乎都一一在他脑中备案。这种奇妙的感觉让他无比兴奋。

他动心起念，那水脉也随着他的意识若明若暗，若隐若现。

"看见了，那条河道通向山外。"李欧标定了那条地下暗河。只要能进入那个水道，沿着水流的方向，就可以直接冲出山体，进入江河。

目测了流速和距离，李欧有个初步的估算，如果顺利进入渠道，估计需要三分钟的时间。

这个时间如果是对于静止不动的人来说，应该可以支撑。但在这样凶猛暴躁的水流里，加之身体的活动，很难保证能一鼓作气逃出生天。

何况这还是顺利的情况下。如果还突遇不测，更是不容乐观。

"佛祖，咱这小命交给你了……"李欧双手合十，朝着那燃灯古佛拜了一拜，心想如果这世界佛祖还真的关心的话，就不该让不能死的人死去。

忽然想起了什么，转头一看，那两个汽车外胎还摆在岸边上呢，也许这算是个救命的稻草。

"唐沨，我们该回家了。"他扶起气息微弱的她，搀扶着她走到岸边，拖着了一个轮胎，准备投身海眼。

"你、你要跳下去？你没疯吧。"唐沨有气无力地说道。

"如果我们一起下了地狱，那干脆一起去找佛祖讨个公道。"李欧似笑非笑地说。

"你这个玩笑一点都不好笑……"唐沨挣扎了一下，站稳了，然后拍了拍他的肩膀，坚定地说，"行吧，带路。"

李欧滚动轮胎，往前加速跑去，唐沨紧紧扯住他的腰带，随着他往海眼跳了下去。

冰冷暴躁的江水瞬间淹没了两人，唐沨紧紧抱着他的腰，把头贴在他的背后，闭上了眼睛，她啥也不去想了。

李欧只感到天旋地转，一股无可比拟的吸引力正拽着他加速下沉。

但他的脑海中依然浮现出了那条早已标定的道路，他努力调整着身子，摆好轮胎的位置，以便顺着漩涡的力度，朝那个水道洞口接近。

这海眼之下，可谓暗流汹涌，大大小小的水道洞口犹如蜂窝，遍布整个河床深处，无数条水流的进出犹如呼吸吐纳，让这水下情况千变万化，稍不注意就可能误入歧途，万劫不复。

就在转瞬之间，李欧瞄准时机往那水道口奋力突进，被强力的水流重重地摔在石壁上，幸好有轮胎的缓冲，否则脑袋就要开花了。刚一定神，忽然感到身后仿佛有一群人推着似的，就往那黑乎乎的水道里加速飞驰，那感觉就像是进了水上乐园的管道滑梯，无法自控。

李欧摆正身子，拉伸腿部，唐沨不笨，也如此动作，以便减小水流阻力，更快地前行。

两人紧紧搂护在一起，任凭江水肆虐也绝不松手，不多时，胸中气息几近枯绝，李欧只感到眼冒金星，身体开始麻痹，开始失去知觉。

死亡的声音正从四面八方涌进大脑来，那是有人哭、有人喊、有人笑、有人说话。深沉的恐惧袭上心头，李欧不想就这样死去，但身体在违背他的意志。而更虚弱的唐沨，已经到了命悬一线的地步。

渐渐地，唐沨的手松开了，她还是熬不到头了。

"不！"李欧腾出一只手来一把抓住她的手。他拼尽全力，咬紧牙关，却也依然抵挡不住水流的撕扯，指尖渐渐松开。

就在这千钧一发之际，一片光亮忽然笼罩了两人。水流忽然被另一股暴躁的浪涛冲散，两人被彻底冲开了，伴随着那越来越亮的光线，李欧只感到身体犹如一叶浮萍，随波逐流。

哗啦，他被抛离出了水面，又掉落下来，睁眼一看，已经来到了江面。

晨光正从云层的间隙中透出来，一缕一缕地在江面上颤动着，那是微弱的但又坚强的光芒。

旁边的绝壁中，乐山大佛正襟危坐，他的庞大身躯，此刻就如同天神一般降临在李欧的身前。

这里正是岷江中间，水流把他们送到了凌云山外，大佛脚边。

疾风扑面而来，四周有嘈杂的声响，江面上的轮船马达声渐渐清晰，一艘中型轮船正在向他接近。

"唐沏！"他举目四眺，不见踪影，顿时心急如焚，那个轮胎在不远处忽沉忽浮，可是唐沏却消失在视野中了。

他绝望了，泪水夺眶而出，难道老天真的要牺牲这么多人，才肯罢手。大佛，难道你就这样见死不救！

忽然那轮船上有人在喊："有人，快！救人！"

穿着救生衣的两个男人跳入江水，他们接近了船边上的溺水者，把她救了起来。那正是唐沏。

李欧松了口气，还没喊出声来，一个浪头就把他淹没了。隐约中，他听见有人在喊："还有人，那边！"

得救了。

···终章···
改变一切的壮举

雨不知何时停了。

李欧被人救上了船,听人说唐沏问题不大,他如释重负,一下子瘫倒在甲板上,一点也不想再动了。

莫名其妙的行动终于结束了,一个疯子导演了一出延续千年的大戏,费尽心思去折磨后人,真是个难以言喻的复仇者……

李欧的脑袋里,似乎在给发生的一切做一个总结,内心渐渐生出一种感伤。

"干吗,装死啊,别这么脆弱。"一个声音切断了他的思绪,来自一位熟人。

李欧扭动了一下脖子,看见有人正蹲下来,似笑非笑地盯着他看。

冯潜不知怎么也在这艘船上,看样子刚来不久。

"你怎么阴魂不散。能不能别再烦我……"李欧缓缓坐了起来,这个警察给他的印象不太好,却又偏偏在心情最烦闷的时候又见面了。

"你看你,立了功也不能这么傲嘛……"

"立功?立个屁功!"李欧的声音有些激动,"你知道出了什么事吗?云空死了,贝尔勒也跳下了海眼,我和唐沏也差一点回不来,就因为那个疯子,我们都他妈被耍了!"

冯潜静静地看着他，也没有一句安慰的话，只是说："我是来帮人转交东西给你的。"

李欧盯着他，不知他又要做什么。

"是个视频文件。"冯潜点起一支烟，然后把自己手机里一段视频打开了，摆到李欧面前的地板上。

"不想看！"李欧心烦意乱，哪里还想看什么视频。

"是你父亲用我的手机拍的。"冯潜说道。

李欧讶异不已，"我父亲，你见过他？他还活着？他在哪？"

冯潜笑道："你啊，想找的人总找不到，我却遇到了。"

于是给他说了一下当时追捕张郭仪去了平羌小三峡，在那里遇见李宁天的事。

李欧听了长叹一声："哎，这老家伙果然是坑人啊，躲起来不露面，让我妈好生难过。"

冯潜拍拍他的肩头，说道："说实话，我还是很敬佩他的。他把常人无法承受的担子扛在肩上，是个硬汉。"

李欧想不通，父亲这么做为了什么，解开所谓的迷局真的有必要吗，他想告诉他一切都是徒劳的，李沭是个疯子，这是一场流转千年的大骗局。

"看看视频怎么说吧。"冯潜打断了他的思绪，李欧这才点开来看。

大雨中，拍摄者站立点位于一条江河上方的高地，画面里熟悉的声音传来："我没有手机，借冯队长的来用一下。我时间不多，废话少说，你看好了听好了。"

镜头一晃，转到拍摄者正面，李欧见到了他，那个早已消失不见的父亲，和曾在意识中见过的他有些不一样。这个真人更加沧桑、更加颓唐，一点也不光鲜。

"我是不是更老了。"李宁天自嘲道，"哈哈，这不重要，我就是我，我还没死。"

李欧几乎要朝那视频呼喊了，你这老家伙到底跑哪去了，你到底要做啥子。

镜头一晃，移向了身后的岩壁，那里有一个打开的石门，石门里有一个石碑："说正事。我目前位于平羌小三峡中那个佛头的上方，那是李沐先师曾经开凿的，目的是为建造乐山大佛积累工程经验。这个你可能也听说过，我给你看我们发现的秘密。"

镜头拉近那个石碑，上面有很多古朴的石刻文字，但这一时半会儿并不能让李欧看清石碑文字在讲些什么。

"我也不给你细看了，把主要内容讲给你听吧。"

李宁天开始简要地讲述这石刻碑文的内容：

"这是李沐晚年时候，对于曾经参与修建大佛的一些感悟，他揭露了一些秘密。我不知道你去玉莲渊会获得什么信息，但我想你可以对比这碑文上的内容，这样你的认知会更加客观。

"李沐说，他从小受过佛恩，便一心敬佛，以为会得到佛祖的庇佑，但那一年四川遭遇了史无前例的大洪灾，全家老小死于非难。他本来早已预见灾害，却被寺院高僧劝阻而选择了沉默，最终尝到了苦果。他将这一切归咎于命运，归咎于佛祖，心生怨念。

"他听说凌云山中玉莲渊中有让人死而复生的丹药，就去那个山中洞穴。丹药并没有找到，却发现了神奇的海眼。在那里，他与天地发生了'通应'，也就是我们说的超感应现象。他看见了未来，蜀地将面临一场大洪灾，有可能就是西海重现。恰逢那时候海通想要开凿乐山大佛，他就想出了一个令人难以置信的计划，他想要报复世人，让世人也感受到他的绝望。

"这一段我还是不太理解，他的内心世界究竟是怎么样的，他这样荒唐怪异的念头是如何形成的，看起来真像有些精神失常——他提到一句，既然别人当他是疯子，那他就一直疯下去。"

李欧心里当然清楚，他见过曾经的那一幕，他切身体会了李沐的痛楚，看见他是怎样一步步变得偏激、不可理喻的。

父亲继续说："李沐接近海通，说自己是李冰后人，又善于水利工程，便轻易取得了海通的信任。海通就让他放开手脚参与大佛修建。但他的计划是要悄悄挖通大佛身后的一条隧道，连接玉莲渊海眼，待大洪灾发生的时候，巨大的水力将冲毁大佛。他想用这种方式来报复佛祖，嗯，这比杀掉几个僧人，烧毁一座寺庙更可怕，造成的影响的确不可估量。"

"是啊，这个该死的家伙，完全疯了。"李欧不禁骂出了口。这和他之前见到的画面一致，足以认定李沐这个人心术不正。

李宁天停了一下，镜头照了照面前的冯潜，他正一脸不悦地抽着烟，似乎对石碑的内容并不相信。他接着说："看到这里，我感到很震惊，没想到李先师是要用这种方式来传播他的悲伤与恨。但石碑后面的内容更加有意思了。"

"更有意思？"李欧愣了一下，"难道还有新的花招？"

"一切都因海通的那场遭遇发生了改变……"李宁天的话逐渐在李欧脑海里组成一幅幅画面。

大佛修建如火如荼，一场飞来横祸却降临到海通的头上。

佛像工程浩大，经费是募集来的，名为"佛财"。

当时郡里有官吏看中了这笔钱，就想分得一勺羹，以中饱私囊，他们把海通法师叫到官府，威逼利诱，借着地皮税管理费等由头，非让他拿一些佛财出来。

海通对此无耻行径深感愤怒，当面斥责说："修建大佛是为镇水安民，护佑嘉州，佛财集自万民，来之不易，我一分一毫不能给你们。"

搜刮佛财，不是首例，但被当面如此无情地拒绝，当地郡吏却从未遇到。

为首之人威胁道："好大的胆子，你竟敢将佛财据为己有！如此大罪，必受重罚！"

海通双目圆睁，怒视官吏，义正词严地说："出家人一心向佛，钱财乃身外之物，吾若有半点沾挪，甘受天地雷火，任凭处置！"

官吏被他一双眼瞪得又心虚又愤怒，吆喝道："你说不贪就不贪？你若敢把眼睛剜出来，我等便不要佛财。"其他人也纷纷起哄。

海通法师竟面无惧色，只喊了一句：拿刀来！

众目睽睽之下，大师毫不犹豫地拿起尖刀，刺进眼睛，将两颗眼睛血淋淋地剜出来，盛在盘子里，交给郡吏，竟无半点呻吟。

郡吏没有想到海通法师竟如此勇敢刚强，及至见到挖眼的惨状和那盛在盘中的血淋淋的眼珠，吓得逃之夭夭……

海通被逼挖眼后，大病一场，卧床不起，这件事很快就传开了，大家都对海通的壮举所折服，深受感动，各地捐款纷至沓来，大佛工程进展迅速。而李沐听说此事后，内心起了不小风浪，他去探望海通，见他头裹纱布，奄奄一息，连连叹息，劝道："大师，何苦与这帮小人一般见识。"

海通摸索着抓住李沐的手："若拿贫僧这双眼睛，换来大佛顺利建成，那便也值了。令先祖不也是栉风沐雨，亲临工地吗，吾一老朽僧人，无可作为，区区一双可有可无的眼睛算什么？"

李沐动容叹道："昔日我佛舍身饲虎，今天我师舍目为佛，大师是今世活佛啊。"

海通失明后，依然心系百姓，甚至还拿出一部分募集款去救助受灾的百姓。李沐逐渐被海通感化了，他认识到僧人们并不是靠造佛像去守护百姓，而是用佛法的精神在传递着慈悲与爱。他将那场天灾归咎于佛祖不慈悲，那是狭隘的，即便是那个老和尚阻止了他发布"预言"，但那并不是佛的过错，而是"人的过失"，而佛之心依旧慈爱，普度众生的宣言也并非一句空话。

他不想再这样下去，他想要停止自己的计划。

于是戏剧性的一幕出现了，李沐把大佛身后那个隧道，又悄悄封堵了起来，阻断了与玉莲渊的连通。这就是为什么今天我们发现大佛身后的排水道有一段被封堵，并未贯通的原因。

后来海通患了重病，来日不多了，李沐觉得不该再瞒着他了，就向他忏悔，说出了自己原本的计划。哪知道海通却说他早已知晓。

海通说，李沐加入工程不久，善于察言观色的他就看出了李沐眼中的怨念。其实海通早就去过玉莲渊，因为那里本来就是佛教的圣地。海眼的巨力的确令人生畏，他发现李沐暗中在接通玉莲渊故道，却并未阻止他，

477

因为他选择了信任，他相信李沭一定有他的理由，即便李沭心存不轨，但海通阅人无数，他知道李沭善根尚存，定会重返正途。

想当初，慧能大禅师那一番偈语虽无惊天之音，却深邃透彻：

菩提本无树，明镜亦非台。

本来无一物，何处惹尘埃。

佛性本在心中，执念不过是蒙蔽它的灰尘罢了，你若放下它，便已心镜朗朗，修得正果。

海通说，善恶一念、祸福相倚，如果你努力去探究并找到拯救未来的办法，那你的家人不会白死，他们会因为你拯救了千千万万的百姓而含笑九泉。这就是悲之缘起，化之善果，推动这场转化的便是你的佛性。千万不要走进怨恨的陷阱，而忘了人心最宝贵的东西。我相信你可以的，因为你是一个杰出的人，你的心中藏着大爱。

李沭当时被说得涕泪齐下。他说，他的愤怒、偏执和荒唐一度让他陷入黑暗，找不到出口，是海通大师的厚德让他重见光明，重返正道。

他终有所悟，自己拥有超乎寻常的力量，又怎能苛求普通的世人来理解呢？即使是他奔走呼号，说自己预见了未来的大洪灾，又有谁会信他、会认同他呢？但他就该因此选择缄默吗？就像是明知人们会被洪水淹死，却不发一声，不为一事，甚至作壁上观，冷眼以对，那他终究会被罪孽的深潭淹没，被良知的火焰焚毁。

他下定了决心，要以自己的方式，来传承大灾的预警，直到红劫到来，洪灾暴发，西海重现。只要能在关键时刻敲响警钟，警示世人，那自己所做的一切都是值得的。

不久，海通辞世。李沭决定秉承大师的遗愿，竭尽全力，破解天道的密码。

他把工程交接予伽蓝使，声称要云游四方，离开了乐山。他走了很多地方，经过很多次试验，终于找到了一些办法。

具体是什么样的办法，碑文上记叙得非常简略。只是说他遍寻巴蜀之地，从川西带回预测水灾的脉心石遇洪则红，是最准确的测洪器；又在都江堰埋下石碑，提醒后人警惕洪灾。

李沭说他在川西找到了自己的族人，还收养了两个天赋异禀的义子。后来，他带着两个义子回到乐山，让他们加入了伽蓝使。

李沭晚年，眼看自己来日不长了，就以海通弟子的名义，写下一段经文，把这如何进入玉莲渊，如何获得启示的办法记载了下来。经文虽然有杜撰成分，但目的是引导后人进入玉莲渊，他知道人们难以取信玉莲石塔感应之事，这才编造了李冰大堰这个实体，以便让人们有足够的理由进入玉莲渊，一探究竟。

李沭最后说他还有个极其重要的事情要去完成，这是他所创造的迷局的最后一环。可是碑文到这里却戛然而止，留下了一片让人浮想联翩的空白。

"碑文不是一次性刻写的，应该分了好几次，但最后他并没有写完。依我看，他要么是忘了回来续写，要么就是没有办法再回来了。"李宁天把镜头对着石碑，展示给李欧看，那一行行唐代小楷很有风骨，"李先师到底去哪里了，做了什么，迷局的最后一环到底是什么，我是不晓得了，就不知李欧你去了玉莲渊，能不能搞得清楚些。总之，碑文的这些内容，你作为参考吧。

"好了，时间不多，我得走了。李欧，我不知道你有啥子打算，反正你自己决定吧。哎，小伙，我给你说啊，你不要花精力去找我，咱们爷儿俩各跑各的路，各干各的事，命中自有相逢时。哦对了，替我向你妈问好，让她保重身体！"

视频放完了，李欧百感交集，良久不发一言。他的内心波澜起伏，不禁赞叹道，海通与李沭，这两人真是唐代的大牛人，他们之间的羁绊令人歆歆。李沭智商极高，设计了千年迷局，绝对是天才人物。而海通情商更不得了，潜移默化，循循善诱，居然能把堕入邪路的李沭拉回正道，化解了那么深的怨念。

李欧叹了口气，李沭啊，他那么精巧的迷局，也敌不过时间的摧残。千年之后，世事变迁太多，差一点，他的传承也像李冰那样，消失在历史

第四卷

479

的尘埃中。

要不是李欧看见了父亲留下的这段视频，他可能最终也会误解李沭的一番苦心，让自己变成耻笑那些"先知"的普通人。

"怎么样，这视频对你有用吗？"冯潜摸出一支烟，点燃了。

"他去了哪儿？"李欧关心着这个问题。

"不晓得。他没和我多说，录完视频我们就告别了。"冯潜如实地说。

李欧陷入了沉默，望着远处的大佛老爷发神。它还是那样静静地端坐着，没有丝毫改变。李欧的心里突然涌现了一个古怪的想法——大佛要是哪一天站起来了，会不会有些吓人。

"你怎么打算的？"冯潜问他道。

"我终于明白妖龙到底是什么了……仅仅是封印它，也不过是普通人……但他做到了更难的事……"李欧的话听来有些怪异，还有些意味深长。

"不懂。我觉得你还是去巴黎继续卖钵钵鸡吧，过好你的小日子。"香烟因为受潮而熄灭了，冯潜皱着眉，又点了一次。

"我相信人们可以抵御任何一次洪灾，甚至西海重现，但我不相信，人们会坦然面对灾难带来的悲痛……所以，我要亲自去问一问大地……"李欧断断续续说道。

"好吧，如果有用得上我的地方，叫我就是。"冯潜向李欧挥手示意，转身离去。

望着冯潜远去的背影，李欧的视线再次飘向了远处的乐山大佛，刹那间，他发觉乐山大佛的脸上好像有什么在动——

哦，那是一缕金色的晨光，化作顽童在佛祖的脸庞上嬉戏着，而大佛的嘴角，似乎流露出一个神秘的笑容……

后记

　　首先申明一下，本故事启发于史料，加持幻想，纯属虚构。

　　小时候，当我爬到乐山大佛的脚板上，仰望它伟岸的身形时，我就想，古人真古怪，造这么大个佛像干什么？

　　后来大佛申报了世界遗产，越来越多的外地人和外国人都跑到乐山来，他们排着队，想要从九曲栈道走去礼拜大佛。我又纳闷了，外地人怎么对这个石像这么感兴趣。仅仅是因为它很大吗？

　　直到十八岁后，我成了外地人。

　　随着阅历的丰富、认知的加深，大佛在我心中已经不仅仅是一尊石像了。有一天我回乡探亲，坐在肖公嘴的茶座上，点一杯竹叶青，远远眺望大佛，我忽然觉得我在看它的时候，它也在看我，它似乎想要告诉我什么。一瞬间的错觉，让我萌生了一个念头，我想写一个有关大佛的故事。

　　我执着地认为，大佛是一个永恒的谜，而我想做一个解谜人。

　　年复一年，我脑袋中的大佛故事总是忽闪忽现，时沉时浮，每当我想要把它变现时，总是浅尝辄止。一方面是因为自己作为一名理工男，仅有的那点儿文艺细胞比二进制代码更难以辨读。另一方面，我是个"佛系"作者，写作这件事对我来说，就像是喝酒一样，想喝的时候喝一点，想写的时候写一点，因此效率低下，往往是构思猛如虎，码起字来"二百五"，偏偏自己又爱写长篇，结果拖拖拉拉，几番难产。

直到2017年，乐山市发起了一场关于大佛剧情故事的比赛。我拿着《大佛密码》的故事参赛，竟然获奖了，基于此，我像是获得了佛祖的开示，允准我把脑袋中那个故事楼阁建造起来。于是这才集中精力，断断续续地，用了三年的时间，孵化出一部长篇小说。

每每联想起一千多年前工匠辛苦雕凿大佛的场景，我就对自己说必须同样要以匠心精神来完成这部作品，为此我倾注了大量心血。那它究竟是怎么样的一部作品呢，我想谈一谈我的考虑。

首先，乐山大佛并不等于是乐山的大佛。历时九十年，三代工匠费尽心血，它是大唐盛世的标志性建筑，中华文明的一个巨型符号，也是世界宗教界最庞大，最有价值的文物。一千多年来，宏伟的宫殿化为尘土，古老的文明盛衰无常，而大佛屹立不倒。它是永恒的丰碑，它是人类历史演变的见证者，它是世界的大佛。所以，我会从更大的范围来考量大佛的这种影响力。

第二，写佛终归是写人。大佛这个国家级项目，它的前因后果，与神域和世俗诸元的联系，都蕴藏了丰富的故事因子。我所要做的，就是不断探索、挖掘出这些闪耀着金光的事件。石像再大，也不过是由冷冰冰的无机物组成。而它最有价值的地方是什么，我想是一种跨越时空的灵魂深处的东西，是它那已经剥落的金身上刻下的历史印记，是它睥睨众生的仪态里隐藏的人类之光。海通"自目可剜，佛财难得"的无畏之举，李冰"开凿离堆，通正水道"的匠心传承，李沭"放下执念，扫除心尘"的逆变，韦皋"和南诏，拒吐蕃"战略大局等等，都属于大佛灵魂的多维构成，都足以唤起人们精神的共鸣。我并不想过分抬高古人的神秘与神通，只是想从古代智慧中获取有价值的东西，投射进现在和未来的世界中去，让古老的灵魂获得新生。

第三，现代的探险、寻宝、盗墓类的故事已经很多了，我不想落入窠臼。这本书绝非一部俗套的老掉牙的寻宝小说，它后期主题的拓展应该是惊人的。我努力地思考如何用当下的时代感赋予小说质感，它应该属于这个知识与科技的时代，属于地球村和全球化的时代。甚至英雄主义也要发生嬗变，我更注重团队的协作。我想，英雄往往是团队协作的高光处，他是团队的刀尖，但又无法脱离团队。就像足球前锋一样，破门得分能成就一个球星，但功劳应该属于整个球队。所以，这几乎是企业级的探险了，团队的每个人其实都是普通人（主角能力只是偶发性），但他们都努力完成自己的KPI（即关键绩效指标），缺了谁都玩不转。

第四，作品融合了寻宝、探案、宗教、灾难、科幻、武术等元素，并将四川等地各大风景名胜结合在一起，形成一个宏大的解密系统。即便是耳熟能详的景区，在其中呈现出来的是完全不一样的面貌，甚至会颠覆它在你脑海里的印象（为写暴雨中的峨眉，我还专门挑了大雨天气乘坐索道上到金顶，那是与平日里完全不同的体会）。解密时，人们常常会说，"真相只有一个"，而我认为，真相取决于人心，有的真相只在特定约束条件下成立，就比如爱因斯坦的相对论。

然后，说说咱的谜题设计吧。我本人是觉得十分有趣的，不知道在未来的读者眼中，它们是否足够"硬核"、足够"烧脑"呢？小说里，我打造了七大谜题（李冰七桥之谜、峨眉九宫格密位锁、悉昙密文古经、佛影琥珀之谜、三世佛抽象密图、五言诗空间定位、幻象空色迷局）。为此，我查阅了大量的资料，从历史文化中汲取养分，然后再解构、重设，形成了独一无二的"闯关"挑战，并推动了剧情发展。

比如悉昙密文古经——一部古代梵语写就的经文，还进行了深度加密，怎样才能破解密码，翻译出明文？我研究了古代的悉昙文语法结构，历史上经典的加解密办法，然后灵光一闪，将著名的波雷费密码进行改造，将英文字母替换成梵文字母来进行表示，创造了一个新的加、解密办法。

又如三佛图和五言诗的配套设计。抽象的图形十分简约，却暗含宗教文化和历史典故；又从地理方位的观测入手，从海通对莫高窟的崇拜心理，三世佛的师承关系，大佛的定位朝向等综合考虑，构造出一个独有的时间与空间的谜题。

另外，我采用了"嵌入式幻想"（狡猾的）手法，小说内容取材于史实，但又不拘泥于史实，大家都知道的历史，我无须改变，并谨遵之，而那些存在争议，甚至迷雾重重的历史细节，我便埋下一颗幻想的种子，让它在逻辑世界的约束条件下自由成长，再收获其蝴蝶效应。窃以为，这会比无限制的幻想更加有趣。

我觉得，写小说如烹饪，就像一道新式川菜，靠着某种独特的复合配方，挑逗着味蕾。至于好吃不好吃，就留给食客们自行评判了。不管怎样，由衷地感谢肯花时间阅读拙作的朋友们！

最后，对那些不断探索自然奥秘、预警自然灾害，并为之付出巨大心血乃至生命的人们致以崇高的敬意。

请允许我以军礼敬之。

出乾一丁

2020 年 3 月于南京